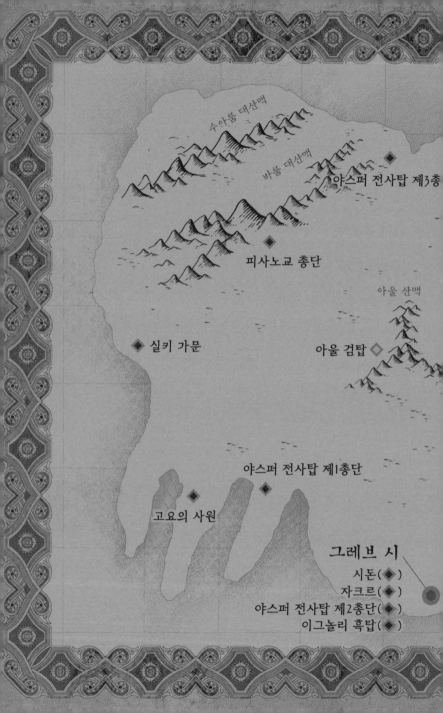

추이타 북산맥

추이타 대초원

추이타 남산맥

피요르드 시
쿠퍼 가문(◇)
은화 반 닢 기사단(◇)
모레툼 교황청(◇)

과이올라 시

솔노크 시

솔 강

퍼듐 시
시퍼 마탑(◇)

원시림

라폴리움 시
라폴 도서관(◇)

트루게이스 시

뉴브로도 시
아바니 가문(◆)
수의 사원(◆)

◇ 백 진영
◆ 흑 진영
◆ 중립 진영
● 도시

언노운월드 대륙 전도

ORIGINAL FANTASY STORY & ADVENTURE

쥬논 판타지 장편소설

dream
books
드림북스

이탄 34 다섯 큐브의 합체

초판 1쇄 인쇄 2022년 9월 13일
초판 1쇄 발행 2022년 9월 27일

지은이 쥬논
발행인 오영배
편집 편집부
일러스트 필연
표지 · 본문 디자인 오정인
제작 조하늬

펴낸 곳 (주)삼양출판사 · 드림북스
주소 서울시 강북구 도봉로 173
대표 전화 02-980-2112 **팩스** 02-983-0660
편집부 전화 02-987-9393 **팩스** 02-980-2115
블로그 blog.naver.com/dreambookss
출판등록 1999년 3월 11일 제9-00046호

© 쥬논, 2022

ISBN 979-11-283-7153-0 (04810) / 979-11-283-9990-9 (세트)

드림북스는 (주)삼양출판사의 판타지 · 무협 문학 브랜드입니다.

목차

부제: 언데드지만 신전에서 일합니다

사대신수

『성혈의 바하문트』
—신수: 날개 달린 사자
—상징: 공포
—속성: 흙(土), 피(血)

『불과 어둠의 지배자 샤피로』
—신수: 광기의 매
—상징: 탐욕
—속성: 불(火), 어둠(暗), 나무(木)

『포식자 하라간』
—신수: 투명 마수
—상징: 타락, 나태
—속성: 얼음(氷), 균(菌), 물(水)

『둠 블러드 이탄』
—신수: 냉혹의 뱀
—상징: 파멸
—속성: 금속(金), 빛(光)

발췌문

태초에 모든 신들의 배척을 받아 소멸한 악신.

어둠의 숭배자들이 재림을 기원하는 혼돈의 신.

처음에 나는 '혹시 이 두 신이 하나가 아닐까?' 라고 의심했다.

내 추측이 틀렸다.

둘은 하나가 아니라 확실히 다른 존재였다.

그 둘이 내 안에서 하나가 되었다.

—먼 훗날 이탄이 남긴 일지 가운데 발췌

제1화
비열한 배신자

Chapter 1

쥬신 대제국의 부활을 꿈꾸었던 이들에게 4월 23일은 아주 끔찍한 날로 기억될 것이다.

이날 간씨 세가의 백호대와 주작대가 협동하여 방콕의 빈민가를 급습했다. 빈민가 상공에는 간씨 세가의 문장이 박힌 헬기들이 무려 100대도 넘게 떠올라 지붕에 닿을 듯이 낮게 저공비행했다.

투타타타타―.

귀청을 찢을 듯한 프로펠러 소리에 주민들은 방에 콕 처박혀 와들와들 떨었다.

백호대원들은 탑승형 전투병기인 젠―201를 몰아 빈민

가 거리로 진입했다.

이들이 빈민가를 단숨에 장악한 것은 당연한 일이었다. 젠—201호가 거침없이 발을 내디딜 때마다 좁은 골목의 담장들이 와르르 허물어졌다.

다연발 로켓포를 어깨에 장착한 젠—201호의 위용은 장난이 아니었다. 주민들은 더더욱 겁을 집어먹을 수밖에 없었다.

"모든 통로를 틀어막아라."

백호대주 서원평이 목청을 높였다.

방콕의 빈민가는 눈 깜짝할 사이에 봉쇄되었다.

"크윽. 오대군벌의 개들이다."

"저놈들이 어떻게 이곳을 찾았지?"

천로군 병사들은 주먹을 꽉 움켜쥐었다.

원래 이 병사들은 빈민가 외각에서 은밀하게 이공 폐하를 호위하던 중이었다.

그런데 갑자기 간씨 세가의 병력이 들이닥치고 전투헬기가 상공을 장악하는 것 아닌가. 다들 크게 당황할 수밖에 없었다.

천로군의 장수 몇 명이 황급히 무전기를 들었다.

"비상! 비상! 적이 쳐들어왔다."

"서둘러 폐하를 안전한 곳으로 모셔라. 우리가 외곽에서 목숨을 걸고 시간을 끌 테니 무조건 폐하를 지켜야 한다."

지금 이공과 가까운 거리에서 직접 호위를 맡은 병력은 다 합쳐도 10명 남짓밖에 되지 않았다. 빈민가 내부에 마련한 이공의 거처가 너무 좁아서 천로군의 병력 대부분은 빈민가 외곽에 머무를 수밖에 없는 형편이었다.

천로군의 장수들은 바로 이 소수의 호위병들에게 이공을 부탁한 다음, 좁은 골목길로 일제히 부하들을 내몰았다.

"우와아아아. 역적 간씨 놈들을 쳐부숴라."

"우리가 폐하를 위해서 활로를 뚫자."

미로와 같은 빈민가 골목 곳곳에서 천로군 병사들이 물밀 듯이 쏟아져 나왔다. 이들은 백호대원들을 향해서 기관총을 난사했다. 수류탄도 던지며 맹렬히 길을 뚫었다.

하지만 백호대원들이 보기에는 같잖을 뿐이었다. 젠─201의 조종석 안에서 백호대주 서원평이 입꼬리를 비스듬히 비틀었다.

"크흥. 정말 하찮군. 병력이 고작 이게 다냐?"

서원평이 비웃을 만했다. 지난 70년간 간씨 세가는 마도공학에 투자를 거듭하여 젠 시리즈를 201번이나 개량했다. 그 결과 젠─201호가 탄생했다.

한데 상대는 아직도 기관총이나 수류탄과 같은 구식 무기에 의존하고 있다니, 이건 어이가 없다 못해 불쌍할 지경이었다.

서원평뿐 아니라 모든 백호대원들이 천로군의 반격을 비웃었다. 상대의 총탄이 젠—201호의 장갑을 때리는 순간, 장갑 표면에서 푸른 빛깔의 빛이 터졌다. 장갑에 새겨진 방어마법이 자동으로 발동하면서 기관총의 총탄을 가볍게 튕겨내었다.

수류탄 공격도 마찬가지. 쾅! 쾅! 터지는 수류탄의 폭발력으로는 젠—210호에 흠집 하나 내지 못하였다.

"크윽."

"놈들이 너무 강하잖아."

천로군 병사들은 비로소 화력의 차이를 절감하고는 주먹을 꽉 움켜쥐었다.

보다 못해 천로군 장수들이 선봉에 서서 돌파를 시도했다. 장수들은 빈민가 담장 뒤에서 튀어나와 검을 크게 휘둘렀다.

후웅! 후웅! 후웅!

장수들의 검날로부터 눈부신 빛이 튀어나왔다.

백호대원들이 하얗게 이빨을 드러내었다.

"으하하. 이제야 좀 싸워볼 만하겠군."

"테러범 녀석들아, 어디 실력 좀 한번 보자."

백호대원들은 적장들이 매복해 있던 장소를 향해서 다연

발 로켓을 날렸다. 그곳에 천로군 병사들도 함께 머무를 가능성이 높아서였다.

푸식, 푸식, 푸시식.

불꽃을 뿜으며 솟구친 로켓은 허공에서 스스로 방향을 틀면서 목표지점에 내리꽂혔다.

이내 장수들의 등 뒤에서 지축을 뒤흔드는 폭발이 뒤따랐다.

백호대원들은 로켓을 난사함과 동시에 전면을 향해서 질주했다. 젠―201호 여러 대가 쿵쿵 달렸다.

그러면서 젠―210호의 등에서는 커다란 검이 저절로 튀어나왔다.

"가자."

백호대원들이 검을 향해 손을 길게 뻗었다.

젠―201호도 조종사의 행동을 모방하여 똑같이 손을 뻗었다.

대검을 움켜쥔 젠―201호 군단은 대검을 매끄럽게 휘둘러 천로군 장수들의 머리를 베어갔다.

"막앗!"

천로군 장수들은 황급히 검을 쳐올려 젠―201호의 공격을 막았다.

꽝!

검과 검이 부딪치면서 폭음이 터졌다.

결과는 볼 것도 없었다. 당연히 젠―201호가 우세했다.

"끄흡."

천로군 장수들은 코에서 피를 뿜었다. 몇몇 장수들은 다리를 휘청거리다가 끝내 한쪽 무릎을 꿇고야 말았다.

이들 천로군 장수들은 대장군 용성으로부터 직접 무술지도를 받은 용장들이었다. 솔직히 이들 개개인의 무력은 백호대원에 비해 뒤처지지 않았다.

하지만 백호대원들은 맨몸이 아니라 젠―201호를 탑승한 상태가 아니던가.

간씨 세가의 마도공학 기술이 집약된 젠―201호에는 조종자의 마나를 몇 배로 증폭시켜 주는 기능이 포함되었다. 또한 젠―201호에는 적으로부터 받은 충격을 완화시키는 기능도 당연히 내장되었다.

이 차이가 승패를 갈랐다. 단 일 합의 겨룸 이후로 천로군 장수들은 형편없이 뒤로 밀렸다.

백호대원들은 한번 잡은 승기를 놓치지 않았다. 그들은 방심하는 법도 없었다. 살기로 눈이 벌겋게 충혈된 백호대원들은 앞발로 토끼를 가지고 노는 범처럼 적들을 정신없이 몰아붙였다.

천로군 장수들은 바람에 날아가는 가랑잎처럼 엉덩방아를 찧고 데굴데굴 구르면서 수십 미터를 후퇴했다.

Chapter 2

"이럴 수가."

상관들의 처참한 모습에 천로군 병사들의 사기가 꺾였다.

쥬신 대제국에 대한 자부심으로 일생을 버텨온 이들이 바로 천로군의 병사들이다. 그런 병사들의 눈앞에서 상관들이 비참하게 구른다. 엉금엉금 기어서 도망친다. 그러다 결국 천로군의 장수들은 젠―201호의 대검에 목이 잘렸다.

이 끔찍한 전력 차이에 천로군 병사들은 몸서리를 쳤다.

바로 이어서 서원평의 서슬 퍼런 호통이 뒤따랐다.

"항복할 자들은 두 손을 들고 땅바닥에 엎드려라. 개처럼 납죽 엎드려 굴복하면 죽이지는 않으마. 저항할 놈들은 마음껏 저항해봐라. 네놈들의 몸뚱어리를 모조리 흩어놓을 것이야."

천로군의 병사들은 "몸뚱어리를 흩어놓는다."는 게 무엇을 의미하는지 깨닫지 못했다.

하지만 곧 이해가 되었다. 백호대원들은 천로군 병사들을 향해서 총이 아닌 로켓을 난사했다.

인간의 몸이 로켓에 맞아 산산이 박살 나는 장면을 보면서 천로군 병사들은 심장이 멎는 듯한 충격을 받았다.

간씨 세가의 백호대원들은 그야말로 인성이 말살된 인간 병기들이었다. 사람을 사람으로 보지 않는 개백정이나 다름없었다.

천로군이 빈민가 외곽에서 시간을 벌어주는 동안, 이공의 호위병들은 이공을 탈출시킬 계획을 실행에 옮겼다.

호위병들은 오토바이 10대에 나누어 탑승한 다음, 서로 눈짓을 주고받았다.

이 10대 가운데 하나에 이공이 앉았다.

"으어어. 으어어어."

이공은 벌벌 떨면서 호위병의 허리를 꼭 끌어안았다.

나머지 9대의 오토바이 뒷자리에는 환관들이 앉았다. 당연히 이 환관들은 이공과 복장이 같았다.

이건 참으로 뻔한 전략이었다.

환관들을 태운 오토바이는 적들을 한참 교란한 다음, 일부러 적들이 파놓은 함정에 빠질 것이다. 그 사이 이공을 태운 오토바이는 미리 보아둔 은밀한 길을 통해서 포위망을 돌파한다.

이게 바로 호위병들의 세운 탈출 전략이었다.

원래 이 전략을 입안한 사람은 용성 대장군이었다. 이공의 어명을 받아 인도로 출격하기 전, 용성은 이공에게 비상사태가 발생할 것을 대비하여 탈출 전략을 구상했다. 그 후 불행하게도 용성은 간씨 세가의 포로가 되었다.

시간이 급박한 상태에서 대비책을 구상하다 보니 용성이 세운 탈출 전략은 완벽하지 않았다.

이렇게 급조한 전략을 환관들이 꿰뚫어 보지 못할 리 없었다. 환관들은 원래 눈치 하나로 먹고사는 족속들이 아니던가.

이공을 가까이서 모시던 늙은 상선이 오토바이 뒷자리에서 내리더니 후다닥 이공에게 달려왔다.

"폐하, 제가 폐하를 모시지 않으면 누가 폐하를 알뜰살뜰하게 보살피오리까. 소신도 이 오토바이를 타겠나이다."

늙은 상선은 이공의 뒤에 냉큼 올라타더니 이공의 허리를 제 목숨줄이라도 되는 것처럼 힘껏 끌어안았다.

호위병이 버럭 화를 냈다.

"뒤가 무거우면 어찌 적들을 따돌리겠소? 상선께서는 원래 배정된 오토바이로 가시오."

"어허. 늙은 내가 무거우면 얼마나 무겁다고 그러나. 폐하께서는 내가 모시지 않으면 식사도 제대로 하시지 못하신다네. 어서 출발하게."

상선이 도리어 호통을 쳤다.

그 사이 다른 환관들도 이 오토바이로 뛰어올 기미를 보였다.

이공도 아주 바보는 아니었다. 이공은 늙은 상선의 속셈을 한눈에 헤아리고는 팔꿈치로 상선의 옆구리를 찍었다.

"왜 이렇게 질척거리는 게야? 상선은 어서 내려서 저 오토바이로 가라."

"폐하, 아니되옵니다. 소신은 끝까지 폐하를 모실 것이옵니다."

늙은 상선은 이공을 더욱 꽉 부둥켜안았다.

"허어. 저리 가래도. 네놈이 정녕 미쳤구나."

이공은 팔꿈치를 연신 휘둘러 상선을 때렸다.

그래도 상선이 버티자 호위병이 오토바이에서 내려서 상선의 머리끄덩이를 붙잡았다.

호위병은 용성이 천로군의 장수급들 중에서 엄선하여 뽑은 자들이었다. 당연히 무술 실력이 뛰어나고 충성심이 강했다.

늙은 상선이 호위병의 힘을 이겨낼 리 없었다.

"어이쿠, 나 죽는다."

호위병은 상선을 오토바이에서 떼어내어 땅바닥에 내팽개쳤다.

그러는 동안 나머지 9명의 호위병들은 검을 뽑아 각자 담당한 환관들의 목에 겨눴다. 환관들은 이공의 오토바이를 향해서 달려오려다 말고 다시 본래 지정된 오토바이 뒷자리에 앉을 수밖에 없었다.

'아뿔싸. 우리는 폐하와 똑같은 복장으로 폐하의 행세를 하다가 죽게 될 운명이로구나.'

'이런 쌰.'

환관들이 속으로 융통성 없는 호위병들을 욕했다.

비겁한 환관들과 달리 이공의 신하들은 탈출에 목을 매지 않았다. 승상인 인국진을 포함하여 쥬신의 충신들은 오늘 이 자리에서 죽을 각오를 했다.

대부분의 신하들은 이미 90이 넘은 고령이었다. 또한 그들은 평생 쥬신 대제국의 부활을 염원하며 목숨을 바쳐온 충신들이었다.

그런 충신들이 한낱 목숨 따위가 아까워 자신들의 평생 신념을 저버릴 리 없었다.

인국진이 신하들을 쓱 둘러보았다. 인국진은 신하들 한

명 한 명과 시선을 맞추면서 고개를 주억거렸다.

"다들 고맙네. 고마워."

고맙다는 말을 하는 인국진의 눈가가 촉촉이 젖어들었
다.

"고맙긴요. 저희가 오히려 승상께 고맙지요."

"그렇습니다. 그동안 승상께서 고생이 많으셨습니다."

신하들은 오히려 인국진을 위로했다.

이 가운데는 간씨 세가의 원로원주의 친척인 남문주도
포함되었다. 남문주의 외모는 팔촌인 남충주와 닮아 있었
다.

Chapter 3

대소신료들과 눈빛을 주고받던 인국진의 시선이 문득 학
송, 즉 학선생에게 멎었다.

회양당의 2대 당주이자 이공의 총애를 한 몸에 받던 학
선생은 이 자리에 모인 신하들 가운데 가장 나이가 젊었다.

'허어. 학선생은 아직 죽기에 이른 나이인데.'

인국진은 학선생에 대해서 안타까운 마음을 품었다. 그
러면서 학선생에 대한 그의 원망감도 슬그머니 풀렸다.

최근에 인국진은 학선생에게 크게 실망했다. 학선생이 이수민을 배척하여 조직을 둘로 쪼갰다고 생각한 탓이었다.

실제로도 인국진은 이공이 보는 앞에서 학선생과 대판 싸우기도 하였다.

'한데 이제 보니 학선생도 충신이었구나. 죽음을 앞에 두고도 저렇게 초연한 모습을 보이다니, 역시 학운철이 아들을 잘 두었어.'

인국진은 학선생의 선친인 학운철을 오랜만에 자신의 뇌리에 끌어당겨 놓았다.

학운철과 인국진은 막역한 친구 사이였다. 인국진은 학운철의 매화와 같은 절개와 고고한 인품을 존경했다.

오래 전 학운철이 죽었을 때 가장 서럽게 운 사람도 인국진이었다.

사실은 그 학운철이 살모사 같은 아들 학송의 손에 죽었다. 하지만 인국진은 꿈에도 그 사실을 몰랐다.

인국진이 학운철과의 옛 추억을 반추하는 동안, 학선생은 눈을 지그시 감고 흔들리는 마음을 다잡았다.

솔직히 학선생은 이 자리에서 도망치고 싶었다. 만약 학선생이 마음만 먹었다면 그는 이미 이틀 전에 이공의 곁을 떴을 것이다. 학선생은 조만간 간씨 세가에서 방콕 빈민가를 덮칠 것이란 사실을 미리 알고 있었기 때문이다.

'왜냐? 간씨 세가에 이공 늙은이의 위치를 꼰지른 게 바로 나거든.'

학선생이 속으로 중얼거렸다.

간씨 세가에 남문주의 이름으로 투서를 한 장본인이 바로 학선생이었다. 그러니까 학선생은 투서를 한 즉시 이공의 곁을 떠나도 되었다.

하지만 학선생은 그러지 않았다.

'어차피 이공이 붙잡혀 가면, 나에 대한 모든 이야기가 간씨 세가로 흘러들어 갈 거야. 이공 늙은이는 강단이 약해서 결국 모든 것들을 술술 불 테니까.'

그럼 간씨 세가는 악착같이 학선생의 뒤를 쫓을 것이 뻔했다. 쥬신의 부활을 꿈꾸었던 조직에서 이공과 이택민, 이수민 등을 제외하면 가장 중요한 고위급 인물이 바로 학선생인 까닭이었다.

'심지어 간씨 세가는 이린의 천공안을 이용해서 나를 추적하는 것도 가능하지. 조직이 붕괴한 상태에서 책상물림에 불과한 내가 언제까지 간씨 세가를 피해 다닐 수 있을까? 설령 운이 좋아서 놈들의 눈을 피했다고 치자. 그때의 내 삶은 얼마나 시궁창이겠어? 내가 어디 떵떵거리며 여생을 보낼 수나 있겠느냐고.'

하여 학선생은 건곤일척의 승부수를 던졌다.

'이공 늙은이와 함께 도망치다가 잡히면 앞날이 뻔하지. 차라리 내가 보낸 편지를 믿어보자. 간씨 놈들이 내 투서를 높이 평가한다면, 나를 박대하지는 않을 거야. 오히려 나를 공신으로 대접하며 한 자리를 내줄지도 몰라.'

학선생은 이렇게 다짐을 하는 와중에도 심장이 벌렁거렸다. 그만큼 학선생은 겁이 많은 쥐새끼 같은 자였다.

그런 학선생의 귀에 쾅! 쾅! 폭음이 들렸다. 천로군의 장수와 병사들이 내지르는 비명도 그의 심장을 후벼 팠다.

'으으윽. 으으으윽.'

아군의 비명을 들을 때마다 학선생은 속으로 진저리를 쳤다.

'저 무식한 간씨 놈들이 피아식별도 하지 못하고 여기에 로켓을 때려 박는 것은 아니겠지? 으으으. 절대 그러면 안 되는데.'

학선생이 간절히 조상신에게 빌 때였다.

부릉, 부릉, 부아아아앙—

열 대의 오토바이가 요란한 소리를 내면서 빈민가 담벼락을 타넘었다. 열 갈래로 갈라진 오토바이는 좁은 골목을 전속력으로 내달리면서 탈출을 시도했다.

인국진이 나직하게 중얼거렸다.

"쥬신의 열성조시여, 부디 폐하를 지켜주소서."

그 말을 들은 신하들이 같은 내용을 반복했다.

"쥬신의 열성조시여, 부디 폐하께서 무사히 탈출하실 수 있도록 보호하소서."

학선생이 늙은 신하들을 비웃었다.

'열성조는 개뿔. 그 열성조 중에서 으뜸이라는 패황과 광황이 북해 전투에서 오대군벌 수노부들에게 왕창 깨졌구 먼, 무슨.'

이어서 학선생은 늙은 신하들뿐 아니라 패황 이군억, 혹은 패황의 후계자를 욕했다.

'내 이럴 줄 알았으면 진즉에 대지의 소서러에게 줄을 댔을 것인데. 대지의 소서러가 쥬신 제국과 관련된 여인들을 좋아한다니 그에게 내 부인을 바쳐서라도 알랑방귀를 뀌었을 텐데, 그 망할 놈의 패황에게 흘려서 내가 선택을 잘못하였어. 패황이 대지의 소서러에게 처참하게 깨질 줄 누가 알았겠어? 어이구, 병신 같은 놈.'

학선생은 발리에서 만났던 그 패황이 대지의 소서러와 동일인일 거라고는 전혀 생각하지 못했다.

학선생이 눈을 꽉 감고 패황을 욕할 때였다.

슈와악—.

한 줄기 바람과 함께 학선생의 머리 위에 주홍빛 갑옷을 입은 사내가 등장했다.

헬기에서 맨몸으로 뛰어내려 학선생의 머리 위 10 미터 지점에 둥실 떠오른 사내의 정체는 다름 아닌 이탄이었다.

돌풍 소리에 놀란 인국진과 남문주 등이 고개를 들어 하늘을 올려다보았다. 학선생도 실눈을 살짝 떴다.

사람들이 지켜보는 가운데 이탄이 손가락을 까딱였다.

이곳 간씨 세가 세상에서 이탄은 흙을 자유롭게 다루는 대지의 소서러였다.

하지만 이탄의 본래 능력은 흙보다도 금속에 더 초점이 맞춰져 있었다. 이탄이 의지를 일으킨 순간, 붉은 금속과 관련된 4가지 권능이 발현했다.

첫째, 마나를 복리로 늘려주는 복리증식(複利增殖)의 권능.

둘째, 혼을 쪼개서 여러 사람의 몸에 깃들 수 있는 분혼기생(分魂寄生)의 권능.

셋째, 세상 그 무엇보다 강력한 방어력을 제공하는 적양갑주(赤陽甲冑)의 권능.

넷째, 세상의 모든 금속을 컨트롤할 수 있는 만금제어(萬金制御)의 권능.

이 가운데 이탄은 만금제어의 권능을 꺼내들었다.

이탄이 양손을 수평으로 뻗은 순간, 수십 미터 밖을 질주하던 열 대의 오토바이가 동시에 허공에 고정되었다.

당황한 호위병들이 엑셀을 미친 듯이 밟았다.

부와앙, 부와아앙—.

그래 봤자 오토바이 바퀴는 공회전만 거듭할 뿐이었다.

"이리 와."

이탄이 명을 내렸다.

그 즉시 열 대의 오토바이는 자석에 끌려오기라도 하는 것처럼 허공을 날아 이탄을 향해서 되돌아왔다.

"이게 무슨!"

"헉? 대지의 소서러다."

천로군의 호위병들이 비명을 질렀다. 그들은 이탄의 차림새를 보고는 곧바로 정체를 알아차렸다.

그 말에 모든 환관들이 놀랐다.

이탄을 올려다보던 신하들도 기겁했다.

Chapter 4

"뭣이? 저자가 대지의 소서러라고?"

인국진의 동공이 폭풍이라도 만난 듯 흔들렸다.

남문주는 볼 안쪽 살을 꽉 깨물었다.

하지만 뭐니 뭐니 해도 가장 크게 놀란 사람은 이공과 학선생이었다. 이 자리에 모인 사람들을 통틀어서 이공과 학선생이 가장 비겁하고 겁이 많았다.

그중에서도 으뜸을 꼽으라면 학선생이었다. 학선생은 대지의 소서러라는 말을 듣자마자 오줌부터 찔끔 지렸다.

이탄이 천천히 지상에 내려섰다.

꼼짝도 못 하고 이탄에게 끌려온 열 대의 오토바이는 허공 10미터 높이에서 빙글빙글 자전을 했다.

이공과 9명의 환관들은 오토바이에서 떨어져 죽을세라 오토바이 안장을 꽉 움켜쥐고 바들바들 떨었다.

"아으으. 살려 줘."

"허억, 허억, 여기서 떨어지면 안 돼. 으허헝."

10미터 상공에서 울음을 터뜨린 자들이 무려 10명이나 되었다. 이공과 9명의 환관들이 바로 그 울보들이었다.

반면 오토바이의 운전석에 앉아 있던 천로군의 호위병들은 어느새 주작대원들에게 저격을 당했다.

천로군의 호위병들이 오토바이에서 뛰어내려 이탄을 공격하려 들자 주작대주가 저격신호를 보낸 것이다.

"쏴."

이 한 마디에 10명의 주작대원들이 동시에 방아쇠를 당겼다.

스나이퍼로 키워진 주작대원들은 헬기에서 저격용 라이플을 들고 미리 대기 중이었다. 그러다가 그녀들은 주작대주의 명령이 떨어지자 적 호위병들의 이마에 총알을 하나씩 탕탕 박아주었다.

평상시 천로군 호위병의 실력이라면 주작대의 저격을 피했을 것이다. 혹은 날아오는 총알을 검으로 베었을지도 모른다. 용성 대장군이 직접 육성한 호위병들은 그만큼 실력이 뛰어났다.

하지만 지금 호위병들의 상태는 정상과는 거리가 멀었다. 호위병들은 이탄의 만금제어에 의해 허공으로 딸려 올라오는 바람에 놀라서 감각이 흐트러졌다. 게다가 호위병들의 검도 '〈' 자 모양으로 구부러져서 검집에서 뽑히지 않았다.

털썩, 털썩, 털썩, 털썩.

머리가 뚫려 죽은 시체 열 구가 마당에 후두둑 떨어졌다.

때 아닌 시체의 낙하에 다들 화들짝 놀랐다.

"으으읏."

늙은 대신들의 안면근육이 저절로 경련을 일으켰다.

'허억, 헉, 헉. 또 숨이 안 쉬어져. 커허억.'

호흡이 가빠진 학선생은 아예 사시나무처럼 몸을 떨었다.

바로 그때였다.

콰앙.

담장을 부수고 젠—201호 한 기가 좁은 마당에 들어섰다. 젠—201호의 탑승석으로부터 백호대주 서원평이 뛰어내렸다.

"의장님을 뵙습니다."

서원평은 착지와 동시에 한쪽 무릎을 꿇고 이탄에게 머리를 조아렸다.

이어서 반대쪽 담장이 무너졌다.

또 그 옆쪽 담장도 붕괴했다.

담장 밖에는 수십 기의 젠—201호들이 에워싸고 있었다.

이미 주변의 건물들은 모두 허물어진 상태였다. 이 일대에는 오직 이 집 하나만 남았다. 백호대가 주변 집들을 철거해버린 탓이었다.

집을 둘러싼 젠—201호들이 이탄을 향해서 쿵쿵 무릎을 꿇었다.

"의장님을 뵙습니다."

백호대원들의 우렁찬 목소리가 주변을 떨어울렸다. 하늘에서는 간씨 세가의 전투헬기들이 요란한 소리를 내면서 선회 중이었다.

이탄의 머리카락이 우르르 일어나 하늘을 향해서 일렁거렸다.

"으으윽."

이 압도적인 장면에 쥬신 잔당들의 동공이 위태롭게 흔들렸다.

이탄은 하늘에 떠 있던 이공과 9명의 환관들을 땅바닥에 내려놓았다.

"어이쿠."

이공이 가랑잎처럼 굴러서 대신들 사이에 처박혔다. 머리가 산발이 된 이공이 손을 벌벌 떨면서 상체를 휘청거렸다.

"폐하, 정신 차리십시오."

인국진이 이공을 부둥켜안았다.

"폐하."

늙은 대신들은 이공을 보호하려 듯이 둘러쌌다.

"이런 역적놈. 무엄하도다. 이분이 뉘신 줄 알고 이런 막돼먹은 행동을 하느냐."

남문주가 양팔을 벌려 이공의 앞을 가로막고는 이탄에게 호통을 쳤다.

늙은 대신들이 용기를 내어 이공을 돌보는 동안, 환관들은 이공과 대신들의 등 뒤에 숨어서 새우처럼 몸을 웅크렸다.

이탄은 태양을 등지고 서서 이공 무리를 훑어보았다.

이탄의 눈에 비친 자들은 다들 초라하고 볼품이 없었다. 특히 이공의 모습은 실망스럽기 그지없었다.

'쯧쯧.'

이탄이 속으로 혀를 찼다.

이공은 이탄의 외조부였다. 만약에 이탄이 화염의 여제 이채민을 어머니로 인정한다면, 이채민의 친부인 이공을 외조부로 인정할 수밖에 없었다.

한데 이탄의 의견은 달랐다.

엄밀하게 따져서 이탄은 이공과는 전혀 상관이 없는 사람이었다. 정확히 말하자면 이채민과 이탄도 정상적인 모자 사이는 아니었다.

Chapter 5

이공이 오해를 하고 있는 바와 달리, 25년 전 이채민은 외간남자와 사통을 하여 이탄을 잉태한 게 아니었다.

그 무렵 이채민은 쥬신 제국의 부활을 위해서 고대 황릉을 뒤지고 다녔다. 그러다 어느 외딴 섬에서 이채민은 미치광이 황제라 불리던 광황 이충의 무덤을 발견하였다. 당연히 이채민은 뛸 듯이 기뻐했다.

하나 그 후에 벌어진 일은 이채민의 기억 속에서 깡그리
지워졌다.

이채민은 폐황릉에서 벌어진 사건을 기억 못 할 뿐 아니
라 광황이 남긴 유품도 전혀 얻지 못했다.

대신 엉뚱하게도 이채민의 뱃속에는 아이가 하나 들어섰
다.

그 옛날 광황이 남긴 예언이 맞아떨어진 것이다.

"고는 수백 년 뒤 갓난아이의 몸을 빌려 부활하겠노라."

이게 당시 이충의 예언이었다.

그리고 예언 속의 그 갓난아이가 바로 이탄이었다.

임신을 한 이채민은 뱃속의 태아를 저주했다. 이채민은
예상치 못한 임신에 미쳐버릴 것만 같았다. 그로 인해 그녀
는 약혼자였던 목운 장군과도 파탄을 맞았다.

결국 이채민은 낙태를 결심했다.

한데 태아의 생명력이 어찌나 질기던지…….

이채민이 온갖 수법을 다 동원해도 이탄은 떼어지지 않
았다. 이채민은 어쩔 수 없이 이탄을 낳게 되었다.

일단 낳고 보니 이채민은 더더욱 이탄이 꼴 보기 싫었다.
그녀가 갓 난 이탄을 돌보지 않고 내다버리다시피 한 것은,
이러한 속사정 때문이었다.

이제는 이탄도 전후사정을 파악했다.

정확히 말해서 이채민은 이탄의 생물학적 어머니가 아니었다. 이탄은 그저 아홉 달 동안 이채민의 뱃속을 요람처럼 빌려 썼을 따름이었다.

그러므로 이공도 이탄의 외조부일 수가 없었다. 이공을 내려다보는 이탄의 눈길에는 단 한 점의 온기도 깃들어 있지 않았다.

하면 이탄은 쥬신 황실과 완전히 무관한가?

이건 또 아니었다. 대대로 쥬신의 적통들은 피를 통해서 자신의 혈통을 증명하는 것이 가능했다.

쥬신의 적통이 피를 내어 허공에 뿌리면, 그 피 속에서 은은하게 드래곤의 형상이 드러나곤 하는데, 이게 바로 혈통의 증명 방법이었다.

이탄도 이게 되었다. 이탄이 피를 뿌리면 드래곤의 형상이 은은하게 드러났다.

다만 이탄의 피에서 발현된 드래곤의 모습은 시시때때로 바뀌었다.

때로는 휘황찬란한 골드 드래곤.

때로는 새까만 블랙 드래곤.

또 다른 경우엔 화염을 품은 레드 드래곤이 나타났다. 이 밖에 다른 빛깔의 드래곤도 종종 등장하곤 했다.

'이것도 참 묘한 일이지. 이미 내 진짜 육체는 죽어서 한 줌의 흙이 되었잖아. 오직 내 영혼만 남아서 간철호의 몸에 들어온 것뿐이잖아. 그런데 왜 내 피에서 쥬신 황실 적통의 특징이 나타날까?'

이탄은 혹시 간철호에게도 쥬신 황실의 피가 전해진 것은 아닌지 의심해 보았다.

한데 아무리 봐도 그건 아닌 듯했다.

당장 외모만 보더라도 간철호와 쥬신 황족은 거리가 멀었다. 간철호의 자식들 중에도 이탄과 같은 특징, 즉 쥬신 황가의 특징을 드러내는 자가 전무했다.

'그렇다면 나는 광황 이충의 재림인가?'

이탄은 이 점도 의심해 보았다.

화염의 여제 이채민의 뱃속에 갑자기 아이가 들어서게 된 것은 이충이 남긴 흑마법 때문임이 분명했다.

단, 이것만으로는 이탄이 이충의 재림이라는 보장이 없었다. 왜냐하면 이탄의 영혼은 이충의 그릇을 훌쩍 뛰어넘을 정도로 거대했기 때문이다.

게다가 이탄이 만약 이충의 재림이라면 그의 피에서는 오직 블랙 드래곤의 형상만 나타났을 것이다.

그런데 이탄의 피에서는 온갖 드래곤의 형상이 다 포함되어 있었다.

'이런 증거만 보더라도 나는 확실히 이충이 아니야. 그럼 나는 누구지?'

요새 이탄의 머릿속을 꽉 붙든 화두는 자신의 정체성에 대한 것이었다.

안타깝게도 이 화두에 대한 답을 줄 수 있는 사람은 세상에 없었다. 이건 옛 황실의 고서를 다 뒤져도 해답을 찾을 수 없는 수수께끼였다.

다만 이탄은 멀지 않은 미래에 이 질문에 대한 답을 스스로 구하게 될 것이라고 확신했다. 천공안의 권능이 이탄에게 확신을 주었다.

츠츠츠츳.

천공안을 떠올리는 순간, 이탄의 눈동자가 진한 백금색으로 물들었다. 이탄으로부터 감히 마주 볼 수도 없는 위엄이 흘러나왔다.

다음 순간, 백금색의 광채는 나타났던 것보다 더 빠르게 사라졌다.

이탄은 기세를 거둬들인 다음, 늙은 신하들 뒤쪽에서 와들와들 떠는 학선생에게 눈길을 주었다.

"네가 학송이구나."

이탄이 학선생에게 아는 체를 했다.

'응?'

학선생은 어리둥절했다.

'아니, 저자가 학선생은 왜 찾지?'

이공과 대신들, 환관들도 멍하게 학선생을 돌아보았다.

이탄은 입꼬리를 살짝 끌어올렸다.

"네가 보낸 투서는 잘 읽었다. 네가 테러의 배후인 이공과 이택민의 위치를 간씨 세가에 고해바친 것은 기특한 일이다."

"으헙!"

이탄의 말이 떨어지기 무섭게 학선생의 동공이 요동쳤다.

학선생뿐 아니라 이공과 대신들의 눈동자도 마구 흔들렸다.

학선생은 본능적인 위기감을 느끼고는 마구 도리질을 했다.

"절대 아닙니다. 대지의 소서러, 저 역적이 지금 이간질을 하는 것입니다. 제가 어찌 폐하와 태자마마를 역적들에게 팔아넘기겠습니까."

학선생은 강하게 부인을 하는 한편, 속으로 간철호를 욕했다.

'이런 개자식. 나를 엿 먹이려는 거야 뭐야? 내 도움으로 이공의 아지트를 찾아내었으면 나를 몰래 빼내줘야지,

이렇게 대놓고 드러내면 어떻게 해? 그나저나 대지의 소서
러가 어떻게 나의 정체를 알았지? 일부러 필체도 바꿔서
투서를 했는데 어떻게 내 정체를 콕 집어냈느냐고.'

"네가 투서를 보낸 게 아니라고? 이 편지를 보낸 사람이
네가 아니란 말인가?"

이탄은 남문주의 이름이 적힌 편지를 바닥에 던졌다. 이
탄이 무슨 마법을 부렸는지, 편지에 적힌 내용이 크게 확대
되어 허공에 떠올랐다.

당장 남문주가 펄쩍 뛰었다.

"뭐야? 거기서 왜 내 이름이 나와? 나는 너희 같은 역적
놈들에게 저딴 편지를 보낸 적이 없다."

이 자리의 그 누구도 남문주를 의심하지 않았다. 이탄이
뿌린 편지에 적혀 있는 바에 따르면, "이공과 이택민을 잡
아가고 남문주도 잡아가되, 학선생만큼은 진정한 의인이니
그를 용서해주시오."라는 글귀가 또렷하게 적혀 있는 까닭
이었다.

Chapter 6

뒤가 구린 학선생이 변명을 했다.

"이건 모함이다. 대지의 소서러가 나를 모함하는 것이야. 폐하, 부디 소신의 붉은 충심을 의심치 마소서."

학선생은 이공을 향해 변명을 하는 한편, 대신들 몰래 이탄에게 눈을 찡긋거렸다.

'내가 간씨 세가를 위해서 테러의 배후를 모두 고해바쳤지 않소. 그러니 제발 그만하시오. 이러면 내 꼴이 뭐가 되겠소.'

학선생은 필사적으로 입술을 달싹거려 이탄의 추가폭로를 막으려고 들었다.

한데 이탄은 그만두지 않았다. 오히려 그는 한술 더 떴다.

"뭘 그렇게 쥐새끼처럼 눈짓을 보내는 거냐? 여기 네가 보낸 투서가 또 있잖아. 미래를 읽는 자, 천공안의 주인을 우리 간씨 세가에 넘겨준 장본인도 학송, 바로 너잖아."

이탄이 또 다른 편지를 바닥에 던졌다.

이 편지의 내용도 크게 확대되어 허공에 떠올랐다.

이탄이 입매를 고약하게 비틀었다.

"너의 투서 덕분에 이린이라는 여자애를 간씨 세가로 잡아올 수 있었는데, 이것도 부인할 셈인가?"

"아니, 학선생! 학선생이 린이를 적들에게 팔아넘겼다니, 그게 사실이오?"

이공이 학선생을 향해서 고개를 홱 돌렸다. 이공의 눈에는 강한 불신이 어렸다.

학선생은 미친 듯이 머리를 가로저었다.

"아닙니다. 이간질에 넘어가지 마십시오, 폐하. 소신은 절대로 적들에게 저런 투서를 보낸 적이 없습니다."

이탄이 기다렸다는 듯이 끼어들었다.

"이린이라는 여자애가 그러더군. 자신을 돌보던 노파들 중에 학송의 사주를 받은 자가 있다고. 학송이 그 노파를 통해서 이린의 행적을 파악했고, 그 정보를 다시 간씨 세가로 보냈다고. 뭐, 원한다면 너와 이린을 대질심문해줄 수도 있어."

이탄은 자신만만했다.

"뭣이라?"

이공이 펄쩍 뛰었다.

대신들과 환관들도 입을 딱 벌렸다.

특히 환관들은 이탄의 말이 사실임을 바로 알아차렸다. 이린을 모시는 노파들 중에 학선생의 끄나풀이 있다는 점을 그들도 알고 있었다.

또한 엄밀하게 말해서 환관들도 종종 학선생의 끄나풀 역할을 하였다. 환관들은 이공과 이택민, 이수민 등의 정보를 학선생에게 귀띔해주었던 것이다. 그리고 그때마다 학선생은 환관들에게 두둑하게 한 몫을 찔러주었다.

이탄은 느긋하게 폭로를 이었다.

"그것 말고도 이린이 많은 이야기들을 해주더라고. 학송, 네가 30여 년 전에 동로군의 대장군인 목우의 행적을 오대군벌에 투서하여 그를 죽게 만들었다지?"

"헉!"

학송의 동공이 바짝 수축되었다.

이탄이 빙그레 웃었다.

"그리고 20년 전에는 목우의 동생인 목운을 우리 간씨 세가의 영역으로 보냈지? 그것도 알콜 중독자 폐인으로 만들어서? 또한 용성 대장군의 딸인 용설란도 목운에게 붙여서 보냈던데. 어디 그뿐인가? 너는 화염의 여제 이채민이 낳은 아이도 간씨 세가의 실험노예로 들여보냈으렷다?"

연이은 이탄의 폭로에 학선생은 머리가 멍했다.

이공과 대신들도 정신이 하나도 없었다. 이공이 생각하기에 대지의 소서러가 전혀 엉뚱한 이야기를 지어내는 것 같지는 않았다.

'20여 년 전, 채민이 낳은 아이를 간씨 세가 근처로 보내서 처리한 적이 있긴 해. 그런데 세상에서 그 사실을 알고 있는 사람은 극소수인데? 채민이도 모르는 비밀을 대지의 소서러가 어찌 알았지? 그건 고와 학선생 사이의 비밀

이었잖아.'

이공의 뇌리에는 과거에 덮어버린 일들이 불현듯 떠올랐다.

학선생은 사람들의 시선이 시시각각 변하는 모습을 보면서 얼굴이 하얗게 질렸다.

한데 이탄의 폭로는 아직 끝나지 않았다. 이탄은 학선생이 저지른 끔찍한 죄 2개를 추가로 덧붙였다.

"어디 보자. 최근에 너는 이수민을 욕보이려 든 적도 있군.

"뭣이? 학선생이 수민이를 욕보여?"

이공이 눈을 부릅떴다.

"또한 오래 전에는 살모사처럼 제 아비를 죽이기도 하였구나. 회양당의 초대 당주인 학운철이 목우를 칭찬하는 것이 질투 나서 아비를 죽인 살모사가 바로 너 학송이잖아."

"헉? 말도 안 돼."

이번에는 인국진이 자지러졌다. 죽은 학운철은 인국진이 가장 믿고 의지하던 동료이자 친구였다.

이제 사람들은 학선생을 인간이 아니라 더러운 괴물, 혹은 쓰레기를 보는 듯이 대했다.

물론 그들은 이탄의 말을 온전히 믿지 않았다.

'대지의 소서러가 우리를 이간질시키려는 의도일 수도

있어'

이공과 대신들은 당연히 이런 의심을 품었다.

한데 생각해보면 대지의 소서러가 굳이 그들을 이간질할 이유가 없었다. 이간질이라는 것은 본래 상대가 자신보다 강하거나 엇비슷할 때 상대의 전력을 약화시키기 위해서 사용하는 전략이었다.

한데 쥬신 복원 세력은 이제 완전히 무너졌다. 이공도, 인국진도, 학선생도 모두 간씨 세가의 포로로 붙잡혔다.

그런데 이 상황에서 굳이 대지의 소서러가 학선생에게 누명을 씌울 이유가 무엇이 있겠는가. 깔끔하게 목을 베어버리면 그만인데.

이탄이 그 점을 강조했다.

"내 말을 믿지 않아도 좋아. 너희 테러범들에게 굳이 내 말을 믿으라고 강요할 생각은 없어. 나는 그저 이린이라는 여자애가 천공안으로 본 내용을 읊어주었을 뿐이야. 저 학송이라는 자가 저지른 짓거리가 정말 쓰레기 같아서 말이야. 하하하."

"아닙니다. 거짓말입니다. 소신은 결백합니다."

학선생이 강하게 결백을 부르짖었다.

Chapter 7

이탄은 한 번 더 쐐기를 박았다.

"하와이에는 동로군, 중앙아시아에는 서로군, 발리에는 남로군, 몽골에는 북로군이 있었지. 얼마 전 이들은 우리 오대군벌에 의해 토벌을 당했거든. 너의 테러범들의 조직이 한날한시에 무너진 거야. 어떻게 이런 일이 가능했을까? 너희들 내부의 배신자가 아니었다면 그건 불가능했어."

이탄은 단지 의심의 불을 지폈을 뿐이었다. 이탄은 학선생이 동로군, 서로군, 남로군, 북로군을 투서한 장본인이라고 말하지 않았다.

"학선생!"

그런데도 이공은 찢어죽일 듯이 학선생을 노려보았다.

쥬신 제국의 부활을 꿈꾸던 자들 중에서도 이들 4개 군단의 정확한 주둔 위치를 알고 있는 사람은 이공과 이수민, 그리고 학선생뿐이었다. 심지어 승상인 인국진도 이 정보는 알지 못했다.

"학송, 네놈이 정녕 미쳤구나."

인국진도 눈에서 불을 토했다.

발리에서 전멸한 남로군의 총사령관 인유강은 인국진의

친아들이었다. 오대군벌의 공습으로 아들이 실종된 뒤, 인국진이 얼마나 가슴이 아팠던가. 그런데 배후에 학선생이 있다고 생각하자 인국진은 피가 거꾸로 솟는 기분이었다.

이탄이 능글맞게 웃었다.

"하하하. 어디 그뿐이겠어? 우리 간씨 세가에서는 천로군과 지로군도 해치우고 싶었거든. 그런데 지로군의 총사령관인 호문평이 인도 남부 고원지대에 숨어 있다고 알려준 게 누구일까? 게다가 호문평 곁에는 이수민도 있었지? 이렇게 둘만 붙잡아도 대만족인데, 거기에 더해서 그 자리에 천로군의 총사령관인 용성도 보내줬네? 대단해. 그렇게 화살 한 방을 쏴서 자신의 정치적 라이벌들을 싹 다 제거해버리다니, 재주도 좋아."

"커헉!"

학선생이 피를 토했다.

지금 이탄이 내뱉은 말은 완전 거짓이었다. 학선생은 진짜로 억울했다.

한데 이공은 이탄의 말을 믿었다.

"학선생, 나에게 용성 대장군을 인도로 파병하여 수민이 녀석의 고집을 꺾어줘야 한다고 주장하지 않았소. 그런데 그게 다 학선생의 계략이었소? 수민이와 문평이, 그리고 용성 대장군까지 모두 없애려는 계략이었느냐 말이오."

이공이 학선생의 멱살을 붙잡았다.

학선생은 눈앞이 캄캄했다.

'제기랄. 이제 내가 뭐라고 변명을 해도 이공 늙은이는 내 말을 믿지 않겠구나. 또한 다른 대소신료들도 나를 역적으로 여길 게야. 글렀다. 나는 더 이상 쥬신의 깃발 아래서 살 수가 없게 생겼어.'

이렇게 판단한 학선생은 빠르게 태도를 바꿨다.

"닥쳐라. 이 테러범 늙탱이야."

학선생은 자신의 멱살을 잡은 이공의 손을 거칠게 뿌리쳤다. 단지 손만 뿌리친 게 아니라 학선생은 이공을 뒤로 팍 떠밀었다.

"어이쿠."

이공은 볼품없이 나자빠졌다.

"퉤에. 퉤."

학선생은 그런 이공의 얼굴에 침까지 뱉었다.

"야 이 더러운 테러범 늙은이야. 너의 부당한 야욕 때문에 얼마나 많은 무고한 시민들이 목숨을 잃었는지 아느냐?"

학선생이 독하게 소리쳤다.

"아니, 학선생. 그게 무슨! 커헉, 헉."

충격을 받은 이공은 금붕어처럼 입만 벙긋거렸다.

학선생이 이공을 몰아붙였다.

"뭐? 늙은이가 쥬신 대제국을 부활시키겠다고? 어디서 그런 가당치도 않은 말로 세상을 현혹하려 드느냐. 늙은이가 무슨 자격이 있다고? 늙은이는 쥬신 황실의 적통이 아니라 사생아에 불과하잖아."

"이놈. 폐하께 그 무슨 망발인가."

보다 못해 인국진이 학선생에게 달려들었다.

학선생은 인국진의 손도 뿌리쳐서 바닥에 쓰러뜨렸다. 그리곤 그는 이공과 대신들을 향해서 독하게 쏘아붙였다.

"내 앞에서 이공 늙은이를 폐하라고 부르지 마라. 나는 저 늙은이를 폐하로 인정하지 못한다. 저 늙은이의 허황된 꿈 때문에 무고한 시민들이 얼마나 피해를 보았던가, 나는 그 피해를 줄이기 위해서 고심 끝에 간씨 세가에 투서를 보냈던 거였다."

학선생은 이런 말로 자신의 행동을 정당화했다. 그런 다음 별안간 이탄 앞에 납죽 엎드렸다.

"대지의 소서러시여. 올곧고 강직하신 분이시여. 당신께서 이 학송을 노엽게 보시는 것을 이해합니다. 당신의 눈에는 이 학송이 같잖게 보이시겠지요. 비록 제가 투서를 보내 이자들의 테러를 막았다고 하나, 어쨌거나 당신의 눈에 비친 이 학송은 주군을 배신한 자가 아니겠습니까. 그러니 당신께서 저를 고까워한다는 것을 잘 압니다."

"허."

이탄은 상대의 빠른 태세전환에 기가 막혔다.

학송은 더더욱 깊숙이 이마를 처박고는 구구절절하게 변명을 늘어놓았다.

"이린도 마찬가지일 것입니다. 그 아이의 눈에 제가 얼마나 밉게 비치겠습니까? 저는 그동안 이들 범죄조직이 저지를 테러를 사전에 미리 막기 위해서 물심양면으로 갖은 애를 썼습니다. 그 바람에 조직의 암호랑이라 불리는 표독한 이수민과도 척을 졌고요. 또한 이수민의 친딸인 이린과도 사이가 멀어졌습니다. 그러니 이린이 저에 대해서 대지의 소서러께 그 어떤 악담을 퍼부었다고 해도 저는 놀랍지가 않습니다."

"흐으음. 그런가? 너에 대한 그 모든 이야기가 이린이 날조한 음해라고?"

이탄은 팔짱을 끼고 본격적으로 학선생의 변명을 들어주었다.

학선생은 이탄으로부터 호응을 얻어냈다고 여기고는 한줄기 구명줄이라도 잡은 듯 열과 성을 다해서 그를 설득했다.

"이린의 말대로라면 저는 친부를 죽인 살모사에, 친구를 죽인 배덕자, 아군을 위험에 빠트린 배신자, 주군의 딸을 욕보이려던 성추행범일 것입니다. 천하의 몹쓸 놈일 것입니다. 하오나 대지의 소서러께서 현명하게 살펴보소서. 저를 음해한 이린은 저를 원수처럼 여기고 있습니다. 그러니 그 어린 계집의 말이 얼마나 진실을 담고 있겠습니까? 또한 저의 투서로 인해 수많은 시민들이 목숨을 건진 것은 엄연한 사실이 아닙니까. 단지 시민뿐이 아닙니다. 저의 투서로 인해 하와이에서, 중앙아시아에서, 발리에서, 몽골에서, 인도에서, 오대군벌의 병력들도 피해를 최소화하지 않았습니까."

몇 달 전, 오대군벌이 하와이, 중앙아시아, 발리, 몽골 등에서 쥬신 잔당들의 4개 군단을 토벌한 것은 학선생의 정보와는 무관했다.

그런데 학선생은 자신이 투서하지 않은 내용도 자신의 공으로 돌렸다.

'정말 어이가 없군.'

이탄은 상대의 간교함에 혀를 내둘렀다.

Chapter 8

학선생이 기를 쓰고 혓바닥을 놀렸다.

"대지의 소서러께서 한번 생각해 보십시오. 제가 천하의 패륜아에 몹쓸 놈이고 제 한 몸만 위하는 소인배라면 무엇을 위해 위험하게 간씨 세가에 투서를 보냈겠습니까? 그냥 이 테러범들과 어울려서 한평생을 풍족하게 살면 될 것을요. 이제 와 드리는 말씀인데, 이공 늙은이는 멍청하기 짝이 없어서 제 말이라면 무엇이든 들어주었습니다. 그러니 저는 그냥 이들과 어우러져 편하게 살 수도 있었습니다."

학선생은 이공의 멍청함을 아뢰면서 고개를 돌려 이공과 눈을 마주쳤다.

"커헉."

이공이 뻣뻣해진 뒷목을 잡았다.

"이노옴, 학송."

진노한 인국진이 학선생을 향해서 달려들었다.

그 전에 서원평이 칼을 뽑아 인국진의 목에 겨눴다.

"스톱."

"윽."

목에 닿은 예리한 촉감에 인국진이 행동을 멈췄다.

인국진의 목에서 흘러나온 핏방울은 서원평의 칼날을 타고 또르륵 굴러떨어졌다. 인국진의 이마에서도 식은땀이 흘러내렸다.

"흥."

학선생은 비웃듯이 인국진에게 혀를 내밀었다. 그런 다음 학선생은 다시 고개를 돌려 이탄 앞에 머리를 조아렸다.

"물론 저의 죄가 전혀 없다는 것은 아닙니다. 그럼에도 저는 떳떳합니다. 이공의 무리들이 저지를 테러로부터 수많은 목숨을 구하기 위해서 저 자신을 내던진 것이기 때문입니다. 부디 대지의 소서러께서는 이린이라는 어린 계집의 말만 듣고 판단을 내리지 말아주십시오. 전체적인 정황을 보시고 저의 죄와 공을 공평하게 저울에 올려주십시오. 그러면 저의 죄보다 공이 크다는 사실을 알게 되실 겁니다."

학선생은 이런 말로 자신에 대한 변론을 마무리 지었다.

'허어.'

이탄이 판단하기에 학선생의 혀는 용성 대장군의 검보다 더 날카로웠다. 학선생의 말을 듣고 있노라면 어지간한 사람은 그냥 홀려버릴 것 같았다.

반대로 학선생의 세 치 혀에 놀아나는 대상은 머리가 부글부글 끓다 못해 혈관이 터져버릴 지경이었다.

예전에 용성 대장군이 이공이 보는 앞에서 학선생에게 당했을 때가 꼭 이런 기분이었을 것이다.

이수민, 이채민, 이소민 자매가 학선생에게 당했을 때도 이와 마찬가지로 기분이 더러웠을 것이 분명했다.

그 더러운 기분을 지금은 이공이 느끼고 있었다.

이탄은 울긋불긋하게 시시각각 변해가는 이공의 얼굴을 슬며시 돌아보았다. 이탄의 입가에 희미하게 미소가 걸렸다.

'후훗. 이공이여, 이게 나의 복수다. 늙은이가 철석같이 믿고 의지하던 신하에게 뒤통수를 맞는 것만큼 통쾌한 복수가 또 어디에 있겠는가.'

이탄은 속으로 중얼거렸다.

이탄이 발리에서 학선생의 명줄을 끊어놓지 않은 것도 오직 이 순간을 위해서였다. 당시 이탄은 천공안으로 미래에 벌어질 일들을 미리 보고는 학선생을 살려두었다.

"크헉. 이 천하의 후레자식아. 크허어억."

마침내 이공이 입에 거품을 물고 뒤로 쓰러졌다.

그동안 몇 차례나 뒷목을 잡고 쓰러졌던 전력 때문일 것이다. 이공은 뇌혈관이 완전히 터지면서 완전히 뒤로 넘어갔다.

'저런. 앞으로 이공은 정상적인 생활이 불가능하겠군. 아무리 잘 봐줘도 반신불수야. 혹은 손가락 하나 까딱하지 못하는 식물인간이 될 가능성도 높겠어. 쯧쯧쯧.'

이탄은 차가운 눈으로 이공을 내려다보았다.

오래 전 어린 이탄을 이채민의 품에서 떼어내 적진 한복판에 내다버리도록 만든 자가 이공이었다.

이탄은 그런 이공이 쓰러지는 모습을 보고는 비로소 마

음속의 매듭 하나를 풀었다.

이공에 대한 복수를 마쳤으니 다음은 학선생의 차례였다. 이탄은 결코 학선생을 편히 죽게 만들 마음이 없었다.

'따지고 보면 학송 놈이야말로 진짜 원수가 아닌가. 이공에게는 직접 손을 쓰기 찜찜해서 간접적인 복수만 했다만, 학송 놈은 내가 직접 살점을 흩어놓을 것이야.'

이탄의 눈길이 학선생에게 향했다.

학선생 때문에 이탄은 어린 나이에 화재로 얼굴이 뭉개졌다. 바로 저놈 때문에 이탄은 간씨 세가에 실험체로 팔려 갔다. 이탄이 목이 잘려 망령목에 머리가 매달린 신세가 된 것도, 이탄이 듀라한이 되어버린 것도, 따지고 보면 학선생의 탓이 컸다.

'드디어 네놈을 처단할 때가 되었구나. 살아 있는 것을 저주하게 만들어 주마.'

이탄은 주먹에 지그시 힘을 주었다.

뿌드득.

이탄의 손아귀에서 뼈 마찰하는 소리가 크게 울렸다.

이공을 향한 이탄의 눈빛이 얼음장처럼 차가웠다면, 학선생을 바라보는 그의 눈빛은 이글거리는 지옥 불을 담고 있었다.

당일 정오.

각 방송사들은 정규 편성 프로그램을 중단하고 긴급속보를 내보냈다.

"씨엠엠 속보입니다. 오늘 오전 10시, 전 세계를 경악에 몰아넣었던 테러범의 수괴가 방콕 시내에서 전격적으로 체포되었습니다. 이 수괴는 멸망한 쥬신의 적통이라 주장하며 세력을 모았으며, 수차례의 테러 행위를 통해서 무고한 생명들을 앗아간 흉악범으로……."

"비씨씨 뉴스입니다. 오늘 정오 간씨 세가의 대변인이 전 세계 유수의 언론들을 모아서 긴급 브리핑을 가졌는데요, 대변인의 말에 따르면 간씨 세가는 오늘 오전 10시 경 방콕 시내의 빈민가를 급습하여 테러조직을 일망타진했다는 소식입니다. 한편 같은 시각에 유럽의 발렌시드 가문도 테러조직을 급습하여……."

"아시아의 소리에서 전합니다. 오늘 10시, 방콕의 시내에서 은신 중이던 테러조직의 수괴가 붙잡혔습니다. 좀 더 자세한 내용은 현장을 연결해서 들어보겠습니다."

뉴스에 방영되는 동영상은 간씨 세가와 발렌시드 가문이 제공한 것들이었다.

예를 들어서 테러의 수괴 이공이 들것에 실려서 호송되는 장면과, 그 뒤를 이어서 학선생과 인국진을 비롯한 쥬신의 잔당들이 줄줄이 포승줄에 묶여서 끌려가는 장면이 고스란히 전파를 탔다.

물론 그보다 더 부각된 것은 이탄이 양손을 들어 오토바이를 탄 테러범 10명을 동시에 제압하는 장면이었다.

일반인들의 눈에는 천둥벼락이 내리치고 스파크가 튀는 전투 장면보다 이런 것들이 더 또렷하게 각인되었다.

Chapter 9

한편 방콕뿐 아니라 유럽에서 전해진 뉴스도 대중의 눈과 귀를 사로잡았다.

릴리트 공주가 이끄는 발렌시드 기사단은 쥬신 잔당들의 아지트를 급습하여 공을 세웠는데, 이때 발생한 주요 장면들이 편집되어 언론사를 통해 뿌려졌다.

'ᾒ'자 모양의 문장이 새겨진 발렌시드의 깃발이 멋들어지게 휘날리는 가운데, 릴리트는 자신의 특기인 플래쉬(Flash: 섬광) 마법을 발휘하여 쥬신 잔당들을 헤집었다.

릴리트의 여동생인 치아타 공주도 사브레(검의 일종)를 지그재그로 휘두르며 적들을 제압했다.

릴리트가 번쩍번쩍 섬광으로 변할 때마다 쥬신 잔당들은

비명을 지르며 고꾸라졌다.

치아타가 검끝을 날카롭게 휘두르자 적들을 뒷걸음질을 칠 수밖에 없었다.

발렌시드 기사단의 손에 쓰러진 자들은 쥬신의 천지현황 4개 군단 가운데 황로군 소속 장수들이었다.

황로군의 총사령관인 관욱은 가슴 속에 오로지 '쥬신 제국의 부활'이라는 일곱 글자만 품고 살던 무인이었다.

그런데 최근 학선생과 이수민이 반목하여 조직에 내분이 생겼다. 이에 관욱은 크게 실망하여 황로군을 해산해버렸다. 그리고 본인은 태자인 이택민을 모시고 유럽의 아지트에 칩거했다.

황로군이 해산된 이후에도 관욱의 곁에는 10명 남짓한 장수와 병사들이 남았다. 이들은 관욱과 함께 끝까지 이택민의 곁을 지켰다. 그러다 오늘 발렌시드 기사단을 맞닥뜨리게 된 것이다.

관욱이 이택민을 안고 하수구를 통해 도망치는 동안, 관욱의 부하들은 시간을 벌기 위해 발렌시드 기사들과 싸웠다.

릴리트와 치아타가 빠른 속도로 방해꾼들을 제압했다. 일부 기사들까지 나서서 방패로 밀어붙이고 빛이 어린 검을 휘둘렀다.

황로군의 장수들은 하나둘 무릎을 꿇었다.

속도가 빠른 릴리트가 먼저 치고 나갔다.

"이택민이라는 놈을 꼭 잡아야 한다. 나와 치아타가 뒤를 쫓을 테니까 너희는 놈들의 퇴로를 미리 차단해라."

릴리트의 명이 떨어졌다.

"알겠습니다, 공주님."

발렌시드의 수석기사는 무전기를 통해 도시의 치안감을 호출했다.

치안감은 이미 경시청의 비상상황실에서 대기 중이었다.

현재 도시 밖으로 연결된 모든 도로에는 경찰과 군 병력이 깔린 상태였다. 거기에 더해서 발렌시드의 수석기사는 지하의 하수구까지 통제하도록 지시했다.

명을 받은 치안감이 경찰 병력을 다시 움직였다.

그 결과 오토바이를 탄 경찰들이 맨홀 뚜껑 하나하나마다 배치되었다. 경시청 비상상황실의 분할 모니터에는 하수구 내부의 영상이 떠올랐다.

이윽고 화면에 목표물이 포착되었다. 수염을 기른 동양인 사내가 소년을 등에 업고 뛰어가는 장면이었다.

치안감은 즉시 그 위치를 발렌시드의 수석기사에게 전달했다.

수석기사가 다시 이를 릴리트, 치아타 자매에게 알렸다.

"D—144 구역이라고?"

치아타가 패드를 꺼내 적의 위치를 파악했다.

패드에는 도시 전체의 지도가 떠 있었는데, 그중 한 구역에 빨간 점이 찍혔다. 이어서 빨간 점까지 가장 빠르게 갈수 있는 하수구 통로가 지도 위에 겹쳐서 떠올랐다.

"언니, 저쪽이에요."

치아타가 재빨리 방향을 가리켰다.

앞서 달리던 릴리트가 번쩍 되돌아와서 치아타의 패드를 확인하고는, 올바른 방향으로 다시 치달려 나갔다.

치아타도 전력을 다해 릴리트를 뒤쫓았다. 두 자매의 뒤를 이어서 발렌시드 기사 열맷 명이 추적에 가담했다.

같은 시각, 수석기사는 지상 도로를 통해 추적에 나섰다.

발렌시드 기사들이 일사불란하게 움직이는 동안, 관욱은 입술을 질겅질겅 씹으며 하수구 내부를 달렸다.

'오대군벌 놈들이 어떻게 아지트를 찾아냈지? 거긴 철저하게 감춰진 곳이라 찾기 불가능했을 텐데? 설마 내부에 배신자가 있나?'

관욱의 눈빛이 곤혹스럽게 물들었다.

그런 관욱의 등 뒤에서 이택민이 투정을 부렸다.

"우웩. 냄새 나. 역겹고 더러워. 관욱 대장군, 왜 하필 이런 곳으로 온 거야? 차라리 차를 타고 도망치지."

"마마, 도로는 이미 차단되었을 것입니다. 그보다는 이곳하수구가 더 안전합니다. 힘드시더라도 조금만 참으십시오."

관욱이 이택민을 달랬다.

물론 관욱도 알고 있었다. 하수구라고 해서 마냥 안전한건 아니라는 사실을.

'아마도 하수구 밖으로 나가는 통로는 다 막혀 있겠지. 하지만 그게 전부는 아니거든.'

이곳 도시는 쥬신 대제국이 세워지기 이전부터 사람들이 북적북적하던 곳이었다. 무려 수 천 년에 달하는 긴 세월 동안 하수구 공사만 몇 번을 했을지 짐작도 가지 않았다. 낡은 하수구 위에 다시 새 하수관을 매립하고, 또 공사를 하고.

그러면서 도시의 지하는 미로가 되어버렸다.

'최근에 정비한 하수구야 발렌시드 놈들도 빤히 들여다보고 있을 테지. 하지만 여기에는 아무도 모르는 통로도 있게 마련이라고. 이처럼 말이야.'

관욱은 하수구를 따라 빠르게 달리다가 작은 틈새를 하나 발견하고는 그곳으로 풀쩍 뛰어내렸다.

성인 한 명이 간신히 통과할 수 있는 크기의 틈새는, 겉에서 보기에는 잘 발견되지도 않았다.

그런데 이 틈새로 뛰어 들어오면, 그때부터는 수백 년 전에 매립된 옛날 하수관과 연결이 되었다.

대신 이 오래된 하수관은 곳곳이 터져서 흙벽이 드러났다. 내부에 유독 가스도 가득 차서 도저히 사람이 머무를 곳이 못 되었다.

어떻게 이런 곳을 알았는지, 관욱은 옛 하수구를 꿰뚫고 있는 사람처럼 빠르게 방향을 잡았다.

이택민이 또 투정을 부렸다.

"우우욱. 냄새가 더 지독해졌어. 왜 이렇게 더러운 곳으로 자꾸 가는데? 관욱 대장군, 정말 왜 이래?"

"태자마마, 송구합니다만 소신을 믿고 조금만 참아주십시오. 이 길로 가야 마마께서 안전합니다."

"그래도 싫어. 지상으로 나가서 차를 타자니까. 아니면 택시라도 잡아타자고."

이택민이 관욱의 옷깃을 잡고 마구 흔들었다.

'후우우.'

관욱은 태자의 철이 없음에 한탄이 절로 나왔다. 하지만 그는 내색하지 않고서 묵묵히 갈 길을 갔다.

Chapter 10

관욱이 옛 하수구를 타는 동안, 경시청의 비상상황실은 발칵 뒤집혔다. D—114 구역에서 발견된 목표물의 행적이 갑자기 뚝 끊겨서였다.

"D—113이나 D—115, 아니면 C—114나 E—114 구역을 샅샅이 뒤져라. 그곳 카메라에 목표물이 잡혀야 정상이 아닌가. 목표물은 분명히 지상으로 올라가지 않았다."

치안감이 목청을 높였다.

상황실 근무자들은 눈을 부릅뜨고 영상을 돌려보았다. 한데 관욱의 모습은 어디에도 보이지 않았다.

"치안감님, 혹시 저자가 도주를 멈추고 웅크리고 있는 것 아니겠습니까? 카메라의 사각지대에서 말입니다."

누군가 이런 의견을 제시했다.

치안감이 버럭 언성을 높였다.

"누가 그걸 몰라? 당연히 그럴 가능성이 높겠지. 하지만 만에 하나 그게 아니라면? 놈이 이미 다른 구역으로 넘어갔는데 우리가 행적을 놓친 것이라면? 그럼 나를 포함하여 너희들은 모두 목을 내놓아야 해. 지금 그걸 바라나?"

"소, 송구합니다."

의견을 내었던 자가 찔끔하여 고개를 숙였다.

치안감이 짝짝 손뼉을 쳤다.

"자, 자. 방심하지 말고 화면에서 눈을 떼지 마라. 언제 목표물이 포착될지 모른다."

"넵. 치안감님."

상황실 근무자들이 한목소리로 대답했다.

치안감이 부하들을 독려하는 동안, 릴리트와 치아타는 관욱이 뛰어든 하수구 틈새 앞까지 도착했다.

"여기야?"

릴리트가 틈새 앞에서 치아타를 돌아보았다.

치아타가 하수구 벽에 귀를 대었다가 떼었다.

"맞아요. 이쪽에서 칭얼거리는 소리가 들렸어요."

소리의 근원을 찾아내는 것은 치아타는 특기 중 하나였다. 그녀는 복잡하게 메아리친 음파의 발생 지점을 정확하게 짚어내는 재주를 지녔다.

그러니까 관욱이 하수구로 도망친 것은 불운이었다.

아니, 엄밀하게 말해서 이건 관욱의 잘못은 아니었다. 관욱은 발소리도 내지 않고 도망쳤으니까.

다만 이택민의 철없는 행동이 그들을 불운으로 몰아넣었을 뿐이다.

치아타의 말이 떨어지기 무섭게 릴리트가 틈새 안으로 뛰어내렸다.

"호오? 우리 시 지하에 이런 미로가 있었다고?"

릴리트는 수백 년 전의 옛 하수구를 신기한 듯 둘러보았다. 그런 다음, 그녀는 다시 한 줄기 섬광으로 변해 빠르게 목표물을 뒤쫓았다.

치아타는 하수구 벽에 막대를 콱 박아넣었다.

치이이익

막대 끝에서 불꽃이 새하얗게 타올랐다. 이 불꽃막대는 발렌시드 기사들에게 길을 알려주는 신호였다.

릴리트는 정말 빨랐다. 릴리트는 빅토리아 여제보다도, 심지어 세계 최강인 이탄보다도 더 빨랐다.

이곳 세상에서 릴리트만큼 빠른 인간은 없을 것이다. 오직 하나, 이탄이 빛의 드래곤을 타고 전속력으로 비행할 경우를 제외하면 그녀와 속도로 경쟁할 이는 없었다.

그런 릴리트가 금세 관욱을 따라잡은 것은 당연한 일이었다.

번쩍!

벼락처럼 뻗은 섬광이 관욱의 등을 노렸다.

"안 돼."

관욱은 반사적으로 등을 돌려 무기를 휘둘렀다.

긴 창대에 칼날이 장착된 폴암류의 무기가 관욱의 애병

이었다. 릴리트가 보기에는 폴암이지만, 관욱은 자신의 애병을 언월도라 불렀다.

콰창!

관욱의 언월도와 릴리트의 손이 부딪치면서 빛이 터졌다.

관욱은 뒤로 세 발 물러섰다.

릴리트는 하수구 천장까지 쭉 밀려났다가 천장에 두 다리를 붙이고는 몸을 사마귀처럼 구부렸다.

"끄응. 릴리트."

관욱이 신음을 흘렸다.

릴리트의 동공에 이채가 감돌았다.

"나를 알아?"

릴리트의 반문에 관욱이 언월도를 사선으로 내렸다.

"내가 왜 모르겠나. 역적 빅토리아의 피붙이잖아."

관욱은 일부러 상대의 성질을 긁었다. 릴리트를 흥분시켜야 승률이 높아진다는 판단에서 한 행동이었다.

그러면서 관욱은 이택민을 등에서 내려 뒤로 물렸다.

"마마, 여기서 잠시 기다려주십시오. 곧 저 역적의 목을 베고 다시 모시겠습니다."

"싫어. 무섭단 말이야. 나를 업고 싸워."

이택민이 관욱의 손을 붙잡았다.

"그 말씀은 따르기 어렵습니다. 최대한 빨리 역적의 목을 베지 않으면 더러운 사냥개들이 따라붙을 테니까요."

관욱은 이런 말로 이택민을 달랜 다음, 좀 더 완강하게 이택민의 손을 뿌리쳤다.

"체엣."

결국 이택민이 뒤로 물러섰다.

릴리트는 하수구 천장에 발을 붙인 채 관욱과 이택민을 빤히 바라보았다.

릴리트도 쥬신의 언어에 능통한지라 상대의 대화를 곧잘 알아들었다. 그런 릴리트의 눈에 비친 이택민은 참으로 하찮았다.

'저런 애송이가 오대군벌의 속을 무던히 썩이던 쥬신 잔당들의 2인자라고? 하. 어이가 없군.'

그동안 오대군벌을 괴롭혔던 자들, 이를테면 화염의 여제 이채민이나 전략가 이수민은 정말 만만치 않았다.

솔직히 말해서 릴리트는 화염의 여제와 맞서 싸우기에는 무력이 부족했다. 또한 이수민과 맞붙기에는 지력이 못 미쳤다.

굳이 이 2명의 암호랑이가 아니더라도 쥬신 잔당들 중에는 뛰어난 인물들이 많았다. 무술 실력이 발군인 이소민도 그렇고, 팔로군의 대장군들도 만만치 않았다.

거기에 비해서 이택민이라는 저 애송이는 정말 철딱서니
가 없었다.

Chapter 11

'쯧쯧쯧. 손발은 뛰어난데 머리는 꽝인가? 거 참 안 되
었군.'

오죽했으면 릴리트가 적장인 관욱의 처지를 동정하겠는
가.

"쩌업."

관욱이 대춧빛으로 얼굴을 붉혔다. 관욱도 릴리트의 눈
빛이 의미하는 바를 깨달은 것이다.

하지만 관운은 이내 잡념을 털어버렸다.

"덤벼라. 역적이여."

관욱은 기다란 언월도를 빙글 돌려 팔뚝으로 창대를 꼬
았다. 언월도의 넓적한 칼날에서 형형하게 빛이 솟구쳤다.

번쩍!

릴리트는 기다렸다는 듯이 플래쉬 상태로 변했다.

그 즉시 관욱도 전면으로 치고 나갔다. 순간적으로 관욱
의 등 뒤에 고대 무장의 조각상이 홀로그램처럼 떠올랐다.

이 조각상은 하수구 내부를 뚫고 나갈 만큼 덩치가 컸다. 또한 이 조각상도 관욱처럼 수염이 길고 손에는 언월도를 움켜쥔 모습이었다.

관욱이 언월도를 우상향으로 비스듬히 휘둘렀다.

그와 동조하여 조각상도 커다란 언월도를 사선으로 치켜들어 하수구 내부를 통째로 썽둥 베었다.

쾅!

조각상이 휘두른 언월도와 릴리트가 발산한 빛이 서로 충돌했다.

빛의 파편이 사방으로 튀었다. 충돌의 여파로 인해 낡은 하수구가 와르르 허물어졌다.

떨어지는 파편 사이로 릴리트가 지그재그로 비행했다. 그러면서 릴리트는 연달아 다섯 번의 공격을 날렸다.

관욱은 언월도를 풍차처럼 휘둘러 상대의 공격을 모두 막았다.

'크윽. 강하구나.'

릴리트가 어찌나 빨랐던지 관욱은 제대로 대응하기 힘들었다.

한편 릴리트도 관욱의 단단한 방어를 쉽게 흔들지 못했다.

'과연 쥬신 팔군의 대장군은 아무나 하는 것이 아니구나.'

이게 릴리트의 생각이었다.

둘 사이에 눈 깜짝할 사이에 10여 번에 공방이 오갔다. 주로 릴리트가 공격을 했다. 관욱은 언월도를 계속 회전시켜 상대의 공격을 차단했다.

둘 사이 무력 차이가 거의 나지 않아 승패가 빨리 결정될 것 같지는 않았다.

이렇게 시간이 자꾸 흐르면 불리한 쪽은 관욱이었다. 시간을 끌면 끌수록 탈출이 더 힘들어지는 탓이었다.

'끄응. 어쩔 수가 없구나.'

결국 관욱은 손해를 보더라도 여기서 승부를 걸기로 작정했다.

한순간, 관욱은 모든 방어를 포기했다. 대신 그는 언월도를 앞으로 쭉 내밀면서 허공에 8자를 그렸다.

그 8자로부터 바람개비처럼 쏟아진 빛무리가 릴리트를 휩쓸었다.

물론 릴리트는 이런 거친 공격에 당할 만큼 둔하지 않았다.

'이때다.'

릴리트가 8자 사이로 벼락처럼 뛰어들었다.

한 줄기 섬광으로 변한 릴리트가 관욱의 가슴팍으로 파고들어 그의 가슴에 일격을 찔러 넣었다.

순간, 관욱은 상체를 비틀어 가슴 대신 어깨로 상대의 공격을 받아냈다.

"끄읍."

관욱이 인상을 잔뜩 썼다. 릴리트의 일격에 그의 왼쪽 어깨가 으스러졌다.

아니, 단순히 어깨가 으스러진 정도를 넘어서 관욱의 왼팔이 통째로 몸에서 떨어져 나갔다.

대신 그 순간 릴리트도 섬광 상태가 잠시 풀렸다.

'옳거니.'

이거야말로 관욱이 노린 기회였다. 관욱은 이 짧은 찬스를 놓치지 않았다.

빠아앙—.

관욱의 언월도 끝에 매달려 있던 2개의 링이 벼락처럼 쏘아졌다.

'헉? 위험하다.'

릴리트가 황급히 플래쉬 상태로 돌아왔다.

그 전에 관욱의 발사한 2개의 링이 릴리트의 가슴과 복부를 관통했다.

"꺄악."

릴리트는 멀리 날아가 하수구 벽에 처박혔다.

릴리트의 몸뚱어리는 절반은 인간, 절반은 섬광인 상태

에서 지지직! 지지직! 소리를 내면서 일그러졌다.

"역적이여, 이제 끝을 내자."

관욱이 릴리트에게 다가가 언월도를 번쩍 치켜들었다. 그는 이대로 자신의 중병기를 내리그어 릴리트의 몸을 세로로 쪼개버릴 속셈이었다.

그때 치아타가 뛰어들었다.

"안 돼애—."

치아타는 한 줄이 불꽃이 되어 장내로 난입하더니, 사브레를 무려 여섯 번이나 찔러 넣어 관욱을 뒷걸음질 치게 만들었다.

"크윽. 크으윽."

관욱이 연신 뒤로 밀렸다.

그 사이 릴리트는 안전한 곳으로 몸을 피했다. 그러는 동안에도 릴리트의 가슴과 배에서는 피가 철철 흘렀다.

릴리트가 잠시 자신의 상처를 돌보는 사이, 치아타는 이빨을 악물고 관욱을 공격했다. 치아타의 사브레가 송곳처럼 관욱을 찔렀다. 사브레에 어린 영롱한 빛망울이 관욱의 시야를 어지럽혔다.

관욱은 묵직한 언월도를 좌우로 휘둘러 치아타의 공격을 막는 데 치중했다. 그렇게 수비를 하다가 기회를 봐서 한 칼에 치아타의 목을 베겠다는 것이 관욱의 의도였다.

확실히 릴리트에 비해서 치아타가 상대하기 수월했다. 마침내 관욱이 기회를 잡았다.

까앙!

관욱의 언월도가 치아타의 사브레를 아래서 위로 걷어낸 것이다. 이 한 방에 치아타의 무기가 부러졌다.

"요년, 이제 내 차례다."

관욱이 쾌재를 불렀다.

위로 쭉 올라갔던 관욱의 언월도가 허공에서 빙글 돌더니, 치아타의 목을 향해 정확하게 떨어져 내렸다.

"안 돼, 치아타—."

동생이 위기에 처하자 릴리트가 다시 싸움에 끼어들었다. 응급처치로 지혈을 한 뒤, 릴리트는 섬광 상태가 되어 관욱의 옆구리를 노렸다.

"체엣. 귀찮구나."

관욱은 결국 치아타의 목을 베지 못하고 릴리트부터 상대해야 했다.

Chapter 12

죽음에서 벗어난 치아타가 관욱을 향해서 부러진 사브레

를 던졌다.

관욱이 그걸 쳐내는 사이, 릴리트가 관욱의 허리에 깊은 상처를 입혔다.

두 자매는 손발이 척척 맞았다. 더 나쁜 것은, 이제 발렌시드의 수석기사까지 현장에 도착했다는 점이었다.

"이 테러범아, 순순히 목을 내밀어랏."

수석기사가 부웅 몸을 날리더니 방패로 관욱의 머리를 찍었다.

후웅!

수석기사의 방패로부터 강렬한 푸른빛이 뿜어졌다.

관욱의 언월도와 수석기사의 방패가 충돌했다. 그가가각 — 소리가 울리면서 불똥이 마구 튀었다.

"크윽."

관욱이 힘에서 뒤로 밀렸다.

그 사이 릴리트는 관욱의 몸통에 두 방의 공격을 더 찔러 넣었다.

결국 관욱이 또 후퇴했다.

이번에는 수석기사가 몸통 박치기로 관욱을 흔들었다. 놀랍게도 수석기사가 방패를 휘두르는 속도는 관욱이 언월도를 휘두르는 속도에 못지않았다. 수석기사의 방패 스킬이 어찌나 현란했던지 허공에 방패의 잔상이 잔뜩 남았다.

'헉헉. 제기랄. 제기랄.'

관욱은 점점 더 지쳐갔다.

릴리트만 해도 관욱에게 버거운 상대였다. 거기에 수석기사와 치아타까지 더해지자 관욱은 숨이 턱까지 차올랐다.

시간이 갈수록 관욱의 몸에는 상처가 점점 늘었다.

더 나쁜 것은, 이택민의 어설픈 행동이었다. 관욱이 피를 뿌리자 이택민은 겁에 질렸다.

"싫어. 무서워."

이택민은 관욱을 버리고 홀로 하수구 안쪽으로 도망쳤다.

"마마."

관욱이 깜짝 놀라 이택민을 돌아보았다. 순간적으로 관욱의 신경이 분산되었다.

그 순간 릴리트의 싸늘한 음성이 관욱의 귀에 꽂혔다.

"나를 앞에 두고 한눈을 팔다니. 가당치도 않군."

"헙."

실책을 깨달은 관욱이 재빨리 고개를 다시 돌렸다.

관욱의 등골을 타고 소름이 쫙 돋았다. 위기감을 느낀 관욱은 반사적으로 오른팔을 올려 자신의 얼굴과 가슴을 보호했다.

그 전에 릴리트의 주먹이 관욱의 가슴에 꽂혔다.

피육.

살이 찢어지는 소리와 함께 관욱이 주저앉았다.

"큽!"

관욱의 얼굴은 하얗게 질렸다. 순간적으로 관욱의 심장이 멎었다가 다시 박동했다.

뒤로 쓰러지는 관욱의 눈에 이택민의 뒷모습이 보였다.

홀로 도망을 치던 이택민은 하수구 반대편에서 대기 중이던 발렌시드 기사의 손에 붙잡혔다.

기사는 장갑을 낀 손으로 이택민의 머리카락을 우악스럽게 붙잡고는 그의 목에 검날을 잇대었다.

"아아악. 관욱 장군. 나 좀 살려줘."

이택민이 관욱에게 도움을 청했다.

"태자마마."

관욱이 안타깝게 손을 뻗었다.

그런 관욱의 귓가에 릴리트의 음성이 또 들렸다.

"정말 안쓰럽군. 당신은 나름 괜찮은 기사 같은데, 주군이 영 철부지네."

릴리트는 이런 말과 함께 관욱의 배를 밟았다.

"끄억."

관욱은 불판에 올린 새우처럼 둥그렇게 허리를 말았다.

발렌시드 가문은 적절하게 언론을 통제했다.

좀 더 정확히 말하자면, 언론 통제라기보다는 방송에 내보낼 영상을 발렌시드 가문이 미리 편집하여 제공했다.

덕분에 뉴스에는 발렌시드 기사 여러 명이 관욱을 협공하는 장면이 나가지 않았다. 릴리트가 손바닥으로 관욱의 가슴을 강타하는 장면만 강조해서 방영되었다. 릴리트가 관욱의 복부를 통쾌하게 짓밟는 장면도 뒤따랐다.

"저 흉악한 테러범을 단숨에 제압하는 모습 좀 봐."

"역시 릴리트 공주님은 대단하시구나."

유럽의 시민들은 릴리트를 칭송했다. 대중들의 관심이 온통 릴리트와 치아타 공주에게 쏠렸다.

또한 대중은 이택민과 관욱을 손가락질했다. 방송사들은 이택민과 관욱이 수갑을 차고 고개를 푹 숙인 채 호송되는 장면을 집중적으로 보도했다.

"허어, 저 쪼그만 녀석이 테러의 배후란 말이야?"

"그 몹쓸 이공이라는 놈이 저런 애들까지 테러에 끌어들였다더라고. 어떻게 부모가 어린 자식을 저런 범죄자 꼴로 만드나 몰라."

"한데 알고 보니 저치들이 쥬신 황실의 적통도 아니라며?"

"당연하지. 쥬신의 적통들은 이미 70년도 더 전에 다 죽었잖아."

"그러니까 가짜들이 쥬신 황실의 이름을 팔아서 테러 조직을 만들었다는 거 아냐? 어휴, 세상에 별 사기꾼들도 다 있네. 쯧쯧."

이런 소문이 확산되면서 일반인들 사이에서는 쥬신 복원 세력이 사기꾼 집단처럼 인식되었다.

본디 제국을 세우려면 먼저 사람들의 신망부터 얻어야 하는 법이다. 대제국 쥬신의 부활을 꿈꾸었던 자들의 희망은 물거품처럼 와해되었다.

거기에 더해서 간씨 세가는 무려 8회에 걸친 특집방송을 통해서 쥬신 잔당들의 만행을 세상에 알렸다.

특히 학선생이 저지른 간악한 짓들이 집중적으로 부각되었다.

30여 년 전, 학선생이 질투에 미쳐서 친구를 함정에 몰아넣은 일.

학선생이 친부를 죽이고 회양당의 당주 자리를 차지한 일.

평소에 학선생이 부인과 딸, 시녀들을 하대한 사건들.

학선생과 이수민 사이의 권력 다툼.

용성 대장군에 대한 학선생의 견제.

쥬신 잔당들이 불리해지자 학선생이 저 혼자 살아보겠다고 간씨 세가에 투서를 보낸 일 등등등.

학선생은 차마 인간이라고 볼 수 없는 악행을 저질렀다.

치사한 짓들도 수도 없이 자행했다.

한데 의외로 학선생은 뒤처리가 깔끔하지 못하여 그의 악행을 뒷받침할 증거가 차고 넘쳤다.

증거뿐 아니라 증인들도 한가득이었다. 심지어 학선생의 부인과 딸들도 고통을 참다못해 폭로에 나섰다.

학선생의 엄청난 패륜이 공개된 것만으로도 쥬신 복원 세력의 이미지는 시궁창에 처박혔다. 사람들은 쥬신 잔당들을 비웃고 조롱했다.

그 조롱의 상당

부분은 이공을 겨냥했다. 이공이 어리석게도 학선생에게 휘둘린 정황이 넘쳐났기 때문이다.

모든 욕이 학선생과 이공, 이택민 부자에게 집중되면서 상대적으로 화염의 여제나 용성 대장군, 관욱 대장군은 동정표를 받았다.

"비록 그들도 테러에 가담한 범죄자긴 하지만, 그래도 좀 불쌍하지 않아?"

"그러게 말이야. 화염의 여제는 카리스마도 넘치고 미인이던데, 어쩌다 그런 못난 아버지를 만났을까?"

"용성이나 관욱이라는 자들도 그렇지. 그들은 나름 진짜 군인다운 면모도 보이던데, 보스를 잘못 만나서 인생을 망쳤지 뭐야."

물밑에서는 이런 동정론이 조금씩 확산되었다.

사실 이건 이탄이 그린 그림이었다. 이탄은 이채민에 대한 동정론이 조성될 수 있도록 배후에서 손을 썼다.

제2화
권력을 틀어쥐다

Chapter 1

정식 재판을 받기 전, 학선생은 간씨 세가의 감옥에 투옥되었다.

이탄은 잔인하게도 학선생과 팔로군의 대장군들을 한 방에 몰아넣었다.

이곳 감옥에서도 뉴스는 방영되었다.

그 뉴스에는 방콕 빈민가에서 학선생이 이탄 앞에 머리를 조아리고는 "제가 테러를 막기 위해 팔군의 위치를 투서했습니다. 그러니 제 공로를 인정해주십시오."라고 주장하는 장면이 그대로 흘러나왔다.

천로군의 대장군인 용성은 원래부터 학선생을 간신으로

여겼던 사람이었다.

이수민의 남편이자 지로군의 대장군인 호문평도 학선생과 앙숙이었다.

이소민의 남편이자 남로군의 대장군인 인유강도 학선생를 싫어했다.

이들 3명에 비해서 다른 대장군들은 학선생과 그리 사이가 나쁘지 않았다. 동로군의 바투 대장군, 서로군의 시린 대장군, 북로군의 조로스 대장군은 뉴스를 보기 전까지만 하더라도 학선생의 편을 들었다.

한데 뉴스를 본 순간, 이들의 눈이 일제히 뒤집혔다.

"너냐? 하와이에 주둔 중이던 우리 동로군의 위치를 적에게 투서한 게 학송 네놈이냐? 으드득. 네놈 때문에 내 부하들이 다 죽은 거라고?"

바투가 이빨을 딱딱 맞부딪쳤다.

"이런 개새끼."

"죽여 버릴 테다."

시린과 조로스가 동시에 학선생에게 달려들었다.

이들은 죄수의 신분이라 마나가 봉인되었다. 전투 중에 부상도 입은 터라 몸이 정상이 아니었다.

그렇다고 하더라도 이들은 천생 무인이었다. 당연히 문관 출신인 학선생과는 비교할 수 없을 만큼 강했다.

뻐억.

울퉁불퉁한 바투의 주먹이 학선생의 안면에 꽂혔다.

"죽어라, 이 개자식아."

시린은 백발을 휘날리며 달려들어 학선생의 가슴팍을 할퀴었다.

조로스도 얼음 같은 주먹으로 학선생을 구타했다.

"끄억. 꺽. 그만. 그만. 용대장군님, 이들을 말려주십……끄왁."

학선생은 용성에게 빌붙으려다가 오히려 가슴을 세게 걷어차였다. 마침 뉴스에서는 학선생이 이공에게 "어리석은 늙탱이"라고 막말을 하는 장면이 흘러나왔다.

용성뿐 아니라 인유강과 호문평까지 가세하여 학선생에게 폭력을 휘둘렀다.

"이런 개 같은 놈."

"너 같은 간신은 뒈져야 한다. 죽어. 죽어. 죽어엇."

"이러고도 네가 인간이냐? 엉 인간이야?"

학선생은 '이러다 재판도 받기 전에 여기서 맞아죽겠구나.'라는 생각이 절로 들었다. 학선생은 쇠창살을 붙잡고 간절히 손을 뻗었다.

"사려주시시오. 제바아 사려주시시오."

원래 학선생이 하려던 말은 "살려주십시오. 제발 살려주십시오."였으나 발음이 제대로 되지 않았다.

학선생의 얼굴은 퉁퉁 부어서 눈과 코와 입술을 구분하기도 어려웠다. 그의 이빨은 이미 다 뽑혔다. 몸에서도 피가 줄줄 흘렀다.

간씨 세가에서는 일단 학선생의 방을 다른 곳으로 옮겨주었다. 간수들은 학선생을 질질 끌고 가서 다른 방에 처넣었다.

이곳은 발리에서 체포된 남로군 소속 포로들이 갇힌 방이었다.

간씨 세가에서는 포로들을 몇 단계로 구분하여 가둬두었다.

그중에서는 이 방은 문제가 심각한 자들을 넣어둔 곳이었다. 머리가 살짝 돌았거나, 극도로 폭력적이거나, 혹은 남색을 즐기는 자들이 이곳 방에 득실거렸다.

간씨 세가에서는 그런 자들을 우선 실험체로 투입할 요량이었다.

일단 실험에 투입되면 끝.

이 방에 갇힌 자들도 자신들의 끔찍한 미래를 어느 정도 예감했다. 일단 감방 밖으로 끌려 나가 실험실로 간 자들은 다시는 돌아오지 못했기 때문이다.

죄수들 사이에서는 '언제 끌려가서 죽을지 모른다.'는 인식이 퍼져 있었다. 공포가 감방 안을 짓눌렀다. 이곳에

간힌 자들은 폭발 직전의 폭탄과도 같았다. 혹은 반쯤 미친 미치광이가 되어버렸다.

이런 상태에서 신입으로 학선생이 감방에 들어왔다.

간수들이 자리를 뜬 뒤, 눈이 노랗게 변한 죄수들이 학선생을 덮쳤다.

"끄아아악—. 안 돼. 끄아아악."

학선생에게 새로운 지옥이 열렸다.

Chapter 2

학선생이 죽음보다 더 심한 지옥을 겪는 동안, 이탄은 허리를 곧게 펴고 앉아 뉴스를 시청했다.

이탄의 옆에서는 이서현이 조용히 차를 우렸다.

이서현은 쥬신 황실의 피가 이어진 소녀로, 몇 년 전 간철호의 눈에 들어 그의 시녀가 되었다.

원래 간철호는 적당한 때가 되면 이서현을 자신의 여자로 취할 생각이었다. 다만 그 계획을 실현하기도 전에 그는 이탄에게 몸을 빼앗기고 혼백이 소멸당했다.

이탄은 간철호와 달리 이서현을 욕심내지 않았다. 이탄에게 이서현은 아무런 의미도 없었다.

아니, 최근에 이탄은 이서현에게도 신경을 썼다. 이는 색욕이 아니라 다른 이유 때문이었다.

이탄이 이서현을 힐끗 쳐다보았다.

마침 뉴스에서는 학선생의 악행이 방송되는 중이었다.

이서현은 겉으로는 침착한 척 위장을 하였으나, 이미 심장 박동이 빨라졌다. 그녀의 이마에는 땀방울이 송글송글 맺혔다.

이서현의 눈동자는 김이 모락모락 오르는 찻물을 바라보고 있으되, 그녀의 정신은 온통 뉴스로 빨려 들어갔다.

이탄이 살짝 눈을 빛냈다.

'역시 이 아이는 학선생이 심어둔 첩자로군.'

이탄은 오래 전부터 이서현을 의심해왔다. 이탄이 보기에 이서현은 쥬신 잔당들 중 한 명이었다.

'다만 이 아이가 이수민의 계열인지, 아니면 다른 대장군들의 휘하인지, 그것도 아니면 회양당 쪽 요원인지가 궁금했을 뿐이지.'

그런데 이제 확실히 드러났다. 이서현은 학선생의 명을 따르는 첩자가 분명했다.

이탄이 이서현에게 넌지시 물었다.

"너는 어찌 보느냐?"

"……. 의장님, 무엇을 물으시는 것이옵니까?"

이서현은 짧은 침묵 끝에 되물었다.

이탄이 턱으로 티브이를 가리켰다.

"지금 흘러나오는 방송 말이다. 네 생각은 어떠냐?"

이서현은 침을 한 번 꼴깍 삼킨 다음, 애써 침착하게 대답했다.

"세상에 저런 악당이 다 있구나 싶습니다. 어떻게 사람이 저리도 간악한 것인지 잘 믿어지지가 않습니다."

"그래도 믿을 수밖에. 저 학송이라는 자가 이공을 대하는 꼴을 보아라. 저자가 이공을 쥬신의 새 황제라고 여겼다면 어떻게 저렇게 모질게 대할까. 쯧쯧. 아마도 학송이라는 놈은 쥬신 제국의 부활을 핑계로 세상을 뒤흔든 다음, 스스로 황제가 되어 권력을 휘두르고 싶었나 보다. 그렇지 않다면 저렇게 쥬신 황실의 핏줄을 막 대할 리 없지."

이서현은 대꾸할 말이 없어 입술만 깨물었다.

"……."

지금 이서현의 머릿속은 엉킨 실타래처럼 복잡했다.

이탄이 피식 웃었다.

'이서현. 머리가 아프겠지. 네가 염원하는 쥬신 제국의 부활과 학선생에 대한 믿음 사이에서 판단이 잘 서지 않을 거야.'

속으로 이렇게 중얼거린 다음, 이탄은 본색을 드러냈다.

"어떠냐? 쥬신 황족의 입장에서 저자가 더 역적 같으냐? 아니면 내가 더 역적 같으냐?"

"헉? 의장님. 그게 무슨 말씀이시옵니까? 듣기 민망하옵 니다."

깜짝 놀란 이서현이 바닥에 납죽 엎드렸다. 그 바람에 뜨 거운 차가 엎질러져 이서현의 옷소매를 적셨다.

손과 팔뚝이 발갛게 부풀어 오르는 데도 이서현은 고통 을 느끼지 못했다. 그만큼 이서현은 혼이 쏙 빠졌다.

이탄의 입에 걸린 미소가 더 짙어졌다.

"하하하. 뭘 그리 놀라느냐? 한번 솔직하게 대답해봐라. 비록 방계이기는 하지만 너 또한 쥬신 황실의 피를 일부 물 려받았지 않으냐. 그런 네가 보기에 학송이 더 역적이냐, 아니면 내가 더 역적이냐?"

"의장님!"

이서현이 고개를 번쩍 치켜들었다.

이탄은 정색을 하고 이서현을 굽어보았다.

"이서현. 네가 진짜로 섬기는 자는 누구냐? 나냐? 이공이 냐? 이수민이냐? 아니면 저기 뉴스에 나오는 학송이냐?"

"의, 의, 의장님. 대체 무슨 뜻으로 그런 황망한 질문을 하시옵니까? 저는 의장님께 거두어진 이후로 오직 의장님 만을 모시고 있사옵니다."

이서현이 당황하여 말을 더듬었다.

이탄은 그런 상대의 머릿속을 투명한 유리구 들여다보듯이 훤히 파악했다.

이탄이 문밖을 향해 목소리를 높였다.

"원평아."

"의장님, 부르셨습니까?"

백호대주 서원평이 방문을 열고 머리를 깊숙이 조아렸다.

이탄은 턱으로 이서현을 가리켰다.

"이 아이를 학송에게 데려가라. 그리곤 학송이 이 아이와 교대를 하고 싶다고 말하면 그의 뜻대로 해줘라."

이서현이 펄쩍 뛰었다.

"어헉? 의장님."

지금 이서현의 눈동자는 지진이라도 만난 듯이 흔들렸다.

간씨 세가의 시녀들 사이에서는 지금 쥬신의 잔당들이 받는 고초에 대해서 상세하게 소문이 도는 중이었다. 특히 학송이 겪고 있는 끔찍한 지옥은 귀로 듣고도 믿어지지 않을 정도로 처참했다.

이서현은 요새 학송에 대한 정보에 귀를 곤두세우고 있었기에 더더욱 돌아가는 상황을 잘 알았다.

'그런데 나더러 그 지옥 같은 일을 대신 겪으라고?'

이서현은 눈앞이 캄캄해졌다.

이서현이 당황해서 어쩔 줄 모르는 동안, 서원평은 일절 망설임도 없이 방으로 들어와 이서현의 손목을 붙잡았다.

"의장님의 명을 따르겠습니다."

서원평은 원래 이탄의 명에 토를 다는 법이 없었다. 그는 지시를 받으면 곧이곧대로 실행에 옮기는 자였다.

"이리 나와라."

서원평이 우악스럽게 이서현을 잡아끌었다.

이서현은 서원평에게 질질 끌려가면서 발버둥 쳤다.

"아아악. 의장님, 오해가 있으십니다. 이건 오해이십니다. 부디 제 말을 한 번만 들어주십시오."

애걸복걸하는 이서현의 얼굴은 밀가루 반죽처럼 하얗게 질려 있었다.

Chapter 3

이탄이 무표정하게 뇌까렸다.

"오해는 무슨 오해. 너는 학송을 위해서라면 목숨조차 내던질 수 있는 회양당의 당원이 아니더냐. 그런데 당주인 학송 대신 고문을 받는 정도로 그렇게 질겁하다니, 오히려 내가 더 당황스럽구나."

"의장님."

"또한 너는 저 뉴스가 조작된 것이라고 믿고 있지 않느냐. 역적 중의 역적인 우리 간씨 세가에서 악랄하게 방송을 조작하여 학선생에게 누명을 씌우는 거라고 믿고 싶을 것 아니냐. 그럼 직접 가서 겪어보려무나. 학선생이라는 자가 펑펑 울면서 자기 대신 너를 고문하고 자신은 풀어달라고 애걸복걸하는지, 아니면 모든 고통을 자신이 짊어질 테니 너를 놓아주라고 말하는지, 네 눈으로 직접 가서 그 살모사 놈의 인성을 겪어보려무나."

이탄은 이런 말로 이서현을 낭떠러지에 떠밀었다.

"아아아……."

이서현의 동공이 사정없이 흔들렸다.

솔직히 이서현도 방송에 나오는 장면이 조작이 아니라는 사실을 느끼고 있었다. 뉴스 화면 속에서 학선생이 이공을 향해서 막말을 퍼붓는 모습은 실제가 분명했다. 최근 이서현이 확인한 학선생의 진면목은 쓰레기 그 자체였다. 이서현은 그동안 학선생을 믿었던 게 얼마나 어리석은 일이었는지 비로소 후회했다.

"의장님, 잘못했습니다. 제가 죽을죄를 지었습니다. 의

장님 제발 한 번만 용서해주십시오. 차라리 제가 깨끗하게
자결을 할 수 있도록 은혜를 베풀어 주십시오. 그동안 제가
의장님의 수발을 들었던 것을 생각해서라도 저를 깨끗이
죽여주십시오."

이서현이 이탄에게 싹싹 빌었다.

이탄은 귓등으로도 듣지 않았다.

탕.

방문이 무정하게 닫혔다. 이서현은 어두컴컴한 지하감옥
으로 끌려갔다.

그 뒤에 벌어진 일들은 이서현의 예상대로였다. 원래 나
쁜 예감은 꼭 현실로 다가오게 마련이었다.

학선생은 손가락과 발가락이 모두 뜯겨나가고 얼굴이 퉁
퉁 부은 채로 기어오더니, 서원평의 발가락이라도 핥을 것
처럼 애걸했다.

"헥헥. 그 말씀이 사실입니까? 그렇다면 저를 여기서 꺼
내주십시오. 헥헥헥. 저와 저 계집의 위치를 바꿔주십시오.
저 계집이 그동안 이공 늙은이를 위해서 저지른 범죄는 정
말 어마어마합니다. 제가 저년의 범죄 사실을 모두 증언할
수 있습니다."

학선생의 구질구질한 말이 이서현의 귀에 아프게 파고들
었다.

"으윽. 우우욱."

이서현은 자신도 모르게 신음을 토했다. 진득하게 절망
이 묻어나는 신음이었다.

솔직히 학선생의 비열함을 확인하게 될 것이라는 점은
이서현도 어느 정도 예상했던 바였다.

그럼에도 불구하고 이서현은 뒤통수를 거하게 한 방 얻
어맞은 듯한 배신감을 느꼈다. 학선생의 인성은 정말 최악
이었다.

'어허헉. 숨이 쉬어지지 않아. 헉헉, 허허헉.'

이서현은 실이 끊어진 인형처럼 제자리에 주저앉아서 숨
을 거칠게 몰아쉬었다. 그런 이서현의 귓가에 학선생의 말
이 계속 들려왔다.

"헥헥헥. 이 돼지우리에 더 머물다가는 제가 돌아버릴
것 같습니다. 헥헥헥. 저는 정말 많은 비밀들을 알고 있습
니다. 이공 늙은이의 군자금을 묻어둔 계좌와 비밀번호도
모두 제 머릿속에 있습니다. 헥헥. 그걸 장군님께 다 바치
겠습니다. 무엇이든 장군님께서 시키는 대로 다 하겠습니
다. 제발 여기서 꺼내만 주십시오."

말을 하면서 학선생은 두려운 듯 뒤쪽을 자꾸 곁눈질했
다.

학선생의 뒤편 감방 구석에는 눈이 노랗게 변색된 미치

광이들이 득실거렸다. 서원평은 죄수들을 힐끗 곁눈질하더니 감방 문을 열었다.

철컹.

문이 열리자 구석에 웅크리고 있던 미치광이 죄수들이 맹수처럼 뛰쳐나왔다. 죄수들은 단숨에 서원평을 덮쳤다.

"흥. 버러지 같은 것들이 어디서 감히."

서원평의 손이 번쩍 빛을 토했다.

피육, 피육 하고 살 잘리는 소리가 들린다 싶었다. 죄수 몇 명의 팔이 후두둑 바닥에 떨어졌다. 어느새 서원평이 칼을 뽑아든 것이다.

"끄아악."

강한 고통에 죄수들이 자지러졌다. 산 잉어처럼 펄떡 펄떡 뛰는 팔뚝의 단면으로부터 피가 분수처럼 쏟아졌다.

본래 제정신이 아닐수록 본능에 더 충실한 법이었다.

"우으으으."

죄수들은 서원평을 포식자라고 인정하고는 후다닥 감방 구석으로 돌아가 둥글게 몸을 웅크렸다. 이곳 감방의 죄수들은 서원평에게 당한 상처도 제대로 지혈하지 못할 만큼 뇌 기능이 퇴보했다.

"나와."

서원평은 학선생의 머리카락을 붙잡아 밖으로 끌어냈다.

대신 서원평은 이서현을 감방 안에 내동댕이쳤다.

"꺄아악. 대주님. 백호대주님, 안 됩니다. 제발 살려주십시오. 꺄아아악."

이서현이 까무러칠 듯이 악을 썼다.

쿵 소리와 함께 감방 문이 닫혔다. 인간 이하, 짐승처럼 퇴보한 죄수들이 이서현을 향해서 눈을 희번덕거렸다.

"꺄아아악. 안 돼."

이서현은 손톱으로 철문을 벅벅 긁었다. 불과 두어 번 긁었을 뿐인데 이서현의 손톱이 부러졌다. 그녀의 손끝에 핏방울이 맺혔다.

그러는 동안 몇몇 짐승들이 슬금슬금 이서현에게 다가왔다. 이들이 조심스레 행동하는 이유는 철문 창살 사이로 지켜보고 있는 서원평의 눈 때문이었다.

한데 서원평은 아무런 제지도 하지 않았다. 짐승들의 행동이 점점 대담해졌다. 이서현은 정말 미쳐버릴 것만 같았다.

마침내 한 죄수가 이서현의 발목을 붙잡았다.

"꺄악!"

이서현은 소스라치게 놀랐다.

'이대로 쭉 끌려가면 끝이다.'

이서현은 두 눈을 질끈 감았다.

그 순간, 감방의 시멘트 바닥을 뚫고 쇠창살이 솟구쳤다. 일정하게 20 센티미터 간격으로 솟구친 창살이 이서현과 죄수들 사이를 갈랐다.

"우어어어억."

이서현의 발목을 붙잡은 죄수가 짐승처럼 화를 내었다. 그는 이서현을 강하게 자신 쪽으로 잡아당겼다.

순간적으로 이서현의 발이 창살 안쪽으로 휙 딸려들어갔다. 하지만 이서현의 몸은 창살에 걸려서 더 이상 끌어당기는 것이 불가능했다.

"비켜. 저리 가."

이서현이 발로 상대를 걸어찼다. 그렇게 죽을힘을 다해 발버둥을 친 덕분에 그녀는 가까스로 상대의 손아귀에서 벗어났다.

Chapter 4

"헉헉, 허허헉."

이서현은 죄수들로부터 최대한 멀리 떨어진 구석에 몸을 밀착한 다음, 가쁘게 숨을 몰아쉬었다.

죄수들이 짐승의 울음소리를 내면서 이서현을 향해서 손

을 뻗었다.

"이리 와."

"예쁜아, 이리 와."

기괴하게 일그러진 죄수들의 얼굴과 흐느적거리는 그들의 손을 보면서 이서현은 구토가 치밀었다.

한편 서원평은 눈빛이 살짝 바뀌었다.

'저게 뭐지? 여기 감방 바닥에 창살 같은 장치가 숨겨져 있지는 않을 텐데? 그렇다면 이건 의장님의 마법인가?'

만약에 간철호(이탄)가 마법을 사용하여 쇠창살을 소환한 것이라면, 이서현에 대한 서원평의 처분도 달라져야만 하리라. 서원평은 좀 더 유심히 돌아가는 상황을 지켜보았다.

서원평의 짐작이 맞았다. 최악의 순간에 금속마법을 사용하여 이서현을 구해준 것은 이탄이었다.

이탄이 딱히 이서현에게 다른 의도가 있었던 것은 아니었다. 이서현을 길들이려고 한 행동도 아니었다.

"어쨌거나 이서현은 쥬신 황실의 피를 이어받은 방계 황족이 아닌가. 그녀의 죄를 물어 사형을 시킬 수는 있어도 죄수들에게 던져주는 것은 아니지."

이탄은 차를 한 모금 목으로 넘기고는 담담히 뇌까렸다.

최근 한 달 사이에 많은 일들이 벌어졌다.

우선 4월 23일에는 쥬신 잔당들의 수괴인 이공과 이택민이 붙잡혔다. 간씨 세가와 발렌시드 가문이 합작하여 테러 조직에 대한 대대적인 소탕작전을 펼쳤고, 그 결과 쥬신 잔당들은 일망타진되었다.

이 장면은 뉴스를 통해 전 세계로 생중계되었다.

그로부터 3주 뒤, 테러 수괴들은 줄줄이 재판에 넘겨졌다.

"피고 이공은 쥬신 황실의 사생아라는 신분을 내세워 테러 조직을 결성하고 무고한 사람들을 죽게 만든 죄가 무겁다. 이런 중죄를 저지른 자는 사형에 처해야 마땅하나, 이공이 테러 조직의 꼭두각시에 불과했다는 점을 고려하여 피고 이공을 가석방 없는 무기징역형에 처한다."

이공에게 무기징역 선고가 떨어졌다. 간씨 세가의 재판관이 내린 선고에 이공이 털썩 주저앉았다.

"왜 무기징역이지?"

"당연히 사형을 시켜야 하는 것 아닌가?"

방청객들이 웅성거렸다. 의외의 선고 결과에 놀란 기자들도 타다닥 손가락을 놀려 바쁘게 기사를 작성했다.

그러는 가운데 재판이 계속되었다. 예상 밖의 선고가 내려진 사람은 오직 이공뿐이었다.

"피고 인국진. 몸을 다섯 조각으로 찢는 형벌을 선고한다. 그 후 인국진의 머리를 내걸어 만인 앞에 공개한다."

"피고 남문주. 광장에서 다수가 지켜보는 가운데 화형에 처한다."

재판관은 거침없이 극형을 선고했다.

이어서 이공을 섬기던 환관들도 모두 사형에 처해졌다.

이건 의외의 일이었다. 테러의 수괴인 이공은 오히려 무기징역을 받았는데, 그 아랫사람들에게는 줄줄이 최고형이 내려진 것이다.

그러다 마침내 학송의 차례가 되었다. 나이 지긋한 재판관은 강한 어조로 학송을 죄를 읊기 시작했다.

"어허험. 피고 학송이야말로 테러 조직의 진정한 수괴라 할 수 있다. 학송은 이공과 이택민을 꼭두각시로 내세워 세상을 현혹하였고, 무고한 사람들의 생명을 앗아갔다. 또한 학송은 부친을 죽인 패륜아이자 죄를 일일이 열거할 수 없을 정도의 악인이다. 이에 본 재판장에서는 피고 학송의 몸을 다섯 조각으로 찢은 뒤, 그 머리는 인국진과 나란히 효시하고, 몸뚱어리는 회양당 당원들과 함께 화형에 처할 것을 선고한다."

땅땅땅!

재판관이 휘두른 나무망치 소리가 학선생의 귀를 때렸다.

"으어어."

학선생은 이공과 마찬가지로 넋이 나가 주저앉았다.

학선생이나 인국진과 같은 문관들이 줄줄이 중형을 선고 받은 반면, 용성 대장군이나 호문평, 바투, 인유강과 같은 무인들은 재판에 넘겨지지 않았다.

그렇다고 그들이 좋아할 일은 아니었다.

쥬신 대제국의 부활을 꿈꾸었던 무인들은 간씨 세가의 주작대로 이첩되었다. 그곳에서 무인들은 다량의 약물을 투여받은 뒤, 쥬신 황실의 비전무술과 마법을 토해 놓아야만 했다.

정보 수집이 끝난 이후 이들의 미래는 뻔했다.

"저 아까운 몸뚱어리들을 그냥 버릴 수 있나. 인체실험 용으로 써먹어야지."

주작대주는 유리창 너머에 축 늘어져 있는 용성을 바라 보면서 섬뜩한 말을 내뱉었다.

"대주님, 옳은 말씀입니다."

주작대원들이 고개를 끄덕여 주작대주의 말에 동의했다.

한편 이수민과 이채민, 이소민 자매도 재판에 넘겨지지 않았다. 이들은 주작대로 끌려가 고초를 겪지도 않았다. 이탄은 이수민 자매와 이린이 별관에서 편히 지낼 수 있도록 배려해주었다.

같은 시각, 유럽에서는 이택민과 관욱에 대한 재판이 열렸다.

결과는 예상대로였다.

이택민, 사형.

관욱, 인체실험형에 처함.

발렌시드 군벌은 간씨 세가보다 더 강경했다. 어린 이택민이 사형 선고를 받자마자 까무러치는 장면이 전 세계에 생중계되었다.

Chapter 5

한동안 사람들은 쥬신 잔당들의 재판에 대해서 떠들었다.

하지만 이 일은 곧 사람들의 뇌리에서 잊혀졌다. 또 다른 대형 이벤트가 사람들의 이목을 잡아끈 덕분이었다.

세상을 떠들썩하게 만들었던 세기의 재판이 끝나고 얼마 후, 오대군벌의 대변인들은 시간을 맞춰서 중대발표를 했다.

"향후 우리 다섯 군벌은 반목과 다툼을 종식시키기 위한 협의체를 구성할 예정입니다. 이 협의체를 통해서 오대군벌 사이에 벌어진 민감한 사안들을 조율하기 위함입니다. 강조하여 말씀드리지만, 협의체는 단순히 말뿐만이 아닌 조직이 아닙니다. 실질적 결정권을 가진 조직입니다."

이상이 대변인들의 발표 내용이었다.

이어서 오대군벌의 대변인들은 협의체의 초대 의장으로 발렌시드의 뇌전의 여제 빅토리아가 추대되었음을 선포했다.

이탄은 협의체의 부의장을 맡았다.

두 사람의 공식 임기는 일단 5년으로 상정되었다.

"누가 봐도 대지의 소서러님이 양보를 했네."

"그러게 말이야. 지난번 북극에서의 전투도 그렇고, 대지의 소서러님이 협의체를 주도해도 될 텐데, 참 그릇이 크셔."

세상 사람들은 이렇게 수군거렸다.

이탄은 의장의 자리를 빅토리아에게 양보하면서 대중의 호감을 샀다. 그러면서도 이탄은 실리를 확실하게 챙겼다.

사실 의장, 부의장의 자리가 중요한 게 아니었다. 협의체에서 누구의 발언권이 가장 강하느냐가 중요했다.

당연히 오대군벌을 좌우하는 주인공은 빅토리아가 아닌 이탄이었다.

우선 유럽의 발렌시드 군벌은 간씨 세가와 깊은 우호관

계였다. 당장 빅토리아 여왕도 이탄에 대한 존중과 경외감을 가지고 있었다.

이 경외감은 북극 전투 이후로 더 극심해졌다.

미주 지역의 에디아니 군벌은 구심점이 약화된 상태였다.

원래 에디아니를 구성하는 세 가문 중에 주도 세력은 중미의 말레우스 가문이었다.

한데 하와이 전투 이후로 말레우스의 안토니오 가주는 식물인간이 되어버렸다.

남미 가라폴로 가문의 험프 가주와 북미 시즈너 가문의 후계자인 시어드는 이탄에 대한 의존도가 높았다.

그러다 보니 자연스럽게 에디아니 군벌도 이탄을 따르게 되었다.

시베리아의 코로니 군벌은 에디아니보다 더 상태가 나빴다. 코로니를 이끌던 빙제 알렉세이와 염제 발로바가 모두 실종된 탓이었다.

사실 이 2명의 초인들은 이탄에 의해 포로가 된 상태였다. 세상 사람들은 이 사실을 전혀 모르지만 말이다.

알렉세이와 발로바에 이어서 코로니의 서열 3위였던 아이스 듀크(Ice Duke: 얼음공작) 표트르 또한 오래 전 천산산맥 지하에서 이탄과 싸우다가 찢겨 죽었다.

서열 4위인 철가면 자고예프도 이탄의 포로로 전락했다.

덕분에 지금 코로니 군벌은 서열 5위인 예니세이가 이끄는 중이었다.

비록 예니세이가 힘깨나 쓰는 강자라고는 하지만, 다른 군벌의 수뇌부들과 견줄 정도는 못 되었다. 특히 이탄과는 비교도 할 수 없었다.

실제로 예니세이는 은근히 이탄을 두려워했다.

코로니 군벌에 이어서 아프리카의 군벌인 카르발 군벌도 꽤 많이 쇠락했다.

카르발의 군주였던 콜링바가 실종된─실은 이탄에게 납치당한 것이지만─ 이후로, 젊은 사자인 고골은 흔들리는 군벌을 추스르느라 정신이 쏙 빠졌다.

게다가 고골도 정상적인 몸 상태가 아니었다. 쥬신 잔당들에게 당한 상처가 아직 회복되지 않아서였다.

게다가 카르발의 장로들은 왜 그리 권력욕이 강한지. 장로들은 아프리카의 토착부족을 등에 업고 고골을 견제했다.

결국 예니세이와 마찬가지로 고골도 뿌리가 약했기에 간씨 세가의 지원에 의존할 수밖에 없었다.

다행히 이탄은 예니세이와 고골을 공개적으로 지지해주었다. 덕분에 예니세이와 고골도 각자의 군벌을 안정시키는 데 성공했다.

다만 이 안정은 어디까지나 이탄의 지지 덕분에 이루어진 것이었다. 그러니까 예니세이와 고골은 이탄에게 종속될 수밖에 없는 것이다.

결과적으로 오대군벌 전체가 이탄의 손아귀에 굴러들어왔다. 비록 지금은 이탄이 무대 뒤로 한 발 물러나 배후에서 조율을 하는 정도지만, 앞으로 5년 뒤에는 세상이 완전히 달라질 터였다.

빅토리아 의장의 임기가 끝나면 다음 의장은 분명 이탄의 차지였다. 그때가 되면 오대군벌의 그 누구도 이탄의 의중을 거스를 수 없을 게 분명했다.

때가 무르익어 이탄이 새로운 천년제국을 선포한다면?

이를 막을 수 있는 사람은 아무도 없었다.

막기는커녕 오히려 시어드, 예니세이, 고골 등 이탄의 지원을 받았던 사람들이 주축이 되어 이탄을 황제로 추대할 가능성이 높았다. 당장 각 군벌의 수호룡들도 모두 본래의 맹약자보다 이탄을 더 따르는 형편이었다.

그렇게 이탄은 아무도 모르는 사이에 간씨 세가의 세상을 자신의 색깔로 물들였다.

"이제 이 녀석만 부화하면 되는데."

이탄은 스쳐지나가는 듯한 말투로 중얼거렸다.

이탄의 앞에는 메추리알 크기의 하얀 돌이 하나 놓여 있었다.

엄밀히 말해서 이건 돌이 아니라 드래곤의 알이었다. 간씨 세가의 병력이 인도로 쳐들어갔을 때 이수민이 이탄에게 바친 열한 번째 세계의 파편이었다.

"어서 부화해라. 어서."

이탄은 진심을 담아서 알 속의 존재를 응원했다.

만약 이 알이 무사히 부화하게 되면 이탄은 11개의 파편, 즉 11마리 수호룡을 가지는 셈이었다.

이탄의 응원에 호응이라도 하려는 것일까? 지금까지 꿈쩍도 하지 않던 조그만 알이 살짝 들썩였다.

"어라?"

이탄은 그 미세한 움직임을 놓치지 않았다. 이탄의 신경이 온통 하얀 알에 쏠렸다.

쩌적. 쩌적.

조용하던 알이 다시 한번 들썩거렸다. 이번에는 알 속에서 꿈틀거리는 움직임까지 감지되었다.

다만 그 움직임은 무척 느리게 진행되었다.

Chapter 6

이탄이 알을 지켜보는 가운데 하루가 꼬박 지났다.

이어서 또 하루가 하릴없이 지나갔다.

마침내 사흘째 되는 날이었다. 하얀 알의 표면에 갑자기 균열이 증가했다. 이윽고 알껍데기의 위쪽이 깨지면서 껍질이 쏘옥 올라왔다. 앙증맞은 존재가 머리에 껍질을 쓰고는 고개를 살포시 내밀었다.

[끼양?]

앙증맞은 존재는 뇌파마저도 귀여웠다.

유령처럼 희끄무레하게 생긴 존재는 외마디 뇌파를 소심하게 내뱉고는, 이탄을 올려다보면서 두 눈을 깜빡거렸다.

이탄이 상대를 내려다보았다.

이탄의 눈에 비친 조그만 드래곤은 몸 전체가 하얀데 두 눈만 흑요석처럼 새까맣게 반짝거렸다.

더 특이한 점은, 드래곤의 몸 색깔이 진해졌다 흐려졌다를 반복하면서 금방이라도 눈앞에서 사라질 것 같다는 느낌을 준다는 것이었다.

이탄이 얼굴을 활짝 폈다.

[아하하하. 드디어 부화했구나. 열한 번째 수호룡이 알을 깨고 세상에 나왔어.]

[크릉. 알이 부화했다고요?]

이탄의 뇌파를 들은 수호룡들이 어슬렁어슬렁 다가왔다.

덩치가 큰 수호룡들은 이탄의 어깨 너머로 고개를 삐쭉 내밀고 갓 태어난 어린 수호룡을 굽어보았다.

[끼잉. 낑.]

덩치들에게 둘러싸여서 겁이라도 난 것일까?

갓 태어난 수호룡은 짧은 뇌파와 함께 목을 살짝 움츠렸다. 알껍데기 조각을 모자처럼 머리에 쓴 수호룡의 모습이 참으로 앙증맞았다.

[호오? 정말 조그맣군.]

[하찮을 정도로 작잖아?]

이탄과 다른 수호룡들은 묘한 눈빛으로 갓 태어난 수호룡을 지켜보았다. 특히 자줏빛 수호룡이 콧김을 킁킁 내뱉었다.

자줏빛 수호룡은 지금 잔뜩 흥분한 상태였다. 그럴 만도 한 것이, 막 알을 깨고 나온 하얀 수호룡을 제외하면 자줏빛 수호룡, 즉 에너지의 수호룡이 이 자리에 모인 드래곤들 가운데 막내였다.

자줏빛 에너지의 수호룡은 '드디어 내가 막내 자리를 벗어나는구나.' 라는 표정으로 상대를 관찰했다.

주목을 받는 것이 부끄러웠을까? 하얀 수호룡은 눈꺼풀을 두어 차례 깜빡이더니 다시 알 속으로 쏙 숨어버렸다.

"아무래도 이 녀석은 무척 내성적인 것 같네."

이탄이 가볍게 중얼거렸다.

열한 번째 세계의 파편이 부화했음에도 불구하고 이탄이 기대했던 극적인 변화는 나타나지 않았다.

이탄은 하얀 수호룡, 즉 영혼 속성의 드래곤을 데리고 서재로 올라왔다. 그런 다음 이탄은 간용음이 작성한 열하고성일지를 다시 펼쳐들었다.

지금까지 이탄이 열하고성일지를 비롯한 여러 고문서로부터 수집한 정보에 따르면, 까마득한 태고에 4명의 신이 이 세상으로 건너왔다고 한다.

이 가운데 2명의 신은 곧장 먼 곳으로 떠나버렸다.

남은 2명의 신 가운데 알리어스는 세상에 빛, 어둠, 물, 불, 흙, 바람, 얼음, 번개를 전달했다.

또 다른 신 콘은 세상에 에너지와 영혼을 남겼다.

이탄이 독백했다.

"내가 그 유산들을 100퍼센트 다 모았단 말이지. 빛의 수호룡, 어둠의 수호룡, 물, 불, 흙, 바람, 얼음, 번개의 수호룡에 이르기까지. 심지어 나는 에너지와 영혼의 수호룡까지 모두 수집하여 맹약을 맺었다고. 그런데 왜 아무런 변화가 없을까?"

이탄이 고개를 갸웃했다.

이 독백처럼 이탄은 알리어스가 남긴 8개의 파편을 모두 수집했다. 또한 이탄은 콘이 남긴 2개의 파편도 입수 완료 했다.

거기에 더해서 이탄은 카르발 군벌의 수호자인 수목의 드래곤까지 빼앗아왔다. 이 드래곤은 신화에는 없는 종이 었다.

'세계의 파편을 모두 모은 순간, 신격 존재와 관련된 엄청난 일이 벌어질 거야.'

이게 이탄이 품은 기대였다.

한데 막상 이탄이 기대했던 순간이 되었건만 아무런 일도 벌어지지 않았다. 이탄은 맥이 탁 풀렸다.

"쳇. 마음에 안 드네."

이탄이 손끝으로 탁자를 톡톡 두드렸다. 이건 이탄이 뭔가 성이 차지 않을 때 나오는 버릇이었다.

그 감정 변화가 영혼의 수호룡에게 영향을 미쳤다. 원래 영혼의 수호룡은 타인의 감정 변화를 읽어내는 것이 주특 기였다.

[끼이잉. 낑.]

탁자 위에 놓인 알껍데기 속에서 영혼의 수호룡은 살살 이탄의 눈치를 살폈다.

이탄이 수호룡을 힐끗 돌아보았다.

"녀석. 그렇게 눈치를 볼 필요 없단다. 나는 네게 화가 난 게 아니야."

이탄은 손가락으로 어린 수호룡의 머리를 문질문질 해주었다.

[끼이이잉.]

영혼의 수호룡은 고개를 살짝 숙인 채 눈을 지그시 감았다. 무척 기분이 좋은 듯한 표정이었다.

그걸 본 이탄이 빙그레 미소를 지었다.

요 근래 이탄은 간씨 세가 세상에 신경을 집중했다. 쥬신 잔당들에 대한 뒤처리가 필요해서였다.

이 밖에도 이탄은 열한 번째 세계의 파편을 부화시키는 것에 마음을 기울였다.

그런데 이제는 급한 일들이 대충 마무리되었다.

물론 세계의 파편 문제는 아직까지 명쾌하게 완료되지 않았다. 이탄이 무려 11개나 되는 파편을 모았으니 이제 뭔가 그 다음 단계가 시작될 것 같은데, 아직까지는 무슨 이벤트가 벌어질지 모호했다.

그래도 언제 시작될지도 모르는 이벤트를 기다리면서 마냥 이곳 세상만 신경을 쓰기에는 이탄이 너무 바빴다.

"여기는 이만하면 되었지. 그만 다른 쪽으로 눈을 돌려야겠어."

이탄은 찻잔에 남은 찻물을 한 입에 털어 넣었다. 이탄의 정신은 어느새 간씨 세가 세상을 떠나 본체로 돌아왔다.

이제는 이탄이 다시 언노운 월드에 신경을 집중할 때였다.

제3화
아울 산맥 대전

Chapter 1

모드레우스 행성에는 행성 전체를 관통하고 있는 거대한 나무가 한 그루 존재했다. 이른바 신마목이라 불리는 나무였다.

이탄의 본체는 바로 그 신마목의 내부 깊숙한 곳에서 눈을 떴다.

번쩍!

이탄의 눈에서 쏟아진 노란색 안광은 그 자체가 강력한 살상력을 갖춘 무력이었다. 안광에 스친 즉시 신마목에 구멍이 깊게 뚫렸다.

이탄의 노란 안광은 마치 플라즈마가 금속을 녹이는 것

처럼 단단한 신마목을 거침없이 용해했다. 그것도 단숨에 수백 미터 깊이의 구멍을 내버렸다.

우워어어엉.

신마목이 괴롭게 신음을 토했다.

"후우우."

이탄은 눈빛을 안으로 갈무리하면서 숨을 길게 뱉었다.

우엉. 우어엉.

뿌리와 가지를 뒤틀며 두려워하던 신마목도 그제야 잠잠해졌다.

이탄이 신마목 깊숙한 곳에 들어앉은 게 벌써 35일 전의 일이었다. 당시에 이탄은 2명의 마신들, 즉 탈룩과 여섯 눈의 존재의 기습공격을 받아 치열한 접전을 펼쳤었다. 그 결과 다행히도 이탄은 두 마신들을 물리쳤을 뿐 아니라 탈룩에게 붙잡혀 있던 피사노의 비석 반쪽을 회수하는 데 성공했다.

태초의 마신 피사노가 남긴 비석 반쪽에는 5,000개나 되는 만자비문의 힘이 고스란히 담겨 있던 터.

이탄은 신마목의 내부에 둥지를 틀고 앉아서 피사노가 남긴 유산을 자신의 것으로 소화하는 데 전념했다.

소화를 하는 데는 생각보다 더 많은 시간이 걸렸다. 지루해진 이탄은 만자비문의 힘을 받아들이는 와중에 한눈을 팔았다. 정신의 일부를 타 차원으로 보내서 간씨 세가의 업무에 신경을 쓴 것이다.

그곳 세상에서도 이탄의 행보는 거침이 없었다. 이탄은 불과 한 달도 되지 않아 이공의 세력을 완전히 허물어뜨렸을 뿐 아니라 학선생에 대한 복수도 완료했다. 간씨 세가의 세상에서 감히 이탄의 앞을 가로막을 자는 전무했다.

타 차원에서 일처리를 마무리 지은 뒤, 이탄은 다시 신마목 안으로 돌아왔다. 그리곤 기분 좋게 기지개를 켰다.

"아우웅. 쥬신의 잔당들을 싹 정리하고 나니까 개운하네. 그동안 여기저기에 너무 많은 일들을 벌려놓았는데, 이제는 하나씩 수습을 해야지."

앞으로의 방향을 정한 다음, 이탄은 감각을 예리하게 벼려서 자신의 신체 내부부터 샅샅이 살폈다.

지금 이탄의 가슴 속에서는 음차원 덩어리가 마치 살아 있는 심장처럼 힘차게 맥동 중이었다.

펄떡, 펄떡, 펄떡.

우렁찬 펌프질 소리가 이탄의 귀에 생생하게 들렸다.

음차원 덩어리의 표면에는 무려 10,000개나 되는 꽈배기 모양의 문자가 또렷하게 양각되어 있었으며, 문자 하나하나마다 진한 회색빛을 뿌렸다.

'모습이 여간 상서롭지 않구나.'

이탄은 내심 이 덩어리가 마음에 들었다.

이탄은 알지 못했지만, 사실 음차원 덩어리는 까마득한 태고에 부정 차원 전체를 호령했던 태초의 마신 피사노의 심장을 꼭 닮아 있었다.

실제로도 음차원 덩어리는 심장과 유사한 역할을 했다. 이탄의 본래 심장이 이탄의 혈관 속에 피를 내보내는 순환계의 핵심 장기 역할을 한다면, 이 두 번째 심장은 이탄의 (진)마력순환로에 부정한 에너지를 제공하는 핵심 장치였다. 그러니까 이것을 두 번째 심장이라고 불러도 이상하지 않았다.

두 번째 심장이 이탄의 가슴 속에 완벽하게 자리를 잡으면서 이탄의 (진)마력순환로도 한층 두텁게 탈바꿈했다.

순환로가 강화되면서 이탄의 피부 안쪽에서는 꾸드득, 꾸드득 소리가 마구 들렸다. 이탄의 근육이 부풀었다가 다시 가라앉기를 반복했다.

잠시 후.

"아아아. 신체가 한 단계 진화했구나."

이탄은 낮은 탄성을 흘렸다.

간씨 세가 세상의 방식으로 표현하자면, 이건 마치 기계 장치에 튜닝을 완전히 새로 한 기분이었다. 이탄은 새로 업그레이드된 자신의 신체를 꼼꼼하게 점검한 다음, 꽤나 만족스러운 웃음을 흘렸다.

원래 좋은 도구(?)를 손에 넣으면 한번 써먹어 보고 싶어지는 것이 인지상정이 아니던가. 이탄은 가슴 안쪽으로부터 뻐근하게 차오르는 만자비문의 강력한 힘을 본격적으로 휘둘러보고 싶어졌다.

"얼마나 강해졌는지 확인하고 싶은데, 어디 적당한 상대가 없을까?"

어지간한 자들은 이탄의 상대가 될 리 없었다.

"혹시 신격 존재들이 또 시비를 걸어오지 않으려나?"

황당하게도 이탄은 탈룩이나 여섯 눈의 존재, 혹은 인과율의 여신이 다시 한번 공격해오기를 기다렸다.

거기서 한 발 더 나가, 이탄 스스로 먼저 그들을 찾아볼 마음까지 품었다. 그만큼 이탄은 자신감이 흘러넘쳤다.

"그런 일들을 하려면 우선 신마목 밖으로 나가야겠지?"

이탄이 이곳에서 벗어나려 할 때였다. 조금 전, 이탄의 안광(나라카의 눈)에 의해 뻥 뚫린 구멍 저편에서 은은하게 빛이 새어 나왔다.

"으응? 이 기운은!"

익숙한 기운을 감지한 이탄이 눈을 동그랗게 떴다. 이탄은 신마목에 뚫린 구멍의 크기를 키운 다음, 한달음에 빛이 쏟아진 곳으로 이동했다.

놀랍게도 신마목의 내부에는 한 변의 길이가 10센티미터인 정육면체 큐브가 반쯤 박혀서 희미한 빛을 토해놓는 중이었다.

"어억. 이건 아조브잖아."

이탄이 쥐어짜듯 외쳤다.

언노운 월드(서차원)와 동차원, 간씨 세가 세상, 그리고 그릇된 차원에 각각 하나씩 존재하는 아조브가 이곳 모드레우스 제국에도 있었던 것이다. 드디어 이탄이 다섯 번째 아조브를 발견했다.

이윽고 이탄의 천공안에는 미래의 한 장면이 맺혔다. 그것은 다섯 아조브가 한자리에 모여서 태곳적의 비밀이 풀리는 장면이었다.

다시 말해서 이탄은 비밀의 문을 열 마지막 열쇠를 우연히 발견한 셈이었다. 비밀의 마지막 퍼즐은 운명처럼 이탄의 손에 굴러들어 왔다.

만약 이탄이 마신 피사노의 권능을 온전히 제 것으로 소화하기 위해서 신마목 내부로 들어오지 않았더라면?

혹은 이탄이 신마목 속으로 들어왔다고 하더라도 조금만 다른 위치에 머물렀더라면?

그럼 아마도 이탄이 5개의 아조브를 모두 모으기까지는 훨씬 더 오랜 세월이 걸렸을 것이다.

그런데 운명이라는 녀석은 우연에 우연을 더하여 기어코 이탄의 손에 5개의 아조브를 쥐여주고야 말았다.

"대체 이 큐브가 나와 무슨 인연이 있기에 이처럼 내게 모여드는 거지?"

이탄은 신통방통하다는 듯이 다섯 번째 아조브를 움켜잡았다.

Chapter 2

한동안 이탄은 홀린 듯이 아조브를 내려다보았다.

하지만 마냥 아조브만 쳐다보고 있을 만큼 이탄은 한가하지 않았다.

"이제 그만 나갈 시간이구나."

이탄이 마음을 먹은 순간 그의 몸뚱어리는 어느새 찬란한 빛의 입자가 되어 흩어졌다.

이탄이 별다른 해코지 없이 떠난 것이 기뻤을까?

아니면 헤아릴 수 없이 긴 세월 동안 나이테 속에 꽁꽁 감춰두었던 아조브를 이탄에게 강탈당한 것이 억울해서일까?

우어어어어어엉.

신마목은 길고 굵은 용트림을 토했다.

이탄이 신마목 속에 콕 틀어박혀 지내는 동안, 언노운 월
드에서는 한바탕의 피보라가 몰아쳤다.

남명의 사대종파 .VS. 피사노교.

이 전투는 라임 협곡 혈투나 고요의 사원 공방전에 못지
않았다.

이들 사이에 피 튀기는 전투가 벌어진 시점은 지금으로
부터 보름쯤 전이었다. 대륙 남부에서 승리를 거둔 남명의
수도자들은 기세를 몰아 대륙 중부지방까지 북상했다.

수도자들의 목적지는 당연히 대륙 북서부 끝단에 위치한
피사노교의 총단이었다.

피사노교도 즉각 대응했다. 교에 심각한 위기가 닥치자
병상에 누워 있던 이쓰낸이 자리를 털고 일어나 활동을 재
개했다. 우선 그녀는 모드레우스 제국의 악마종들에게 도
움부터 청했다.

그렇지 않아도 악마종들은 남명의 수도자들에게 한 방을
얻어맞아서 부글부글 끓던 상태였다.

[저 시건방진 인간족 놈들을 싹 쓸어버려라.]

군주인 모드레우스가 엄하게 명했다.

[넵. 폐하.]

황명을 받은 악마종들은 곧장 언노운 월드로 넘어와 피사노교와 합류했다.

악마 군단을 이끄는 총사령관의 자리에는 아네타 황녀가 임명되었다. 아네타는 이번 기회에 공을 세워서 군주의 눈에 들려고 단단히 각오를 다졌다.

피사노교가 본격적으로 나서자 백 진영도 가만히 있을 수 없었다.

불행히도 아울 검탑은 참전이 불가능한 상태였다. 고요의 사원 공방전에서 아울 검탑이 입은 피해가 너무나도 큰 탓이었다.

하여 일단 시시퍼 마탑이 움직였다. 마탑에서는 마법사와 도제생들을 대륙 중부로 급파하여 남명의 사대종파를 도왔다.

그렇게 시시퍼 마탑이 시간을 벌어주는 동안, 모레툼 교단을 비롯한 나머지 백 세력들도 하나둘 전쟁터로 향했다.

피사노교도 바보가 아니었다.

"백 진영 놈들이 완전히 집결할 때까지 기다려 줄 수는 없지. 차라리 우리가 선공을 취한다."

피사노교의 제4신인인 아르비아가 날카롭게 뇌까렸다.

"좋은 선택입니다."

제9신인인 티스아가 아르비아의 말에 맞장구를 쳤다.

아르비아와 티스아는 모드레우스 제국의 아네타 황녀와 상의를 한 다음, 별안간 진군 속도를 높여서 남명의 사대종파를 급습했다.

마침 남명의 수도자들은 대륙 중부 아울 산맥에 발을 디딘 상태였다. 자연스럽게 그곳에서 전투가 시작되었다.

전투의 결과는 참혹했다. 흑과 백, 양측 모두 깊은 상처를 입었다.

우선 사대종파의 완(完)급 수도자들이 상당수 목숨을 잃었다. 핵심 전력인 선급 수도자들도 많이 죽었다.

특히 사망자 명단에는 각 종파의 다음 세대를 이어갈 재목들이 꽤 많이 포함되었는데, 이 점이 뼈아팠다.

우선 음양종에서는 선3급의 요조가 즉사했다.

요조는 인간족이 아닌 용인으로, 흙의 술법을 다루는데 천부적인 재능을 타고난 강자였다. 하지만 전투 중에 모드레우스 제국의 악마종들에게 둘러싸이고 나니 제아무리 용인이라 할지라도 벗어날 방도가 없었다.

기회를 잡은 악마종들은 트랩(Trap) 마법진으로 요조를 단단히 얽어매고는 집중 공격을 퍼부었다.

요조가 탈출용 부적을 찢으며 위기를 벗어나려고 시도했으나, 끝내 악마종들의 손을 벗어나지 못하고 참변을 당했다.

제련종에서는 선2급의 제자인 파호 선인이 비참하게 죽임을 당했다.

파호는 오만하고 까칠한 성격의 소유자였다. 예전에 언령의 벽에서 이탄에게 틱틱 쏘아붙였던 수도자가 바로 파호였다. 덕분에 제련종의 젊은 수도자들 사이에서 파호에 대한 인상은 썩 긍정적이지 못했다.

하지만 막상 파호가 악마종들에게 찢겨서 몸의 절반이 먹혀버리는 모습을 보자 제련종의 수도자들은 크게 분노했다. 그들이 복수를 위해 악마 군단에 달려들었다. 그 결과 제련종은 더 큰 피해를 보았다.

금강수라종도 손실을 피하지 못했다.

삼각 깃발과 그물 법보를 능숙하게 다루던 해원 선인이 악마종들에게 죽었다. 해원은 선3급의 강자였다.

문제는 해원을 구하려다가 엄홍 선인마저 함께 목숨을 잃었다는 점이었다. 선4급인 엄홍은 금강수라종의 중추를 담당할 기둥이기에 더더욱 그의 희생이 뼈아팠다.

천목종에서는 나련 선자가 희생자 명단에 이름을 올렸다.

나련은 이탄이 처음 남명에 발을 디뎠을 때부터 친분을 쌓았던 수도자로, 천목종 장로들의 기대를 한 몸에 받던 천재였다. 장래가 촉망되는 젊은 수도자의 죽음에 천목종 전체가 충격을 받았다.

이상의 사망자들은 모두 선2급 이상의 실력자들이었다.

이 밖에도 선1급 수도자들은 더 많이 죽었다. 그보다 못
한 완급이나 만급 수도자들의 피해는 말할 것도 없었다.

또한 선6급 이상 대선인들도 크고 작은 부상을 당했다.
다행히 대선인들 중에 사망자는 나오지 않았다.

전쟁을 치르면 피를 보는 것은 당연한 일.

그럼에도 불구하고 금강 종주는 침통함을 금치 못했다.

"크우우, 이번 전쟁의 대가가 참으로 가혹하구나. 우우
욱."

금강이 무겁게 머리를 가로저었다. 금강의 눈은 어느새
붉게 충혈되었다.

금강뿐 아니었다. 각 종파의 대선인들도 죽은 제자들의
시체를 수습하면서 속으로 눈물을 삼켰다.

Chapter 3

한편 시시퍼 마탑도 남명의 술법사들 못지않게 큰 피해
를 입었다.

전투가 종료된 뒤, 아울 산맥의 계곡 하나가 마법사들의

시체로 뒤덮였다. 이 가운데는 시시퍼 마탑 열두 지파의 지파장과 부지파장도 상당수 포함되었다. 쎄숨 지파장은 겨우 죽음은 면했으나, 거동이 불가능할 정도의 중상을 입었다.

피해는 백 진영만 보지 않았다. 흑 진영도 백 진영에 상응할 만큼의 타격을 입었다. 피사노교의 사도와 교도들의 시신은 산맥 곳곳에서 쉽게 발견되었다. 산맥 여기저기에는 추락한 마도전함의 잔해가 널려 있었다. 전투를 이끌었던 2명의 신인들, 즉 아르비아와 티스아도 피가 철철 흐를 만큼 상처를 입었다.

이에 비해서 모드레우스 악마종들의 타격은 상대적으로 크지 않았다.

확실히 인간족보다는 악마종들이 훨씬 더 강하다는 사실이 이번 전투로 증명되었다.

그런데도 아네타 황녀는 만족하지 못했다.

[우리 위대한 악마종이 하찮은 인간족 나부랭이들을 압도하지 못하다니, 이게 말이 돼? 다들 찢겨 죽고 싶은 거냐? 왜 그렇게밖에 못 싸우지? 엉?]

화가 잔뜩 난 아네타가 부하들을 닦달했다.

[송구합니다, 황녀님.]

[면목이 없습니다.]

악마종들이 아네타 앞에서 쩔쩔맸다.

화풀이라도 하듯이 부하들을 들들 볶는 아네타지만, 막상 본인도 전투 중에 극양노조와 현음노조의 양극합벽에 세게 한 방 얻어맞아 가슴이 철렁했다. 거기에 더해서 금강종주와 멸정 대선인의 공격도 만만치 않았다. 결국 아네타는 금강과 멸정의 공격을 버티지 못하고 후퇴했다.

[이건 아니야. 이대로는 안 돼. 이번 전투에서 공을 세우지 못하면 폐하께서 나에게 실망하실 거야.]

궁지에 몰린 아네타는 피빗에게 도움을 청하기로 결심했다.

아네타가 비록 황녀라고 하나 그녀의 수준은 진마에 불과했다.

반면 피빗은 모드레우스 제국에서도 단 8명밖에 없다는 성마급 존재였다. 좀 더 정확히 말해서 피빗은 8개의 부정한 인과율을 깨우친 성마 최하급이었다.

아네타는 최근에 피사노교에서 벌어진 재판에 피빗과 함께 재판관으로 참여하면서 인맥을 쌓아놓았다.

아네타는 바로 그 인연에 기대어 피빗에게 손을 벌렸다.

피빗은 기꺼이 아네타를 돕기로 했다.

솔직히 피빗은 아네타를 돕고자 하는 것이 아니었다. 그녀는 피사노교, 특히 그중에서도 이탄을 염두에 두고서 이번 전투에 끼어들었다.

이탄이 스스로의 머리통을 떼어서 붕붕 휘두르고 피사노교를 발칵 뒤집어 놓은 그 날 이후로, 피빗은 이탄에게 강렬한 끌림을 느꼈다.

'X나 멋있잖아.'

지랄발광에 가까운 이탄의 광기를 목격한 순간, 피빗의 머릿속에는 온통 이런 생각만 가득했다.

그러니 피빗이 피사노교를 돕는 일이 적극적일 수밖에.

'오호호홋. 쿠미 신인이라는 분은 피사노교의 열 번째 신인이잖아? 그러니까 내가 피사노교를 도우면 쿠미 신인과도 가까워질 기회가 생길지 몰라. 호홋.'

엉뚱한 마음을 먹은 피빗은 손으로 자신의 입가를 가리며 웃었다. 그러면서 피빗은 하체를 배배 꼬았다.

피빗은 상체는 인간족에 하체는 악룡족인 혼혈의 악마종이었다.

여하튼 성마급 악마종의 참전으로 인해서 전세는 한바탕 요동치게 생겼다.

이탄이 신마목을 떠나서 언노운 월드로 복귀할 즈음, 남명의 사대종파와 피사노교 사에서는 막 2차전이 발발했다.

음양종, 금강수라종, 천목종, 제련종의 대선인들은 아울 산맥 남쪽 기슭에 대규모 술법진을 구축한 다음, 적들을 이곳으로 유인할 계책을 세웠다.

이 유인 작전을 총괄한 주도자는 묵휘형이었다.

천목종의 종주인 묵휘형은 미래안(未來眼)이라는 자신의 권능을 십분 발휘하여 꼼꼼하게 계획을 세웠다.

묵휘형은 적재적소에 병력도 배치했다.

묵휘형이 가장 먼저 역할을 맡긴 인물은 금강 종주였다. 지난밤 묵휘형은 금강을 찾아가 신중하게 입을 열었다.

"송구스럽지만 금강 종주님께 가장 위험한 일을 부탁드려야 할 것 같습니다."

"어떤 부탁이오?"

"종주님께서 오염된 신의 자식들과, 그 신을 따르는 악마종 놈들을 술법진으로 유인해주십시오."

묵휘형은 금강에게 고개를 푹 숙이며 부탁했다.

"흠."

금강은 별 말 없이 고개만 끄덕였다.

깊은 밤중에 묵휘형이 자신을 찾아올 때부터 금강은 이미 위험한 부탁을 받을 거라고 예상했다. 그리고 금강은 그 부탁이 아무리 위험하더라도 감수할 예정이었다.

금강이 선뜻 미끼 역할을 받아들이자 묵휘형의 안색이 한층 더 어두워졌다.

"죄송합니다, 금강 종주님."

묵휘형은 차마 얼굴을 들 수가 없었다.

묵휘형이 읽은 금강의 미래는 어두웠다.

'간신히 목숨은 건지실지도 모르지만, 아마 회복 불가능한 타격을 받으실 게야.'

묵휘형이 씁쓸하게 고개를 가로저었다.

그럼에도 묵휘형은 금강 종주에게 매달릴 수밖에 없었다. 묵휘형이 아무리 궁리를 해보아도, 피사노교의 신인과 악마종의 파상공세를 버티면서 상대를 술법진 안으로 유인할 만큼 몸뚱어리가 단단한 수도자는 금강 종주밖에 없었던 까닭이다.

금강에게 가장 위험한 일을 맡긴 뒤, 묵휘형은 음양종의 두 노조를 찾아갔다.

극양과 현음은 몸이 불편한 채로 묵휘형을 맞았다. 최근 연달아 양극합벽을 사용한 탓에 두 노조의 몸 상태는 말이 아니었다.

"노조님들, 죄송합니다."

묵휘형은 극양과 현음 앞에서도 면목이 없어 고개를 푹 떨궜다. 그리곤 기어들어 가는 목소리로 두 노조가 해줘야 할 역할을 읊었다.

그 역할이란 다름 아닌 술법진의 핵을 맡아달라는 거였다.

이번에 묵휘형이 사용하려는 것은, 고대 신의 지식이 담긴 엄청난 진법이었다. 묵휘형은 이 신급 술법진으로 피사노교와 악마종들을 단숨에 으깨버릴 수 있을 것이라 자신했다.

그만큼 술법진의 위력은 상상을 초월했다.

대신 술법진의 핵에 집중될 압력이 장난이 아니었다.

'어쩌면 핵을 담당할 수도자들은 목숨을 잃을 수도 있어.'

묵휘형은 이 사실을 잘 알면서도 극양노조와 현음노조에게 부탁을 할 수밖에 없었다. 이것 말고는 저 무시무시한 악마종들을 쓸어버릴 방도가 없는 까닭이었다.

차마 고개를 들지 못하는 묵휘형과 달리, 극양과 현음노조는 희미한 미소로 묵휘형의 계획에 동참했다.

둘의 미소는 어쩐지 금강의 그것을 닮아 있었다.

"죄송합니다. 우우욱. 정말 죄송합니다."

묵휘형은 떨리는 목소리로 했던 말만 반복했다. 묵휘형의 눈에는 어느새 그렁그렁하게 물기가 고였다.

Chapter 4

두 노조의 앞에서 물러나온 뒤, 묵휘형은 제련종의 화화대선인을 찾아갔다.

묵휘형은 화화 대선인에게도 술법진의 중요 파트를 맡겼다. 화화에게 주어진 자리는 극양이나 현음이 맡은 파트보다는 상대적으로 덜 위험했다.

그래도 화화가 살아날 가능성은 절반도 되지 않았다. 그만큼 술법진 참여자들이 받아야 할 압력이 강한 탓이었다.

화화 대선인도 선뜻 자신의 운명을 받아들였다.

묵휘형은 점점 더 마음이 무거워졌다.

이 밖에도 묵휘형은 여러 선인들을 만나서 각자의 역할을 부탁했다. 단, 멸정 대선인만큼은 찾아가지 않고 건너뛰었다.

묵휘형은 이미 멸정 대선인과 의논을 마친 상태였다.

좀 더 정확히 말하자면, 이번 계획의 뼈대는 묵휘형과 멸정이 힘을 합쳐서 공동으로 세운 것이나 다름없었다.

사실 묵휘형이 제안한 술법진은 고대 신의 유적에서 발굴한 것이 아니었다. 묵휘형과 멸정은 다른 수도자들을 속였다.

이 어마어마한 술법진은 묵휘형과 멸정이 원래부터 알고 있던 지식이었다.

그러니 묵휘형이 굳이 멸정을 찾아갈 이유는 없는 것이다.

"술법진을 구성할 참여자들을 모두 모셨으니, 이제 적들을 술법진 안으로 유인하는 일만 남았구나."

묵휘형이 무겁게 중얼거렸다.

전투 중에 매복을 하거나 적을 함정으로 유인하는 것은 늘 있는 일이었다.

한데 저 교활한 피사노교의 신인들이나 악마종들이 쉽게 함정에 빠질까? 아무래도 이게 문제였다.

남명의 수도자들이 제아무리 무시무시한 함정을 준비해 놓았다 하더라도 적이 그 함정에 빠지지 않으면 소용이 없는 법이리라.

결국 이번 계책이 성공하려면 디테일한 부분까지 놓치지 않고 챙길 수밖에 없을 터, 묵휘형은 구체적인 유인 방법에 공을 들였다.

노력의 결과, 일견 단순해 보였던 유인책이 디테일하게 살아났다.

이를테면, 묵휘형은 유인책을 성공시키기 위해서 이미 아르비아와 티스아의 혈족 5명을 포섭해 놓았다.

이 5명은 보름 전에 벌어졌던 1차전에서 남명 사대종파가 포로로 붙잡았던 사도들이었다. 묵휘형은 포로들에게 환각술법을 걸고는 남몰래 풀어주었다.

포로로 붙잡혔던 자들은 자신들이 묵휘형의 술법에 걸렸다는 사실도 모른 채 피사노교의 진영으로 되돌아갔다. 그리곤 묵휘형의 지시에 따라 충실하게 움직였다.

한 발 더 나가 묵휘형은 진마 중급의 악마종 3명에게도 똑같은 덫을 놓았다.

원래 진마쯤 되면 환각에 쉽게 걸리지 않아야 정상이었다.

하지만 묵휘형이 종파의 선조로부터 물려받은 최상급 법보를 동원하자 진마들도 그만 덜컥 환각에 홀려버렸다. 그후 모드레우스 군단으로 복귀한 3명의 악마종은 묵묵히 묵휘형의 지시를 기다렸다.

이 밖에도 묵휘형은 몇 가지 장치를 더했다.

묵휘형이 계획의 성공을 위해서 한참 애를 쓰는 동안, 이탄은 막 언노운 월드에 발을 디뎠다.

이탄이 '무한공'의 권능을 발휘하여 도착한 장소는 대륙 남부의 그레브 시였다.

원래 이곳은 이탄이 신마목으로 파고들기 전 모드레우스 제국의 악마종들과 한창 싸웠던 장소였다.

다시 말해서 이탄은 떠났던 곳으로 되돌아온 셈이었다.

단, 이탄은 그레브 시에 머물지 않고 곧장 다음 장소로 출발했다. 이번에 이탄의 발길이 향한 곳은 대륙 중부의 아울 산맥이었다.

이탄이 아울 산맥을 목적지로 선택한 이유는 천공안으로 읽은 정보 때문이었다.

이탄이 '무한공'의 권능으로 그레브 시에 도착한 순간, 그의 천공안에는 미래의 한 장면이 맺혔다. 그 미래에서는 흑과 백의 대혈투가 벌어지고 있었으며, 장소는 아울 산맥의 한 계곡이었다.

하여 이탄은 우선 아울 산맥부터 찾았다.

산맥 깊숙한 곳에 도착한 이탄이 막사광을 방문했다.

"아니, 이탄 사제가 아닌가."

막사광이 눈을 동그랗게 떴다.

이탄의 사형인 막사광은 마침 묵휘형의 지시를 받아 술법진의 123번째 자리로 달려가던 중이었다.

막사광의 손에는 묵휘형으로부터 받은 깃발이 들려 있었다. 깃대에 123이라는 숫자가 또렷하게 새겨진 깃발이었다.

어른의 키보다 더 큰 깃발을 들고 정해진 위치로 이동하여 술법진 구성에 참여하는 것이 막사광에게 주어진 임무였다. 그렇게 막사광이 갈 길을 서두르고 있을 때 이탄이 불쑥 그의 앞에 등장했다.

"사형, 지금 무슨 일이 터졌습니까? 주변이 왜 이리 분주하죠?"

이탄은 등장과 동시에 질문부터 던졌다.

"어엉?"

막사광은 말문이 막혔다.

사실 막사광이야말로 이탄에게 캐묻고 싶은 것이 한두 가지가 아니었다.

지난번 그레브 시에서 남명의 사대종파와 악마종들 사이에 한바탕 혈투가 벌어졌을 때, 이탄은 상상을 초월하는 대활약을 펼쳤다.

그러고도 성이 차지 않았는지 이탄은 도망치는 악마종을 쫓아서 검보랏빛 행성으로 넘어가 버렸다.

그 후 막사광이 이탄의 무모한 행동 때문에 얼마나 가슴을 졸였던가. 금강 종주님과 멸정 스승님도 얼마나 애를 태웠던가.

막사광은 이탄이 무사히 돌아오기만을 빌고 또 빌었다.

한데 적진에 홀로 쳐들어갔던 이탄이 멀쩡한 모습으로 다시 나타난 게 아닌가. 막사광은 하룻밤을 꼬박 새워서라도 이탄에게 자세한 이야기를 캐묻고 싶었다.

하지만 지금은 때가 나빴다. 막사광은 한가롭게 사제와 회포를 풀 수가 없었다.

"이탄 사제, 일단 나를 따라오게. 사제도 진법에 참여하는 게 좋겠어."

"진법이요?"

이탄이 고개를 갸웃했다.

Chapter 5

막사광은 바쁘게 이탄의 소매를 잡아끌었다.

"그래, 진법. 우리는 한 가지 무서운 술법진으로 적들과 맞서 싸울 계획이야. 이제 곧 이 일대에서 악마놈들과 치열한 혈투가 벌어질 거라고."

"엇? 그게 정말입니까?"

이탄이 짐짓 의뭉을 떨었다.

이탄은 이미 이 일대에서 전투가 벌어질 것이라는 사실을 알고 있었다. 하나 막사광 앞에서는 일부러 모르는 척 시치미를 떼었다.

막사광은 이탄에게 최대한 간략하게 아군의 전략을 간추려 말해주었다.

〈〈구궁진법(九宮陣法)〉〉

막사광의 설명에 따르면, 이게 바로 남명의 사대종파가

지금부터 전개할 술법진의 명칭이라고 했다.

구궁진법에 동원되는 수도자의 숫자만 무려 11,664명.

108명의 수도자가 모여서 모듈 단위의 소구궁진법(小九宮陣法)을 만들고, 다시 이런 소구궁진법 108개를 모아서 전체 구궁진법을 구성한다는 것이 막사광의 설명이었다.

11,664명이라는 숫자도 108 곱하기 108로부터 나온 것이었다.

"세상에 그런 술법진이 다 있었습니까?"

이탄이 호기심을 드러내었다.

막사광은 이탄을 위해서 간략하게 부연설명을 덧붙였다.

"놀랐지? 이 술법진은 천목종이 고대 신의 유적지에서 발굴했다고 하더라고. 그런데 솔직히 난 잘 모르겠어. 구궁진법이 어떤 효과를 발휘하는지, 위력은 또 얼마나 강한지, 이런 정보가 전혀 없거든. 쳇. 차라리 음양종의 거신강림대진이 더 낫지 않을까 싶은데……."

막사광이 말꼬리를 살짝 흐렸다.

막사광의 생각에는 생소한 구궁진법보다 음양종의 비술인 거신강림대진이 훨씬 더 나아 보였다.

이탄의 생각은 달랐다.

'오호라, 고대 신이 남긴 진법이란 말이지?'

이탄이 눈을 반짝 빛냈다.

솔직히 이탄은 거신강림대진에 대해서 잘 알았다. 거신강림대진은 이탄도 종종 사용하는 법진이기 때문이었다.

'1,000명의 수도자가 동원되는 거신강림대진도 훌륭한데, 구궁진법은 무려 11,664명이 필요하다고?'

단순히 숫자 차이만 보더라도 구궁진법이 더 대단할 것 같다는 게 이탄의 판단이었다.

'게다가 묵휘형 종주님이 시시한 진법을 내세웠을 리가 없잖아? 구궁진법은 분명히 거신강림대진보다 더 대단할 거야.'

이탄은 묵휘형의 안목을 믿었다.

다른 한편으로 이탄은 궁금한 점이 생겼다.

'그런데 이상하다. 왜 이렇게 구궁진법이라는 단어가 가슴에 와 닿지? 분명히 처음 듣는 이름인데?'

이탄은 왠지 모를 기시감을 느꼈다.

단, 이 기시감이 기분 좋은 느낌인지, 아니면 불편함인지는 판단이 서지 않았다.

이탄의 고민은 짧게 끝났다. 막사광이 이탄에게 깃발을 펼쳐 보이며 구궁진법에 대한 설명을 시작했다.

이탄은 잡념을 털어버리고는 막사광의 설명에 귀를 기울였다. 설명을 듣는 내내 이탄의 눈은 반짝반짝 빛났다.

아쉽게도 이탄은 구궁진법에 대해서 많은 정보를 얻지는 못하였다. 구궁진법에 대한 막사광의 이해도가 높지 않아서였다.

막사광은 구궁진법 내에서 자신의 역할만 간신히 외웠을 뿐, 술법진의 전반적인 흐름이나 세세한 내용에 대해서는 무지했다.

사실 이건 막사광의 잘못은 아니었다.

첫째, 묵휘형 종주가 진법에 대한 핵심 정보를 다른 종파의 수도자들에게 공개할 리 없었다.

둘째, 이런 대규모 진법의 특성상 일개 구성원이 전체 흐름을 꿰뚫는다는 것은 불가능했다.

셋째, 안타깝게도 막사광은 진법에 조예가 깊지 못했다.

그러니까 막사광의 설명이 수박 겉핥기일 수밖에.

'쩝. 아쉽네.'

이탄은 지식욕을 충분히 충족하지 못하여 애가 탔다.

그래도 이탄이 얻은 게 전혀 없지는 않았다.

'지금 당장은 수박 겉핥기에 불과하더라도, 나중에 실제로 구궁진법을 겪어보면 뭔가 감이 잡힐 거야.'

이탄은 조금 뒤 본격적으로 구궁진법이 전개되면, 자신의 감각을 넓게 펼쳐서 술법진 전체를 자세히 뜯어볼 요량이었다.

'술법진의 외곽을 더듬어보는 것만으로도 구궁진법의 정보를 꽤 많이 캐낼 수 있겠지. 어쩌면 전체적인 흐름을 파악할 수 있을지 몰라.'

이탄은 여기에 일말의 기대를 품었다.

솔직히 이탄은 단순히 진법에 참여하는 것만으로도 진법의 요체를 꿰뚫어 보는 능력을 지녔다.

이건 세상에서 오직 이탄만이 가능했다. 술법, 혹은 술법진에 대한 이탄의 재능은 가히 악마적이었다.

전투는 곧 개시되었다.

꽈릉!

맑은 하늘에서 벼락이 한 줄기 떨어졌다. 날카로운 벼락과 함께 수도자들의 귀에 천둥과도 같은 굵은 음성이 들렸다.

"다들 법력을 끌어오고 싸울 준비를 하시오. 본인이 신호를 보낸 즉시 구궁진법을 전개할 것이외다."

우렁찬 목소리의 주인공은 묵휘형 종주였다.

"이크. 드디어 전투가 시작되나 보구나."

막사광은 깃발을 꽉 움켜쥐었다. 막사광의 손등에 굵은 힘줄이 도드라졌다.

이탄은 막사광의 옆에 바짝 달라붙었다.

잠시 후, 청명하던 하늘이 갑자기 검보랏빛으로 물들었다.

츠츠츠츠츳—.

불길하게 일렁거리는 검보랏빛 기운은 모드레우스 행성의 대기를 연상시켰다.

'어라? 저 정도 기운을 뿜어낼 수 있는 자는 성마급뿐인데? 아깃 말고 또 다른 성마가 참전하려나?'

이탄은 하늘을 올려다보면서 눈매를 가늘게 좁혔다.

Chapter 6

최근에 이탄과 싸웠던 성마—실은 싸움이 아니라 악마종이 일방적으로 두드려 맞은 것이지만—는 아깃, 아눈 형제였다. 이 쌍둥이 악마종은 그레브 시 구름 위에서 벌어진 전투에서 남명의 수도자들을 공포에 몰아넣었다. 그러다 이탄에게 잘못 걸려서 개죽음을 당했지만 말이다.

바로 그 아깃, 아눈 형제가 성마 최하급이었다.

한데 지금 하늘에서 뿜어지는 기세를 보니 아깃, 아눈 형제에 못지않았다. 아무래도 새로운 성마가 참전한 게 분명했다.

이탄이 감각을 넓게 펼쳐서 검보랏빛 대기 속을 스캔하는 가운데, 아울 산맥이 통째로 충격을 받았다.

쿠쿵!

지축이 둔중하게 흔들렸다.

이건 마치 산맥 전체가 수 센티미터쯤 푹 주저앉은 듯한 느낌이었다. 혹은 신이 손바닥으로 아울 산맥을 꾹 누른 듯한 느낌이기도 했다.

그 충격으로 인해 산기슭에 넓게 퍼져서 매복 중이던 남 명의 수도자들이 모두 허리를 휘청거렸다.

"쿨럭, 쿨럭."

"아악."

일부 법력이 약한 수도자들은 피를 토했다. 여기저기서 비명이 난무했다.

오직 이탄만이 아무런 충격을 받지 않았다.

'오호라?'

오히려 이탄은 까마득한 상공을 감각으로 더듬다가 눈을 반짝 빛냈다. 이탄의 눈에는 검보랏빛 대기 속에서 꿈틀거리는 상대의 모습이 확실하게 보였다.

상대의 상반신은 인간족 여인을 닮았다.

한데 하체는 거대한 드래곤이었다.

이탄은 이런 외모를 가진 성마를 한 명 알고 있었다. 얼마 전, 피사노교의 총단에서 벌어진 재판에서 재판관으로 참석했던 여악마종이 바로 이러한 모습이었다.

'그녀의 이름이 피빗이라고 했던가?'

이탄이 호기심을 품고 지켜보는 가운데 피빗이 손바닥으로 무언가를 꽉 짓누르는 시늉을 했다.

후우우웅.

피빗의 손목 주변에 회색 문자가 위성처럼 맴돌았다.

〈육중한〉

이게 바로 피빗이 사용한 만자비문이었다.

이 권능 덕분에 피빗은 가벼운 손짓 한 방에 산봉우리를 허물어뜨리는 것이 가능했다. 이 권능 덕분에 피빗은 중력의 법칙을 거스르고 무게를 수십만 배, 수백만 배로 가중할 수 있었다.

[호호호. 인간족 버러지 따위는 단숨에 짓눌러 죽이면 그만이지.]

불길하게 일렁거리는 검보랏빛 구름 속에서 피빗이 뇌파로 웃음을 터뜨렸다.

하지만 다음 순간, 피빗의 입가에서 웃음이 싹 걷혔다.

"개진하라."

묵휘형의 우렁찬 음성과 함께 11,664명이나 되는 수도자들이 일제히 깃발을 휘둘렀다.

위이이이잉—.

깃발들이 무서운 소리를 내면서 회전을 시작했다. 108개의 깃발로부터 방출된 법력이 하나로 뭉쳐서 소구궁진법을 완성했다.

후웅! 후웅! 후웅! 후오옹!

다시 이 소구궁진법 108개가 합쳐지면서 거대한 흐름을 만들었다.

소구궁진법이 합쳐져서 만들어지는 구궁진법 개진 완료!

아울 산맥 기슭에서 시작된 구궁진법은 눈 깜짝할 사이에 산맥 전체를 아우른 다음, 하늘을 향해서 쭉쭉 뻗쳐 올라왔다.

이윽고 하늘에서는 거대한 맷돌이 돌아가는 듯한 굉음이 울렸다.

콰드드드득.

눈 깜짝할 사이에 검보랏빛 대기가 구궁진법의 영향력 안에 갇혔다.

구궁진법은 내부에 108개의 서로 다른 세계를 만들어내었다. 9개의 궁으로 이루어진 공간이 108개나 형성되는가 싶더니, 각 공간으로 통하는 문이 8개씩 생겼다.

휴, 사, 상, 두, 개, 경, 생, 경.

각 문의 이름은 위와 같았다.

이들 8개의 문들은 생성과 동시에 즉시 닫혀버렸다.

이로써 108개의 소(小)세계는 빠져나갈 구멍이라고는 존재하지 않는 닫힌 공간이 되었다. 이 하나하나의 세계가 탈출이 불가능한 덫으로 작용했다.

108겹의 중첩된 덫에는 모드레우스 제국의 악마종들이 갇혔다. 악마군단의 지휘관인 피빗과 아네타도 부하들과 같은 신세였다.

구궁진법 바깥쪽에서는 진법의 내부를 들여다볼 수 있었다.

반면 진법 안에 갇힌 악마종들은 밖에서 벌어지는 일들을 보지 못했다. 갇힌 자들이 볼 수 있는 것은 오로지 답답한 안개뿐이었다.

악룡족 출신 악마종이 코웃음을 쳤다.

[크흥. 이따위 잡스러운 환각으로 우리 제국군을 막을 수 있을 것 같으냐?]

쫘릉!

악룡족은 손을 크게 휘둘러 검은 번개를 내쏘았다. 그는 진마 최상급으로, 피빗의 오른팔이라 불리는 자였다.

한데 악룡족의 손톱 끝에서 날아간 검은 번개는 구궁진법의 영향 때문에 거의 밖으로 튀어나가지 못했다. 좀 더

정확히는, 진법 밖으로 나가는 도중에 검은 번개의 위력이
급격히 줄어들었다.

이게 바로 구궁진법의 무서운 점이었다.

소구궁진법은 내부에서 바깥으로 향하는 모든 공격력을
24분의 1로 삭감하는 특징을 지녔다. 그러니까 일단 소구
궁진법에 갇힌 자들은 공격력이 24분의 1로 줄어들 수밖에
없다는 뜻이었다.

이러한 현상이 벌어지는 이유는, 구궁진법이 안에서 밖
으로 흐르는 에너지를 강력하게 거부하기 때문이었다.

예를 들어서 어떤 마법사가 소구궁진법 안쪽에서 바깥쪽
을 향해서 24라는 힘으로 마법을 날리면, 진법의 저항 때
문에 겨우 1이라는 힘만 바깥에 전달될 것이다.

이 효과는 반대 방향으로도 작용했다. 소구궁진법의 바
깥쪽에서 안으로 퍼붓는 공격의 경우는 그 힘이 24배나 증
폭하는 것이다.

Chapter 7

진법 내부에서 외부로 쏘아 보낸 공격은 위력이 24분의
1로 감소.

외부에서 내부로 공격하면 공격력이 24배 강화.

이게 바로 소구궁진법의 사기적인 특성이었다.

더 큰 문제는 108개의 소구궁진법이 모여서 만들어진 본래 구궁진법이었다. 구궁진법의 경우, 개별 소구궁진법의 특성이 108번 중첩되어 적용되기 때문이었다.

24 x 108 = 2,592.

그러니까 구궁진법에 갇힌 자는 공격력이 약 2,600분의 1로 줄어드는 반면, 그가 감당해야할 적의 공격은 2,600배 가까이 증폭되는 셈이었다. 공격과 수비를 모두 감안하면, 구궁진법에 갇힌 자는 5,200배쯤 손해를 볼 수밖에 없었다.

말이 5,200배이지, 이런 손해를 안고 싸우면 세상 그 누구라도 패하게 마련이었다. 제아무리 모드레우스 제국의 악마종이라고 할지라도, 그리고 제아무리 성마라고 하더라도 5,200배의 손해를 떠안고 싸우는 싸움에서 이기기란 불가능했다.

묵휘형이 섬뜩하게 뇌까렸다.

"너희 놈들은 아무도 살아나갈 수 없다. 다 죽어랏."

묵휘형은 아군의 압승을 자신했다.

악마종들 사이에서 피빛이 나섰다.

[이것들이 감히 누구를 상대로 이런 개수작을 벌여?]

분노한 피빗은 머리카락을 곤두세웠다. 그러면서 그녀는 오른손에 〈육중한〉이라는 의미의 인과율을 꺼내들었다. 왼손으로는 〈단절하는〉이라는 의미의 인과율을 발동했다.

쿠웅!

상상을 초월하는 중력 효과가 피빗의 오른손에서 발휘되었다. 피빗의 왼손으로부터는 세상 무엇이든 끊어버리는 단절의 권능이 빛을 발했다.

한데, 피빗이 발휘한 육중한 중력도 2,600분의 1로 위력이 줄어들자 그다지 위협적이지 않았다. 남명의 수도자들은 그저 머리 위에 바위 하나를 얹은 정도의 느낌만 받았다. 수도자들에게 이 정도는 충분히 견딜 만한 무게였다.

〈단절하는〉이라는 권능도 구궁진법을 통과하면서 위력이 대폭 삭감되었다. 이렇게 크게 위력이 감소한 공격은 남명의 수도자들을 상하게 만들지 못했다.

피빗의 공격이 막혔으니 이제 남명의 수도자들이 반격할 차례였다.

"사악한 악마들이여, 천벌을 받을지어다."

극양노조가 커다란 깃발을 8자로 휘두르면서 하늘 높이 떠올랐다. 극양 노조는 붉은 두꺼비의 등에 올라타 있었다.

"우리가 네놈들에게 천벌을 내려주마."

옆에서는 현음노조가 부상했다. 현음 노조는 눈처럼 새

하얀 두꺼비를 탔다.

두 노조는 꾸준하게 깃발을 휘둘러서 구궁진법을 유지하는 한편, 서로의 손을 맞대고 음과 양의 기운을 끌어올렸다.

현음 노조가 발휘한 지독한 한기와 극양 노조의 뜨거운 양기가 정면으로 충돌했다.

번쩍!

음과 양의 상반된 기운이 충돌하면서 무지막지한 에너지를 쏟아내었다. 강력한 충돌 에너지가 구궁진법 안에 갇힌 악마종들을 향해서 날아갔다.

지금 두 노조가 때려낸 양극합벽은 보름쯤 전 그들이 아깃, 아눈 형제를 상대로 선보였던 양극합벽에 비해서 위력이 10분의 1밖에 되지 않았다. 극양과 현음, 두 노조의 기력이 그때보다 많이 쇠한 탓이었다.

한데 오히려 양극합벽의 위력은 보름 전보다 훨씬 더 증폭되었다. 구궁진법이 양극합벽의 위력을 강화해준 덕분이었다.

그것도 서너 배 정도의 강화가 아니었다. 신이 남긴 진법은 양극합벽을 무려 2,600배 가까이 폭증시켜 버렸다.

[으헙?]

쓰나미처럼 밀어닥치는 폭발 에너지에 피빗이 눈을 부릅

떴다.

[마, 말도 안 돼.]

진마 최상급의 악마종들도 일제히 기겁했다.

두 노조가 쏟아낸 공격이 어찌나 강했던지 악마종들은 감히 피할 엄두도 내지 못했다. 저 정도로 어마어마한 에너지에 노출되면 모드레우스 행성이 통째로 갈려 나간다고 해도 이상할 게 없었다.

[안 돼—.]

피빗은 전멸을 예감하고는 두 눈을 질끈 감았다. 죽음을 목전에 둔 순간, 피빗의 뇌에는 엉뚱하게도 이탄의 모습이 스쳐 지나갔다.

목에서 머리통을 덥석 떼어내 철퇴 대신 휘두르던 그 무쌍한 모습.

수억, 수십억 언데드 군단을 휘하에 두고 해일처럼 적을 덮쳐버릴 듯한 총사령관 듀라한의 위엄.

'그분의 개멋진 모습을 다시 보지 못하고 이렇게 소멸하다니, 억울하구나.'

이게 피빗이 마지막으로 떠올린 생각이었다.

한데 피빗이 아무리 기다려도 양극합벽이 몸을 강타하지 않았다. 피빗은 한쪽 눈을 살포시 떴다.

가늘게 뜬 피빗의 눈에 한 겹의 보호막이 보였다.

'저게 뭐지?'

피빗이 의문을 품었다.

양극합벽의 에너지가 물밀 듯이 밀어닥친 순간, 이상한 보호막이 나타나 악마종들 전체를 한 겹 덧씌웠다.

피빗의 눈에 비친 보호막은 칠흑처럼 어두웠다. 이 검은 보호막은 등장과 동시에 모드레우스 행성의 모든 악마종들로부터 생기를 뽑아내었다.

쭈와악―.

모드레우스 행성 내 모든 악마종들의 귓가에는 자신들의 생기가 빨려 나가는 소리가 게걸스럽게 들렸다.

[우우욱.]

기력을 빼앗긴 악마종들이 이리저리 휘청거렸다. 그렇게 비틀거리는 악마종이 한두 명이 아니었다.

간씨 세가 세상의 인구가 대략 70억 명 선이었다.

언노운 월드의 인구는 그보다 100배 이상 많아서 거의 1조에 육박했다.

한데 모드레우스 제국의 악마종은 언노운 월드의 인간족과 아인족을 모두 합친 것보다도 오히려 더 개체수가 많았다.

피빗 앞에 등장한 신비로운 보호막, 즉 검은 장막은 무려 1조가 넘는 악마종으로부터 강제로 생명력을 갈취하더니,

그 풍부한 기운으로 장막 자체를 강화해버렸다. 그러니 지금 검은 장막에 유입된 생명력이 얼마나 방대할 것인지는 가늠할 수 없었다.

검은 장막이 양극합벽을 받아내었다.

이건 보통의 양극합벽이 아니었다. 극양과 현음 노조가 힘을 합쳐서 터뜨린 양극합벽은 구궁진법에 의해서 수천 배로 증폭되었다.

한데 검은 장막은 그 초월적 에너지를 거뜬히 감당해내었다.

Chapter 8

물론 피해가 전혀 없지는 않았다.

투확!

양극합벽에 직접 얻어맞은 곳을 중심으로 검은 장막에 구멍이 뚫렸다. 그 구멍으로부터 파멸적 에너지가 쏟아져 들어왔다.

이 에너지에 조금이라도 노출된 악마종들은 그 자리에서 물거품처럼 녹아 없어졌다. 심지어 진마급 악마종들도 버티지 못했다.

다만, 단숨에 쓸려나간 악마종들의 숫자가 아주 많지는 않았다. 검은 장막에 뚫린 구멍의 크기가 그리 크지 않아서 였다.

놀랍게도 검은 장막은 양극합벽을 정통으로 얻어맞고도 꽤나 잘 버텼다. 장막에 깃든 방대한 생명력이 양극합벽의 파괴력을 필사적으로 받아낸 덕택이었다.

그 덕에 악마군단의 병력 중 10분의 1가량만 손실을 입었을 뿐, 나머지 악마종들은 멀쩡했다.

다행히 피빗과 아네타 황녀도 손끝 하나 다치지 않았다.

"말도 안 돼."

묵휘형이 두 눈을 부릅떴다.

원래 묵휘형이 기대했던 바는 악마군단의 전멸이었다.

그런데 적들은 구궁진법에 갇혀서 양극합벽을 얻어맞고도 병력의 90퍼센트나 멀쩡하지 않은가.

묵휘형은 이 사태를 믿을 수가 없었다.

물론 10퍼센트의 삭감도 대단한 일이었다. 악마군단의 10퍼센트가 불과 1초도 되지 않아 흔적도 없이 사라졌다는 것은, 보기에 따라서는 엄청난 성과였다.

하지만 묵휘형의 기대에는 한참 못 미쳤다.

이런 사태가 벌어진 이유는 모드레우스의 개입 때문이었다.

구궁진법 안에는 거짓말처럼 새로운 성마가 등장했다. 그의 정체는 다름 아닌 제국의 군주 모드레우스였다.

조금 전, 신비로운 검은 장막을 넓게 펼쳐서 양극합벽의 공격을 막아내고 악마군단을 보호한 장본인은 다름 아닌 제국의 군주 모드레우스였다.

부정 차원의 최강자 중의 한 명.

디아볼 제국의 군주인 디아볼과 함께 최강의 성마라 불리는 모드레우스의 등장에 다들 깜짝 놀랐다.

사실 모드레우스는 일반 성마들과는 격이 다른 존재였다. 부정 차원의 일곱 군주들 중에서 유독 모드레우스와 디아볼은 별도로 취급을 받았다.

예전에 이탄의 손에 죽은 세불이 29개의 만자비문을 깨우쳐서 성마 중하급에 자리매김을 하였다면, 모드레우스는 그 두 배에 가까운 55개의 권능을 거머쥔 성마 중급의 초강자였다. 고작 8개의 인과율을 깨우친 피빗과는 비교도 할 수 없는 마왕이 바로 모드레우스인 것이다.

그 모드레우스가 지금 7개의 뿔이 돋은 머리를 곤혹스럽게 좌우로 흔들었다.

[크우욱. 빌어먹을. 미천한 인간족 따위가 어떻게 이런 위력을 발휘하지?]

절반쯤 뭉그러진 모드레우스의 오른손에서는 피가 흥건

하게 흘렀다. 모드레우스는 자신이 다쳤다는 사실이 믿기지 않는 듯 멍하게 중얼거렸다.

피빗과 아네타가 화들짝 놀랐다.

[헉? 폐하.]

[아바마마.]

피빗과 아네타는 재빨리 모드레우스의 곁으로 다가왔다.

[비켜라.]

모드레우스가 손을 수평으로 휘둘러 두 여악마종을 뒤로 물렸다. 그런 다음 모드레우스는 손을 빙글빙글 돌려서 검은 장막을 뾰족하게 말았다.

마치 기다란 봉으로 커튼을 말은 것처럼, 검은 장막은 뾰족한 형태를 갖추었다. 당연히 이 장막 안에는 제국의 모든 악마종으로부터 조금씩 갈취한 생명력이 넘쳐났다.

모드레우스는 창처럼 변한 장막을 아래쪽으로 내던졌다.

쿠콰콰콰콰—.

모드레우스의 공격이 구궁진법을 뚫고 남명의 수도자들을 향해서 날아갔다.

처음에는 세상을 함몰시킬 듯 기세 좋게 날아가던 모드레우스의 일격은, 구궁진법을 통과하면서 그 위력이 2,592분의 1로 줄어들었다.

공격력이 대폭 사간디었음에도 불구하고 모드레우스의

공격을 만만히 볼 수는 없었다. 구궁진법을 구성하는 수도자들은 깃발을 홍홍 휘두르고 법력을 잔뜩 끌어올려 방어에 만전을 기했다.

어둑한 섬광이 아울 산맥 산기슭을 통째로 뒤덮었다.

모드레우스의 기대와 달리 수도자들 대부분이 무사했다. 그저 10명 안팎의 수도자들만 휘청거렸을 뿐이었다.

[제기랄.]

모드레우스가 입술을 꽉 깨물었다.

모드레우스는 방법을 바꿨다.

그는 무식하게 공격만 퍼붓는 멧돼지가 아니었다. 모드레우스는 세상 그 누구보다 효율을 중요시 여겼다.

'이 괴상한 공간에서 싸우면 아군이 불리해. 이건 효율이 나쁜 일이라고.'

모드레우스는 상황을 정확하게 판단한 다음, 특유의 권능을 발휘하여 구궁진법에서 탈출하기로 마음먹었다.

'저 건방진 인간족 녀석들을 짓뭉개버리는 것은, 이 괴상한 안개로 뒤덮인 장소에서 탈출한 이후에 진행해도 충분해.'

이게 모드레우스의 판단이었다.

[다들 여기서 나가자.]

모드레우스가 손을 수평으로 쓸었다.

그 즉시 검은 장막이 너울너울 일어나 악마군단을 뒤덮었다. 모드레우스는 자신의 장기를 발휘하여 악마군단 전체를 데리고 진법에서 빠져나갈 요량이었다.

한데 웬걸?

모드레우스의 뜻이 중간에 막혔다. 놀랍게도 구궁진법은 만자비문의 공간 권능을 간섭하더니 그냥 차단해버렸다.

모드레우스가 구궁진법 안으로 들어오는 것은 자유지만, 밖으로 나가는 것은 마음대로 되지 않았다. 휴, 사, 상, 두, 개, 경, 생, 경으로 이어지는 8개의 문이 꽉 닫힌 이상, 신격 존재가 아니고서는 구궁진법 밖으로 빠져나가기란 어림도 없었다.

아니, 설령 신격 존재라고 할지라도 어지간히 힘을 소비하지 않고는 진법에서 탈출이 어려웠다.

[이럴 수가.]

모드레우스가 충격을 받았다.

제4화
신들의 전쟁 I

Chapter 1

모드레우스는 당혹스러운 심정을 억누른 다음, 다시 한 번 권능을 발휘했다. 군주의 손짓에 따라 검은 장막이 너울 너울 주변을 휘감았다.

한데 또 실패다. 악마군단 전체는 물론이고, 모드레우스 본인조차 구궁진법에서 벗어나지 못했다.

그러는 와중에도 남명의 수도자들은 연신 깃발을 휘둘렀다.

그에 비례하여 점점 더 안개가 짙어졌다. 구궁진법에 갇힌 악마종들은 시간이 갈수록 강한 압박을 받았다.

[헉헉, 이게 무슨 일이지? 숨이 잘 쉬어지지 않잖아. 허

허헉.]

[그러게. 어서 여기서 나가야 할 것 같은데.]

하위 악마종들이 불안함을 느꼈다.

진마 상급이나 최상급들은 아직까지 별 불편함을 느끼지 못했으나, 그보다 무력이 뒤떨어지는 악마종들은 가슴이 답답해졌다.

[이이익, 장막이여 일어나라.]

모드레우스가 한 번 더 검은 장막을 일으켰다.

또 실패.

모드레우스는 벌써 세 번이나 연달아 탈출에 실패했다.

그즈음 멸정 대선인이 공격에 나섰다.

극양과 현음 노조가 다시 지상으로 내려가 소모된 법력을 회복하는 동안, 멸정이 커다란 깃발을 휘두르면서 허공으로 떠올랐다. 멸정은 악마군단을 상대로 자신의 특기인 구륜태양(九輪太陽)을 전개했다.

이윽고 하늘에 9개의 태양이 등장했다.

각기 빨강, 노랑, 파랑, 보라, 하양, 주황, 초록, 검정, 그리고 투명한 색깔을 가진 환(둥그런 테두리)이 멸정의 머리 위에 떠오른다 싶더니, 그 환들이 진짜 태양과 겹치면서 찰칵 찰칵 맞물렸다.

준비가 끝났다. 이제 본격적으로 구륜태양의 술법이 발

휘될 차례였다.

좌라라락.

붉은 태양부터 시작해서 마지막 투명한 태양에 이르기까지, 총 9개의 태양은 차례로 낙하하면서 구궁진법 속으로 쏟아져 들어왔다.

시뻘건 태양이 초고온의 화염을 동반하여 악마종들을 휩쓸었다. 그 화염이 구궁진법에 의하여 2,600배 가까이 열기가 증폭되었다.

이어서 눈을 멀게 만드는 샛노란 태양이 뒤따랐다. 이 태양도 구궁진법 덕분에 위력이 수천 배 강해졌다.

얼음보다 차가운 빛깔의 파랑 태양.

섬뜩한 기운을 풀풀 풍기는 보랏빛 태양.

세상을 새하얗게 백열시키는 하얀 태양.

찬란함의 극치인 주홍 태양 등등등.

멸정이 쏟아놓은 9개의 태양은 구궁진법 안으로 연달아 파고들었다.

솔직히 모드레우스쯤 되면, 멸정의 구륜태양을 맨몸으로 맞아도 끄떡없어야 정상이었다.

한데 구궁진법이 사달을 일으켰다. 구궁진법 때문에 구륜태양의 위력이 말도 못 하게 증폭되었다.

모드레우스는 온몸이 타들어 가는 듯한 고통을 꾹 참으

면서 전력을 다해서 전면으로 양손을 휘저었다.

[흐아압.]

심지어 모드레우스는 기합까지 넣었다. 모드레우스의 손
짓을 따라 검은 장막이 한 번 더 내려앉았다.

모드레우스 행성의 모든 악마종들은 그 즉시 자신들의
생명력 일부를 빼앗겼다. 그렇게 강제로 갈취된 생명력이
검은 장막으로 스며들어 장막 안을 생체에너지로 가득 채
웠다.

놀랍게도 검은 장막은 멸정의 구륜태양을 거뜬히 막아내
었다. 그것도 그냥 구륜태양이 아니라 구궁진법에 의해서
증폭된 구륜태양을 방어하는 데 성공했다.

이는 모드레우스가 제국 내 모든 악마종으로부터 생명
력을 갈취해온 덕분이었다. 또한 구륜태양은 양극합벽보다
많이 약했다.

조금 전, 극양과 현음 노조가 쏘아낸 양극합벽은 검은 장
막의 일부를 찢고 악마종들에게 직접적인 피해를 입혔다.

멸정의 구륜태양은 장막을 전혀 찢지 못했다. 당연히 장
막의 보호를 받은 악마종들도 피해가 없었다.

[…….]

방어에 성공했음에도 불구하고 모드레우스의 입가에는
웃음기가 사라졌다. 구륜태양을 감당한 것만으로도 검은

장막의 기운이 눈에 띄게 약화된 까닭이었다. 솔직히 말해서 모드레우스는 가슴이 덜컥 내려앉았다.

'위험하다. 이 괴상한 안개 속에서 계속 저 인간족 놈들의 공격을 받다 보면 결국엔 나의 기력이 고갈되고 말 게야.'

모드레우스가 반지를 문질렀다.

이 반지는 그 어떤 봉쇄도 뚫고 무조건 탈출을 시켜주는 극상의 마법아이템이었다. 모드레우스가 반지를 사용한 순간, 그의 몸뚱어리가 번쩍! 사라졌다.

한데 또 실패.

구궁진법은 반지의 능력마저 무력화시켰다.

모드레우스는 소구궁진법 몇 개를 벗어나는 데는 성공했으나, 108겹이나 되는 구궁진법을 전부 돌파하지는 못했다.

멸정이 정확하게 모드레우스를 노렸다. 멸정은 품에서 도장을 하나 꺼내더니 허공에다 대고 쾅 내리찍었다.

포옹~.

해태 모양의 조각이 새겨진 도장으로부터 물방울 하나가 튀어나왔다. 거대한 크기의 물방울 표면에는 해태의 문양이 패턴처럼 규칙적으로 새겨져 있었다.

포포포포퐁.

멸정이 발사한 거대 물방울은 구궁진법 안으로 들어오면서 위력이 말도 못 하게 증폭되었다.

이 물방울로부터 느껴지는 위기감은 모드레우스의 솜털을 곤두서게 만들었다. 모드레우스는 일단 탈출을 포기하고 물방울부터 상대해야 했다.

[이야압.]

모드레우스가 전력을 다한 일격을 후려치자 거대 물방울이 깨졌다. 잘게 쪼개진 물의 파편들이 사방으로 튀었다.

대신 모드레우스도 다시 원래의 자리로 돌아왔다.

108겹이나 되는 소구궁진법이 한층 강화되었다. 악마군단을 감싼 안개가 더욱 짙어졌다. 덕분에 이제는 진마 최상급들도 끈적끈적한 압박을 받기 시작했다. 그들의 호흡이 가빠졌다. 동작도 굼떠질 수밖에 없었다.

이건 마치 헤어 나올 수 없는 늪에 빠진 느낌이었다.

Chapter 2

[크으윽. 이게 대체 뭐야?]

[제기랄. 숨이 쉬어지지 않아.]

악마종들은 구궁진법 안에서 허우적거렸다.

벌써 두 차례나 탈출에 실패한 모드레우스도 어금니를 꾹 깨물었다.

'아무래도 이 지독한 곳에서 벗어나려면 전력을 다해야 하겠구나.'

모드레우스는 체내에 형성한 7개의 보울을 풀로 가동했다. 부정 차원 최강자의 몸에서 무지막지한 기세가 뻗어나왔다.

모드레우스가 손가락을 꽉 구부리자 검은 장막이 구 형태로 둥글게 뭉쳤다. 단단하게 밀집된 구체로부터 쪼르르륵하고 생명력 빨아들이는 소리가 울렸다.

모드레우스 행성에서 살아가는 모든 악마종들이 생명력의 3분의 1가량을 뭉텅이로 내놓았다.

어마어마하게 밀려든 생명력 때문에 구궁진법이 팽창했다. 소구궁진법 한두 개는 압도적인 팽창력을 견디지 못하고 깨질 기미까지 보였다.

지상에서 묵휘형이 악을 썼다.

"다들 법력을 끝까지 끌어올리시오. 여기서 진법이 깨지만 모두 끝장이외다."

묵휘형의 말을 들은 수도자들은 젖 먹던 힘까지 쥐어짰다.

"끄으으읍."

수도자들의 눈에 핏발이 곤두섰다. 몇몇 수도자들은 코피를 줄줄 흘렸다.

10,000명이 넘는 수도자들이 전력을 다하자 폭발 직전의 소구궁진법이 다시 버텼다. 그 위에 100겹이 넘는 소구궁진법들이 힘을 보태 팽창을 막았다.

그러자 이번에는 모드레우스의 코에서도 선혈이 흘렀다.

[크흡.]

모드레우스는 눈알이 튀어나올 지경이었다. 구궁진법으로부터 가해지는 압력이 어찌나 거셌던지 이대로 그의 몸이 납작한 오징어 꼴이 될 것만 같았다.

'끄윽. 어디서 이런 말도 안 되는 마법진이 나왔단 말인가? 끄으으윽.'

모드레우스는 어금니 꽉 물고 엉덩이를 바짝 조였다. 아랫배에도 힘을 꽉 주었다. 그런 다음 모드레우스는 둥글게 뭉친 검은 구체를 천천히 머리 위로 들어올렸다.

이 구체에는 모드레우스 제국 내 모든 악마종들의 생명력이 절반이나 담겨 있었다. 심지어 모드레우스는 아네타 황녀나 피빗의 생명력까지 강제로 끌어와 검은 구체 안에 꾹꾹 눌러 담았다.

그렇게 생기를 빼앗긴 탓에 구궁진법에 갇힌 악마종들은 모두 바닥에 쓰러져 숨을 할딱이는 중이었다.

오직 모드레우스만 홀로 꿋꿋이 서서 진법의 힘에 맞섰다.

하지만 이제 모드레우스도 한계에 봉착했다. 모드레우스가 만들어낸 검은 구체도 이제 포화상태에 도달했다.

[흐아아아압.]

모드레우스가 악을 썼다. 그리곤 머리 위로 높이 치켜들었던 검은 구체를 전면으로 내동댕이쳤다.

쿠쿵!

구체가 날아가면서 진법을 때렸다.

남명의 수도자들이 미친 듯이 깃발을 휘둘렀다. 구궁진법의 힘이 거창하게 일어나 모드레우스의 공격에 저항했다.

그러나 제국 전체 악마종들의 생명력을 집약하여 만들어낸 구체의 힘은 상상을 초월했다. 비록 구궁진법이 고대 신의 지혜가 담긴 신격 진법이라고 하나, 전 악마종들의 생명이 녹아 있는 구체를 온전히 막아내지는 못하였다.

둔중한 충격과 함께 가장 안쪽의 소구궁진법이 깨졌다.

"끄억."

소구궁진법을 구성하고 있던 수도자 108명은 눈, 코, 입, 귀, 7개의 구멍으로부터 검붉은 피를 쏟으며 즉사했다.

이어서 두 번째 소구궁진법이 깨졌다. 이곳의 수도자

108명도 일곱 구멍에서 피를 쏟으며 고꾸라졌다.

세 번째, 네 번째 소구궁진법도 연달아 날아갔다.

소구궁진법이 하나둘 깨져나갈 때마다 모드레우스의 어깨를 꽉 짓누르던 압력도 조금씩 해소되었다.

대신 모드레우스가 날린 검은 구체도 뜨거운 여름날에 얼음 공이 녹는 것처럼 꽤나 부피가 줄었다.

[끄으으읍.]

모드레우스는 이를 악물고 음차원의 마나를 끌어올려 검은 구체에 불어넣었다. 악마종들로부터 갈취한 생명력이 다시 구체 안으로 유입되었다.

부피가 줄었던 구체가 다시 도톰하게 되살아났다. 그러면서 소구궁진법 서너 개를 추가로 더 깨뜨렸다.

"끄억."

남명의 수도자들이 또다시 가을날 농부의 대낫에 베여 쓰러지는 볏짚처럼 우수수 쓰러졌다.

"안 돼. 버텨라. 버텨."

묵휘형이 붉은 눈으로 악을 썼다. 묵휘형은 쓰러진 제자의 손에서 깃발을 빼앗아 대신 휘두르며 수도자들을 독려했다.

하지만 또 한 무리의 수도자들이 피를 쏟았다. 이번에 쓰러진 자들 중에는 막사광도 포함되었다.

다행히 막사광은 즉사하지 않았다. 막사광이 피를 쏟으려는 찰나, 이탄이 대신 그 자리를 차지한 덕분이었다.

이탄은 막사광을 나무그늘에 눕혀놓고는 깃발을 꽉 쥐었다.

묵휘형의 구궁진법이 발동한 이후부터 이탄은 사방팔방으로 감각을 뻗어 진법의 묘리를 헤아리는 데 전력을 다했다.

구궁진법의 원리.

진법 내 법력 흐름.

108개나 되는 소구궁진법들이 맞물려 돌아가면서 하나의 거대한 진법으로 중첩되는 방식.

진법의 구조.

이 모든 정보들이 차츰차츰 이탄의 머릿속으로 빨려들어왔다. 이탄은 진법에 대한 천부적인 재능을 바탕으로 구궁진법의 모든 것을 파악해갔다.

그렇게 이탄이 진법에 관한 지식을 물 먹은 솜처럼 빨아들이는 동안, 묵휘형이 고래고래 악을 썼다.

수많은 수도자들이 구궁진법을 운용하다가 피를 토했다.

이탄은 그러거나 말거나 신경도 쓰지 않았다. 지금 이탄에게 중요한 것은 오직 술법에 대한 지식뿐이었다.

하지만 얼음보다 더 냉정하던 이탄도 막사광마저 내팽개치지는 못했다. 사형이 죽음을 맞이하려는 찰나, 이탄은 지식 습득을 포기하고는 전투에 끼어들었다.

Chapter 3

"어쩔 수 없지."

이탄이 깃발을 꾸욱 움켜쥐었다. 이탄이 살짝 끌어올린 법력이 소구궁진법 안으로 도도하게 흘러들어 갔다.

이탄의 딴에는 아주 조금만 법력을 투입한 것이지만, 그 양은 소구궁진법을 구성하는 수도자 108명의 법력을 모두 합친 것보다도 더 풍부했다.

게다가 이탄의 법력이 어찌나 능숙하게 진법 속으로 녹아들었던지, 108명의 수도자들이 모두 쓰러진 이후에도 소구궁진법이 깨지지 않았다.

검은 구체가 주춤했다.

[으응?]

모드레우스가 이맛살을 구겼다.

모드레우스의 상식에 다르면, 이번 벽(이탄이 가담한 소구궁진법)도 당연히 깨져야 마땅했다.

모드레우스는 오른손을 부드럽게 휘저었다가 다시 앞으로 쭉 내밀었다.

음차원의 마나와 생명력이 하나로 뒤섞여서 검은 구체에 새로 유입되었다. 잠시 주춤했던 검은 구체는 다시 전진하여 이탄의 소구궁진법과 충돌했다.

"후우—."

이탄이 가볍게 숨을 내뱉었다. 이탄은 법력을 108가닥으로 나눈 다음, 그것을 108개의 깃발에 불어넣었다.

108명의 수도자가 감당해야 할 소구궁진법 하나를 이탄 홀로 감당한 셈이었다.

콰직.

모드레우스의 구체는 또다시 벽을 돌파하는 데 실패했다. 구체 주변에 흐르는 생명력은 넘쳐나다 못해 폭발할 지경인데, 이번에도 이탄의 소구궁진법은 그 공격을 무산시켰다.

모드레우스는 현실을 부정했다.

[말도 안 돼. 크윽.]

모드레우스의 코와 입에서 선혈이 끊임없이 흘렀다.

이탄이 버텨준 덕분에 다른 수도자들은 겨우 한숨을 돌렸다. 남명의 수도자들은 거칠어진 호흡을 가다듬으면서 깃발을 고쳐 잡았다.

'내친김에 법력을 조금 더 써봐?'

이탄은 법력의 양을 살짝 늘렸다.

[켁.]

그 즉시 모드레우스가 한쪽 무릎을 꿇었다.

비록 다시 벌떡 일어나기는 했으나, 조금 전 모드레우스의 어깨를 짓누른 압력은 장난이 아니었다.

모드레우스뿐만이 아니었다. 성마인 피빗의 비늘이 강한 압력을 버티지 못하고 빡빡 빠그라졌다.

아네타 황녀는 수백 톤의 무게에 짓눌리기라도 한 것처럼 납죽 엎드렸다.

다른 악마종들도 온몸에서 피를 흘리며 벌레처럼 버둥거렸다. 모든 악마종들의 얼굴에서 핏기가 가셨다.

여기서 이탄이 조금만 더 힘을 준다면?

그 즉시 악마군단은 전멸을 당할 판국이었다.

바로 그때 이변이 일어났다. 구궁진법에 의해서 왜곡되었던 시간이 스르륵 멈췄다. 구궁진법에 의해서 엉망으로 일그러졌던 공간도 어디론가 사라졌다.

이탄은 원래 서 있던 장소에서 벗어나 막막한 우주 한복판에 내팽개쳐졌다.

"후우, 내 이럴 줄 알았지."

이탄이 입술을 질겅 씹었다.

"이번에도 천공안으로 읽은 미래가 캄캄했거든. 그 이유가 뭐겠어? 또 너희 놈들이 등장한 거지."

이탄은 낮게 으르렁거리면서 오른손을 수평으로 뻗었다.

사악―.

이탄의 오른손에는 어느새 아조브의 변형된 형태, 즉 대형 낫이 들려 있었다.

이탄은 왼손도 비워두지 않았다. 이탄은 왼손으로 아몬의 토템을 움켜쥐고는 광목 시리즈, 또는 팔곡이라는 음악을 연주할 준비를 마쳤다.

다른 한편으로 이탄은 은밀하게 '구현'의 언령을 사용했다.

이탄이 머릿속으로 최강의 병기를 떠올린 순간, 신도 죽일 수 있다는 신살의 병기 아가리가 언령에 의해 구현되었다.

스르륵.

아가리는 등장과 동시에 공간의 이면에 매복을 했다. 매복을 마친 아가리의 모습은 다른 신들의 눈에는 보이지 않았다. 아가리는 오직 이탄이 명을 내리는 순간에만 본 모습을 드러내어 신을 잡아먹을 것이다.

이게 전부가 아니었다.

이탄은 여차하면 최근에 깨우친 '멸법'의 언령도 사용할 요량이었다.

'구현'의 언령이 모레툼의 3,998번째 가호인 '구현의 가호'와 연관이 되어 있다면, '멸법'은 3,999번째 가호인 '멸법의 가호'와 직접적으로 연결된 언령이었다.

당연히 '멸법'의 위력은 '구현'에 못지않았다. 아니, 공격적인 측면에서만 보면 '멸법'이 오히려 '구현'보다 더 무서웠다.

당연히 '멸법'도 '구현'과 마찬가지로 최상격 언령에 해당했다.

이탄은 또 다른 최상격 언령도 미리 준비해 놓았다. 그것은 인과율의 여신으로부터 빼앗은 '엑시큐션(Execution: 집행)'이었다.

"이렇게 정상세계의 인과율만 사용하면 부정 차원 인과율들이 서운해하겠지?"

이탄이 독백을 마친 순간, 그가 가진 제2의 심장, 즉 음차원 덩어리로부터 10,000개나 되는 회색 문자들이 펄떡펄떡 뛰쳐나왔다.

꽈배기 모양의 비문들은 이탄의 의지가 일어난 순간, 그대로 적들을 덮쳐서 폭풍처럼 몰아칠 터였다.

이탄이 각오를 보탰다.

"적양갑주의 권능도 빼놓으면 섭섭할 테고."

그 즉시 이탄의 등 뒤에선 붉은 노을과도 같은 기운이 거창하게 일어났다. 그 기운은 이내 온 우주를 휘어 감고도 남을 듯한 초거대 붉은 뱀으로 변하기 시작했다.

이탄은 본격적으로 싸울 태세를 갖추었다.

이탄 앞에 신격 존재들이 등장했다.

신들은 혼자가 아니라 다수였다.

"내 이럴 줄 알았지."

이것 또한 이탄의 예상대로였다.

가장 먼저 모습을 드러낸 이는 인과율의 여신이었다. 온몸이 파동으로 이루어진 여신은 등장과 동시에 불구대천의 원수를 보듯이 이탄에게 적의를 드러내었다.

이어서 우주 저편에서는 암흑물질이 거창하게 일어났다. 암흑물질 속에서 6개의 노란 눈이 차례로 열렸다.

그의 정체는 뒤틀린 암흑의 신, 혹은 여섯 눈의 존재라 불리는 자였다.

한편 우주 반대편에서는 새빨간 눈동자 하나가 요요히 떠올랐다. 혈해의 주인인 탈룩이 등장한 것이다.

탈룩의 주변에서는 시뻘건 피로 이루어진 바다가 나타나 철썩 철썩 파도 소리를 내었다. 피비린내 나는 바다로부터 새빨간 쇠사슬들이 출렁출렁 솟구쳤다. 붉은 드래곤들도 꿈틀꿈틀 튀어나와 하늘로 승천했다. 탈룩이 부리는 붉은 쇠사슬과 붉은 드래곤은 피가 응결되어 만들어진 존재들이 었다.

Chapter 4

이탄은 적들을 향해서 하얗게 이빨을 드러내었다.

"처음에는 각자 덤비다가, 그 다음엔 육눈이 녀석과 혈눈이 녀석이 함께 덤볐지. 그런데 이제는 3명이냐? 좋다. 셋 다 들어와라. 싹 다 찢어주마."

이탄은 신살의 병기 아가리를 동원하여 인과율의 여신부터 물어뜯었다. 동시에 이탄은 우주 저편의 암흑을 향해서 거대 붉은 뱀을 출격시켰다.

이탄의 몸 곳곳에서 튀어나온 회색 문자들은 회색 태양처럼 강렬한 빛을 뿜었다. 무려 10,000개나 되는 회색 태양은 거대 여의주처럼 붉은 뱀을 에워싸며 여섯 눈의 존재를 향해서 함께 진격했다.

예전에 이탄은 여섯 눈의 존재와 싸울 때마다 적양갑주와 만자비문을 연계하여 사용했다. 이 둘은 상당히 조합이 좋았다.

한데 이번 공격에 비하면 과거 이탄의 공격은 절반 수준에 불과했다. 그때는 이탄이 피사노의 권능 가운데 절반만 가지고 있었지만, 지금은 온전히 다 물려받아 태초의 마신의 오롯한 전승자가 되었기 때문이다.

[이.놈. 어.느.새. 제.2.의. 피.사.노.가. 되.었.구.나.]

여섯 눈의 존재가 피를 토하듯이 외쳤다. 한 글자씩 딱딱 끊어지는 그의 말투는 여전했다.

지금 이탄이 발휘한 권능들이야말로 여섯 눈의 존재가 열렬히 가지고 싶어 했던 것들이었다. 그의 간절한 소망을 이탄이 망가뜨렸다.

[이.런. 더.러.운. 도.적.놈.아. 네.놈.이. 내. 것.을. 훔.쳐.갔.구.나. 크.와.아.악.]

여섯 눈의 존재는 이탄을 향해서 무려 4개의 암흑 손을 쏘아 보냈다.

이건 이해하기 힘든 행동이었다. 이탄의 예상대로라면, 여섯 눈의 존재는 거대 붉은 뱀을 막기 위한 방어용으로 최소한 암흑 손 가운데 2, 3개는 사용해야만 했다. 그리고 나면 이탄을 향한 공격용으로는 암흑 손 한 개 정도만 동원해야 정상이었다.

'저놈이 돌았나? 방어는 일체 무시하고 무조건 공격만

한다고?'

이탄이 당황했다.

그렇다고 이제 와서 적양갑주를 방어용으로 돌릴 수도 없었다. 이탄은 기세에서 눌리기는 싫었다.

"오냐. 내가 죽나, 네가 죽나 한번 해보자."

이탄은 이빨을 뿌드득 갈고는, 독하게 마음을 먹었다.

크롸롸롸롹!

이탄의 명을 받은 거대 붉은 뱀, 즉 적양갑주는 더욱 빠른 속도로 우주를 거슬러 올라가 여섯 눈의 존재를 물어뜯었다. 그보다 한발 앞서 불길하게 타오르는 회색 태양들이 먼저 돌진했다.

[이. 런. 썅.]

여섯 눈의 존재는 겁이 덜컥 났다.

비록 그가 믿는 구석이 있기에 공격에만 올인하였으나, 막상 거대 붉은 뱀이 코앞까지 다가오자 살이 마구 떨렸다.

한편 이탄은 탈룩에게도 신경을 썼다.

탈룩의 특기는 모든 생명체의 뇌를 컨트롤하는 것.

이탄이 인과율의 여신과 여섯 눈의 존재에게 신경을 쓰느라 탈룩을 그냥 내버려두면, 그 순간 이탄의 뇌가 어떤 오작동을 일으킬지 알 수 없었다.

게다가 탈룩은 적의 뇌 속에 피의 불꽃을 지펴서 뇌를 녹여버리는 능력도 가지고 있었다. 이것 또한 절대 방심할 수 없는 무서운 수법이었다.

'탈룩에게 시간을 주면 안 된다. 놈을 정신없게 만들어야 해.'

딱!

이탄이 손가락을 튕겼다.

그 즉시 우주 저편에 커다란 단두대가 등장했다. 단두대의 칼날은 등장과 동시에 탈룩의 혈해를 반으로 가르며 떨어졌다.

이것이 바로 '엑시큐션'.

처형이라는 의미의 권능이 등장한 순간, 목표물은 반드시 목이 떨어질 수밖에 없었다. 여섯 눈의 존재가 사용하는 암흑 손이 시간, 공간, 그리고 필연의 권능을 가지고 있기에 시간을 건너뛰고, 공간을 점프하며, 일단 방출되면 필연적으로 반드시 적에게 명중하는 것처럼, 이탄이 인과율의 여신으로부터 빼앗은 '엑시큐션'도 필연의 성질을 내포하고 있기에 100퍼센트 명중할 수밖에 없었다.

과거에 이탄도 여신의 '엑시큐션'에 당할 뻔했다.

실제로도 이탄의 목이 단두대 칼날에 의해 썽둥 잘렸었다.

다만 이탄은 듀라한인지라 이미 머리와 몸통이 분리되어 있던 터였다. 이 비밀 덕분에 당시 이탄은 목이 뎅겅 잘리고도 전혀 타격을 받지 않았다.

당시 인과율의 여신은 괴현상에 놀라서 잠시 사고가 멈췄다. 그 사이 이탄이 재빨리 달려들어 인과율의 여신에게 치명타를 안겼다.

바로 그 무시무시한 단두대의 칼날이 혈해를 반으로 갈랐다. 핏빛 수면을 박차고 승천하던 붉은 드래곤, 즉 혈룡들이 단두대의 칼날에 목이 잘려 다시 바닷속으로 우수수 낙하했다. 혈해가 응결되어 만들어진 수천 가닥의 쇠사슬들도 단두대의 칼날을 견디지 못하고 여러 토막으로 나뉘었다.

당연히 탈룩도 깜짝 놀라서 몸부터 피하려고 해야 정상이었다.

그러면 필연의 성질을 가진 단두대의 칼날이 탈룩을 계속 쫓아갈 테고, 이탄은 당분간 탈룩에게 신경을 덜 써도 될 줄 알았다.

오산이었다.

탈룩은 시퍼런 칼날이 떨어지는 데도 꿈쩍도 안 했다. 오히려 그는 이탄의 뇌를 정확히 겨냥하여 피의 불꽃을 피워 올렸다.

"크악."

이탄이 머리를 움켜쥐었다.

이탄의 뇌 속에서 지글지글 불꽃이 일어났다. 단백질이 타들어가는 냄새가 고소하게 풍겼다.

신살의 병기 아가리가 인과율의 여신을 덮쳤다.

인과율의 여신은 최상격 언령인 '회귀'의 권능으로 평행 우주를 열어서 일단 아가리의 공격을 피해야 했다.

이게 이탄이 예상한 그림이었다.

Chapter 5

'지금까지 인과율의 여신은 불리한 상황이 닥칠 때마다 자신의 몸부터 보호했으니까 당연히 이번에도 그러겠지.'

한데 이 예상도 어긋났다. 인과율의 여신은 평행 우주로 도망치는 대신 이탄을 향해서 '정화'의 언령을 사용했다.

푸확!

여신의 손끝에서 성스럽고 환한 광휘가 뿜어져 나와 이탄을 저격했다.

여섯 눈의 존재도 마찬가지였다.

그는 거대 붉은 뱀과 회색 태양의 공격을 일체 무시한 채 무려 4개의 암흑 손을 소환하여 이탄을 공격했다.

시간, 공간, 필연의 법칙을 가진 암흑 손이 무려 4개.

이건 이탄도 결코 만만히 볼 수 없는 공격이었다. 이탄도 소멸을 각오하지 않고서는 4개의 암흑 손을 상대하기 불가능했다.

탈룩의 행동도 이탄의 예측을 벗어났다. 이탄은 탈룩에게 단두대의 칼날을 보냈는데, 탈룩은 그 섬뜩한 공격을 무시한 다음, 이탄의 뇌 속에 피의 불꽃을 붙여버렸다.

"크아악, 뭐야? 다들 나와 함께 죽겠다는 뜻이냐? 다들 미친 거 아냐?"

이탄이 입에서 불을 뿜었다.

어쨌거나 지금은 비상사태였다. 저 신격 존재들이 이탄을 끌어안고 자폭을 하는 것은 그들의 자유겠지만, 이탄은 결코 저들과 함께 뒈져버리고 싶은 생각이 없었다.

"우아아아악."

이탄은 살아남기 위해, 아니 소멸을 피하기 위해서 최선을 다했다.

우선 이탄은 있는 힘껏 아몬의 토템을 연주했다.

따다당!

군주급 악마종의 심혈관으로 만든 토템의 현이 이 연주한 방에 반쯤 끊어졌다. 그만큼 이탄은 절실했다.

어쨌거나 이탄은 4개의 암흑 손이 몸을 강타하기 전에 광목 시리즈 음악을 연주하는 데 성공했다.

광목화음(廣目火音)이 불의 세계로부터 뜨거운 불을 끌어왔다.

광목수음(廣目水音)은 커다란 물방울을 만들어 세계에 수분을 공급했다.

광목목음(廣目木音)은 그 세계에 씨앗을 뿌려 나무와 온갖 식물을 키워내었다.

광목금음(廣目金音)이 금속으로 이루어진 뼈대로 세계의 근간을 잡았다.

광목토음(廣目土音)은 세계에 비옥한 흙을 제공했다.

5개의 음악이 하나로 어우러지면서 하나의 세계가 탄생했다. 불과 물과 나무와 금속과 흙의 기운이 하나로 융화되면서 세계의 구조가 탄탄해졌다.

탈룩이 언제 어디서나 혈해를 소환하여 공격과 방어용으로 사용하는 것처럼, 이탄도 언제든지 광목 시리즈 음악을 연주하여 방어용으로 사용 가능했다. 이탄이 음악으로 만들어낸 세계가 이탄을 보호했다.

그 위에 암흑 손이 둔중하게 떨어졌다.

쿠쿵!

암흑 손의 위력은 과연 무서웠다. 단 한 번의 충돌만으로

도 이탄이 구축한 세계가 허물어지기 시작했다.

다섯 원소가 짜임새 있게 세계를 구성하고 있건만, 그리하여 이 세계는 진짜 세상과 마찬가지로 단단함을 갖추고 있건만, 4개의 암흑 손은 그 단단한 세계를 4개의 서로 다른 방향에서 거침없이 허물며 파고들었다.

세계가 허물어지는 충격이 이탄에게도 전달되었다.

"쿨럭."

이탄이 한 모금의 피를 토했다.

휘청거리는 이탄의 뇌에서 불꽃이 더욱 뜨겁게 기승을 부렸다. 뇌세포가 와르륵 녹는 공포가 얼마나 극심한지는 겪어보지 않고서는 모르리라.

"으으윽."

이탄은 진저리를 쳤다.

그 와중에 인과율의 여신이 쏘아 보낸 광휘가 이탄을 괴롭혔다.

고작 '정화'의 언령으로 이탄을 괴롭히는 것은 불가능했다.

평소였다면 말이다.

하지만 지금 이탄은 잇단 적의 공격으로 인해 휘청거리던 중이었다. 이탄은 새로운 힘을 끌어내기 위해서 가슴 속 음차원의 덩어리를 강하게 쥐어짰다.

음차원의 덩어리가 심장처럼 박동하여 이탄에게 무한대에 가까운 에너지를 공급했다.

다만 이 에너지는 부정한 힘, 즉 음차원의 에너지일 수밖에 없었다.

원래 '정화'의 언령은 모든 부정한 것들에게 치명타를 안겨주게 마련. 이탄의 가슴 속에서 무지막지하게 솟구치던 음차원의 에너지가 '정화'의 기운에 노출된 순간 그대로 뒤틀려버렸다.

물론 이탄의 능력은 인과율의 여신보다 더 뛰어났다.

"크으윽, 안 돼."

이탄이 기를 쓰자 뒤틀렸던 음차원의 에너지가 다시 정상으로 바로잡혔다.

하지만 그 짧은 끊김이 문제였다.

이탄이 잠깐 휘청거린 동안, 4개의 암흑 손은 이탄이 음악으로 만들어낸 세계를 완전히 부수고 이탄의 머리 위로 떨어졌다.

이탄의 뇌에 붙은 불꽃도 전혀 꺼질 기미를 보이지 않았다.

"크윽. 이것들이 정녕 다 함께 소멸하자는 뜻이냐?"

이탄이 사납게 으르렁거렸다.

사실 이탄만 이렇게 당하는 것이 아니었다. 거대 붉은 뱀은 여섯 눈의 존재의 목덜미를 덥석 물고는 머리를 좌우로 마구 휘저었다.

무려 10,000개나 되는 회색 태양이 암흑물질과 충돌하여 폭발하면서 여섯 눈의 존재를 산채로 흩어놓았다.

탈룩의 혈해는 완전히 반으로 잘렸다. 이어서 반드시 적중하고야 마는 단두대의 칼날이 탈룩의 시뻘건 눈알을 반으로 자를 차례였다.

인과율의 여신은 이미 신살의 병기 아가리 속으로 절반 이상 들어갔다.

이대로 아가리가 입을 탁 닫고 나면?

그럼 인과율의 여신은 아가리 속에서 한 줌의 물로 소화될 수밖에 없으리라.

결국 3명의 신은 이탄을 죽이고 자신들도 죽을 셈인 듯했다. 그렇지 않다면 이처럼 일체의 방어를 포기하고 공격만 퍼부을 리 없었다.

"이런 미친년놈들."

이탄은 머리가 저렸다.

어쨌거나 이탄은 저놈들과 함께 소멸하고 싶은 마음이 눈곱만큼도 없었다.

그렇다고 이 자리에서 도망을 치기도 쉽지 않았다.

이탄은 '무한시'의 언령으로 시간을 멈추거나, 혹은 시간을 과거로 되돌리는 권능을 가지고 있었다.

하지만 여섯 눈의 존재가 방출한 암흑 손도 시간의 권능을 가지고 있다는 점이 문제였다. 녀석의 암흑 손은 이탄이 과거나 미래로 도망치더라도 거침없이 쫓아와 이탄을 붕괴시킬 게 뻔했다.

한편 이탄은 또 다른 최상격 언령인 '무한공'의 주인이었다. 이탄은 이 언령으로 새로운 공간을 개방한 뒤, 그곳으로 도망치는 것도 가능했다.

다만 암흑 손도 공간의 권능을 내포하기 있기에 새 공간까지 기필코 쫓아와 이탄을 뭉개버릴 것이 분명했다.

Chapter 6

"오냐. 어차피 피하지 못할 거라면 좋다. 네놈들이 먼저 소멸하는지, 아니면 내가 먼저 소멸하는지 끝까지 가보자."

이탄은 아몬의 토템을 다시 한번 강하게 뜯었다.

따다당!

이 한 방의 연주로 인해 토템의 현이 모두 절단 났다. 줄이 끊어지기 직전, 가까스로 곡이 연주되었다.

이번에 이탄이 선택한 곡은 광목 시리즈가 아닌 팔곡(八曲)이었다.

팔곡 가운데 첫 번째, 긴 봄날을 노래하는 춘일지지(春日遲地)로 인해서 이탄이 만든 세계에 새싹이 파릇하게 돋았다.

이어서 두 번째 곡은 폭염유화(暴炎流火)였다. 더운 여름에 불이 강처럼 흘러넘쳤다. 그러면서 이 뜨거운 기운은 붕괴하던 광목화음의 기운을 되살려주었다.

4개의 암흑 손에 의해 죽어버린 나무와 식물은 어느새 가을 단풍처럼 홍색으로 물들었다. 이는 세 번째 곡인 홍염산하(紅染山河)였다.

그리고 곧장 겨울로 이어져 이탄의 세계에 눈보라가 휘몰아쳤다. 추운 겨울에 담비가 눈 속에서 뛰어나오고 사냥꾼들이 금방이라도 나타날 듯했다. 이것이 바로 네 번째 곡인 엄동우맥(嚴冬于貉)이었다.

그렇게 겨울을 맞고 다시 봄이 오면서 세월의 힘이 이탄의 세계에 한 겹 덧씌워졌다.

봄, 여름, 가을, 겨울.

사계가 빠르게 흘렀다.

이 4개의 계절 마디마디마다 하루가 끼어들었다. 그 다음 다시 이 하루가 아침, 점심, 저녁으로 쪼개졌다.

갈대 베는 새벽을 뜻하는 효이추위(曉爾萑葦).

호박 따는 낮을 의미하는 주이단호(晝爾斷壺).

한가롭게 밧줄을 꼬는 저녁 무렵을 노래한 석이색도(夕爾素綯).

3개의 음악이 하루를 구성했다.

그 하루, 이틀, 사흘이 층층이 쌓여서 계절을 만들었다. 4개의 계절이 연달아 지나가면서 세계의 풍경을 다채롭게 바꿔놓았다.

이탄이 광목 시리즈로 창조한 세계는 불, 물, 나무, 금속, 흙의 다섯 원소가 짜임새 있게 구성되어 있기에 실제 세상에 가까운 완성도를 지녔다.

그렇게 단단히 만들어진 세계이기에 암흑 손의 공격에도 쉽게 허물어지지 않고 지금까지 몇 분을 버틴 것이다.

하지만 끝내 이탄의 세계는 암흑 손의 가공할 파괴력을 막아내지 못했다. 다섯 원소로 이루어진 세계가 허물어지기 시작했다.

이탄은 붕괴하는 세계 위에 팔곡을 덧씌웠다.

정확히 말하면, 이탄은 팔곡 가운데 마지막 퍼즐을 아직 손에 넣지 못했다. 그래서 일단 팔곡 가운데 7개의 곡만 탄주했다.

봄, 여름, 가을, 겨울.

새벽, 낮, 저녁.

이상 7개의 곡이 뜻하는 바는 결국 세월이었다.

도도히 흐르는 세월의 힘이 이탄이 창조한 세계에 더해졌다. 그러면서 세계가 한층 더 완벽해졌다.

암흑 손에 의해 무참히 무너지던 세계가 다시금 활력을 되찾았다. 무채색으로 죽어가던 세상이 생기 있게 되살아났다.

추운 겨울날 앙상히 죽은 줄 알았던 고목이 봄이 되어 다시 싹을 틔우는 것처럼, 이탄이 만들어낸 세계는 끝끝내 부활하고야 말았다.

그러자 이번에는 오히려 암흑 손이 붕괴할 조짐을 보였다.

그것도 4개의 암흑 손에 동시에 실금이 생겼다. 가뭄에 쩍쩍 갈라진 논바닥처럼 암흑 손에 균열이 퍼져갔다.

[저. 럴. 수. 가.]

멀리서 여섯 눈의 존재가 6개의 노란 눈을 부릅떴다.

반면 이탄은 한시름 덜었다.

딱!

마음의 여유를 찾은 이탄이 다시 한번 손가락을 튕겼다.

이번에 이탄이 발동한 술법은 건곤대나이(乾坤大挪移)였다.

이탄이 그릇된 차원에서 피우림 대선인으로부터 수집한 이 특이한 술법은, 하늘과 땅을 자유롭게 뒤바꾸고, 남과 여의 성별을 전환하며, 사람의 몸도 바꿔치기할 수 있는 아주 독특한 능력을 이탄에게 제공했다.

이탄은 건곤대나이로 자신의 몸을 뒤집어 버렸다.

이탄의 머리가 발로 변했다.

이탄의 가슴은 무릎이 되었다.

대신 이탄의 무릎이 가슴으로 변했으며, 발은 머리가 되었다. 얼핏 보면 이탄이 물구나무를 선 듯한 모양새였다.

하지만 이것은 이탄이 180도 몸을 회전하여 물구나무를 선 것과는 차원이 달랐다.

사람이 몸을 회전하면 두개골 속의 뇌도 몸과 함께 회전할 수밖에 없을 테지.

하지만 이탄이 펼친 건곤대나이는 마치 신체를 재구성하듯이 머리와 다리 세포들을 바꿔치기 해버렸다.

덕분에 이탄의 뇌를 태우던 피의 불꽃은 이탄의 발로 자리를 옮기게 되었다.

"후우."

건곤대나이로 피의 불꽃을 떨쳐버린 뒤, 이탄은 놀란 가슴을 겨우 쓸어내렸다. 두개골 안에서 타오르던 불꽃이 사라지자 비로소 살 것 같다는 생각이 들었다.

"하마터면 큰일 날 뻔했네."

이탄은 부르르 머리를 흔들었다.

그러는 동안 타들어 갔던 뇌세포가 빠르게 재생했다.

물론 이탄은 피의 불꽃으로부터 완전히 벗어나지는 못했다. 그저 뇌에 붙은 불꽃이 발목으로 옮겨갔을 뿐이다.

덕분에 이탄은 발목 부위에서 뜨거운 통증을 느꼈다. 발목 근처의 살이 지글지글 타들어 갔다.

하지만 뇌가 타버리는 것보다는 이게 훨씬 낫지 않은가.

이탄은 일단 이 정도로 만족했다.

Chapter 7

우여곡절 끝에 이탄은 방어에 성공했다. 3명의 신으로부터 받은 공격을 꾸역꾸역 막아낸 것이다.

여섯 눈의 존재가 이탄에게 4개의 암흑 손을 날렸건만, 이탄은 광목5음에 팔곡을 더하여 세계를 창조한 뒤, 그 세계를 방패로 삼아 적의 공격을 무산시키는 데 성공했다.

인과율의 여신은 이탄에게 '정화'의 언령을 사용했건만, 이탄은 그녀의 공격을 맨몸으로 그냥 견뎌내었다.

혈해의 주인 탈룩은 이탄의 뇌 속에 피의 불꽃을 심었건만, 이탄은 건곤대나이라는 신비로운 술법으로 뇌에 붙은 불꽃을 발목으로 옮겨버렸다.

이처럼 이탄은 힘겹게나마 적의 공격을 막는 데 성공했다.

그러니 이제 적들이 공포에 떨 차례였다.

이탄은 여섯 눈의 존재에게 적양갑주, 즉 거대 붉은 뱀과 10,000개의 회색 태양을 날려 보냈다.

이탄은 신살의 병기 아가리를 구현하여 인과율의 여신을 집어삼키게끔 지시했다.

마지막으로 이탄은 저 간교한 탈룩에게 '엑시큐션' 언령을 선고했다.

이탄이 신들의 공격을 가까스로 막아내는 동안, 그 신들에게도 이탄의 반격이 작렬한 상태였다.

"이제 네놈들이 대가를 치를 차례다."

이탄이 사납게 으르렁거렸다. 이탄은 세 신격 존재들이 겪어야 할 고통을 기꺼운 눈으로 지켜보았다.

한데 그 기대가 무참하게 무너졌다.

"뭐야?"

이탄의 얼굴은 악귀처럼 일그러졌다.

그런 이탄의 앞에 네 번째 신격 존재가 등장했다.

이 신의 이름은 콘.

예전에 마르쿠제의 삼각 깃발 속에서 불쑥 튀어나와 블

랙홀로 이탄을 공격했던 바로 그 희끄무레한 신이 이탄 앞에 다시 등장했다.

본래 콘은 알리어스와 함께 간씨 세가 세상의 기틀을 세웠다고 알려진 신이었다. 간용음의 열하고성일지에 등장하는 두 신 중의 한 명이 바로 콘인 것이다.

세월이 흐른 뒤, 알리어스는 간씨 세가 세상에 남았다.

반면 콘은 동차원으로 넘어와 동차원의 주신이 되었다. 까마득한 옛날, 동차원의 원주민들에게 술법에 대한 지식을 전수한 이가 바로 콘이었다.

콘이 동차원에 전수한 여러 술법들 가운데 압권은 단연 양극합벽.

음양종의 비기인 양극합벽이야말로 주신 콘이 인간족에게 전수한 술법들 가운데 으뜸이었다.

하지만 본래 이 양극합벽은 콘의 주특기가 아니었다. 오히려 콘보다는 그의 동문사제가 양극합벽을 즐겨 사용했더랬다. 북쪽 바다의 제왕, 즉 '북해제'라는 별칭으로 불리던 동문사제 말이다.

살아생전 북해제는 양극합벽과 쌍벽을 이루는 또 다른 무서운 술법을 보유하고 있었는데, 그게 바로 건곤대나이였다.

지금은 그 건곤대나이가 알 수 없는 인연으로 인해 이탄의 것이 되었다.

또한 한때 북해제가 사용했던 귀장갑이라는 1등급 법보도 오랜 세월 동안 금강수라종의 보고에 처박혀 있다가 이탄의 눈에 띄어서 이탄의 소유가 되었다.

더더욱 놀라운 사실은, 이탄의 주력 무기 가운데 하나인 적양갑주도 사실은 콘과 관련이 깊다는 점이었다.

까마득한 태초, 상차원 이동을 통해 신격을 갖추기 전까지 적양갑은 사실 신비로운 액체금속으로 만들어진 최상격의 법보에 지나지 않았다.

그리고 당시 적양갑의 주인은 콘이었다.

콘이 '남해제'라는 명칭으로 불리던 시절, 그는 아끼는 애제자 적룡에게 적양갑이라는 무적법보를 하사했다.

콘(당시 이름은 곤)이 제자에게 적양갑을 내려준 이유는 하나였다. 제자인 적룡이 무시무시한 마왕에게 잘못 걸려서 비참하게 죽을 운명이었기 때문.

미래를 예지한 콘은 적룡에게 적양갑을 내주었고, 적룡은 법보의 신묘한 권능에 기대어 겨우 목숨을 건졌다.

그 후 콘은 알리어스, 퀀, 적룡과 함께 상차원 이동을 감행했다. 그리곤 상차원 이동 중에 불현듯 신격을 얻게 되어 신의 반열에 올랐다.

콘과 함께 상차원 이동을 하였던 선지자 알리어스와 곤

류 출신의 선인 퀸(당시 이름은 종리권)도 콘과 마찬가지로 신격 존재로 거듭났다.

다만 안타깝게도 적룡은 상차원 이동 중에 소멸을 당한 모양이었다. 그 후 콘이 여러 차원을 돌아다니며 수소문해 보았으나 적룡의 소식은 듣지 못했다. 콘이 적룡에서 선물했던 적양갑도 종적을 찾을 길이 없었다.

그런데 콘이 애타게 찾던 적양갑이 이탄의 손에 들어왔으니, 이탄과 콘은 여러모로 인연, 혹은 악연이 이어진 셈이었다.

바로 그 콘이 나타나 이탄의 공격을 방해했다.

오래 전부터 콘은 두 가지 권능, 즉 영혼과 에너지를 다루는 데 능했다.

본래 에너지란 질량, 속도와 연관이 깊은 법.

따라서 콘은 질량과 속도를 다루는 능력도 뛰어났다. 콘이 질량을 극대화하여 만들어낸 공격스킬이 바로 블랙홀이었다.

다른 한편으로 콘은 영혼에 대한 연구에도 깊이 있게 파고들었다. 덕분에 콘은 수많은 영혼을 자유롭게 다룰 줄 알았다. 동시에 콘은 자신의 영육을 여러 개로 쪼개어 분신을 만드는 일에도 능통했다.

이번에 콘이 사용한 권능은 바로 분신이었다.

촤라라락—.

마치 복사라도 한 것처럼 콘이 여러 명으로 불어났다. 콘은 눈 깜짝할 사이에 18명의 분신을 복제하여 하나의 그룹을 구성했다.

이 분신들은 조그만 삼각 깃발을 하나씩 쥐고 있었다.

훙훙훙훙!

콘의 분신 18명이 깃발을 휘두르자 뿌연 안개와 같은 기운이 차올랐다.

콘의 기행은 여기서 끝나지 않았다.

다시 분신들이 촤라락 늘어났다. 분신들은 18명씩 조를 이루어 삼각 깃발을 휘둘렀다.

그렇게 만들어진 조가 총 18개였다.

18 x 18 = 324.

총 324명의 복제된 콘이 온 사방을 뿌연 안개로 가득 채웠다.

"어엉?"

이탄이 화들짝 놀랐다.

"이건 소구궁진법이잖아?"

지금 콘이 펼친 것은 분명히 소구궁진법이었다.

묵휘형의 소구궁진법이 108명으로 이루어진 것에 비해서 콘의 진법은 18명이 한 조라는 점만 다를 뿐이었다.

콘은 소구궁진법으로 만족하지 않았다. 소구궁진법 18개가 하나로 합쳐져서 구궁진법을 구현했다.

콘이 펼친 구궁진법이 탈룩을 보호했다.

Chapter 8

푸쉬쉬식.

기운 빠지는 소리가 났다. 탈룩을 향해서 필연적으로 떨어져 내리던 단두대의 칼날은 구궁진법을 통과하면서 눈에 띄게 위력이 약해졌다.

원래는 단두대 칼날에 탈룩의 눈알이 단숨에 양단되어야 정상이었다.

한데 구궁진법의 도움 덕분에 탈룩은 소멸을 피했다. 그저 눈알의 일부에 상처를 받아 피를 흘렸을 뿐이었다.

인과율의 여신도 아가리에게 잡아먹히지 않았다. 구궁진법 때문에 약해진 아가리는 인과율의 여신을 제대로 삼키지 못하고 물러나야 했다.

그나마 여섯 눈의 존재는 제법 타격을 받았다.

우주를 휘감을 듯한 거대 붉은 뱀이 마구 물어뜯고 10,000개의 회색 태양 일제히 폭발하자 콘의 구궁진법도 깨질 듯이 흔들렸다. 구궁진법의 보호를 받던 여섯 눈의 존재도 신체의 일부가 흩어지는 꼴을 면하지 못했다.

[크.우.욱. 제.기.랄.]

구궁진법 안에서 여섯 눈의 존재가 고통스럽게 머리를 가로저었다.

그래도 이 정도로 그쳐서 다행이었다. 때마침 콘이 등장해 구궁진법을 펼치지 않았더라면 여섯 눈의 존재는 그대로 소멸을 당할 뻔했다.

[크.우.우.욱. 정.말. 지.독.하.구.나. 그.새. 더. 강.해.졌.어.]

여섯 눈의 존재는 샛노란 눈으로 이탄을 노려보면서 치를 떨었다.

여섯 눈의 존재가 기겁을 할 만도 한 것이, 처음 싸웠을 때만 해도 이탄의 무력은 여섯 눈의 존재와 엇비슷한 수준이었다. 한데 조금 뒤에는 여섯 눈의 존재와 탈룩이 힘을 합치고도 이탄을 제압하지 못했다. 그리고 지금은 무려 4명의 신이 달라붙었는데도 저 지독한 놈은 끄떡없었다.

콘이 다른 신들을 독려했다.

[다들 정신을 바짝 차리시오. 이번 기회에 저 악마를 잡지 못하면 큰일이오.]

우렁찬 뇌파와 함께 콘의 분신들이 이탄을 둘러쌌다.

324명의 분신들은 어느새 이탄을 포위한 다음, 전력을 다해 구궁진법을 전개했다.

일단 이탄이 구궁진법 안에 갇히면 끝장.

이 무시무시한 진법에 갇힌 상태에서 4명의 신격 존재들의 공격을 받았다가는 아무리 이탄이라고 하더라도 소멸을 피할 길이 없었다.

위기감을 느낀 이탄은 곧장 응수했다.

좌라라라락.

이탄도 콘과 마찬가지로 분신을 만들었다.

이탄은 예전부터 몸을 나눠서 분신을 구현하는데 능했다. 심지어 이탄은 1,000명의 분신을 만들어 그것으로 거신강림대진을 구현한 경험도 수십 차례나 가졌다.

그러니 분신 사용은 이탄이 콘보다 한 수 위였다.

눈 깜짝할 사이에 이탄의 분신 108명이 등장했다.

이들 108명의 분신이 다시 자기복제를 시작하여 각각 108번이나 분열을 마쳤다.

108 x 108 = 11,664

총 11,000명이 넘는 이탄의 분신이 힘을 쳐서 하나의 거대한 진법을 구현했다.

이것은 구궁진법.

이탄이 황당하게도 콘을 상대로 같은 진법으로 맞불을 놓았다.

무려 11,664명이나 되는 이탄의 분신들은 손에 복제한 아조브를 하나씩 들었다.

아조브는 형태를 자유롭게 바꿀 수 있는 기물이었다. 커다란 낫 형태이던 아조브가 어느새 형상을 바꾸어 깃발이 되었다.

훙훙훙훙.

이탄의 분신들은 그 깃발을 빠르게 휘둘러 소구궁진법을 전개했다. 이러한 소구궁진법 108개가 모여서 본래의 구궁진법을 구현했다.

콘이 기겁했다.

[아니, 저건 구궁진법이잖아? 퀸의 구궁진법을 어떻게 네놈이!]

콘은 해머로 뒤통수를 한 대 얻어맞은 기분이었다.

한편 이탄도 흠칫 놀랐다.

'퀸이라고? 설마 쿤룬의 창시자라는 그 퀸을 말하나?'

놀라운 사실을 알게 된 이탄은 멍하게 눈을 껌뻑거렸다.

그렇다. 이 세상에 구궁진법이라는 어마어마한 술법진을 남긴 장본인은 다름 아닌 퀸이었다.

좀 더 정확히 말해서 퀸은 남명의 사대종파에 구궁진법

을 전수한 적이 없었다. 퀸은 그저 자신을 섬기는 쿤룬의 문지기들에게만 이 엄청난 진법을 귀띔해주었다.

그러니까 문지기가 아닌 자들은 절대로 구궁진법을 펼칠 수가 없어야 정상이었다.

예외는 오직 한 명뿐.

까마득한 옛날에 퀸이 투명마수를 찾아서 먼 차원으로 떠나기 전, 그는 콘과 술잔을 놓고 마주 앉아 술법에 대해서 격론을 펼친 적이 있었다. 그때 둘 사이에서 구궁진법에 대한 토론이 오갔다.

다시 말해서 지금 콘이 이탄을 상대로 전개한 구궁진법은, 오래 전에 그가 퀸으로부터 귀동냥한 지식을 바탕으로 재구성한 버전이었다.

18명으로 소구궁진법을 만들고, 다시 소구궁진법 18개를 모아서 본진을 구축하는 버전 말이다.

한편 이탄이 전개한 구궁진법은 콘의 버전과는 사뭇 형태가 달랐다. 조금 전 아울 산맥 전투에서 이탄은 술법에 대한 말도 안 되는 재능으로 묵휘형의 구궁진법을 이해해버렸다. 그리곤 그 구궁진법의 묘리를 그대로 재현하는 데 성공했다.

구궁진법과 같은 난해한 진법을 한 번 쓰윽 본 것만으로 재현한다는 것은 절대 불가능한 일이었다. 세상에서 이런 기적이 가능한 이는 오직 이탄뿐이었다.

이건 이탄이 단순히 술법에 대한 천재라서가 아니었다. 여기에는 보다 근본적인 이유가 있었다.

어쨌거나 이탄은 108명의 분신을 동원하여 소구궁진법을 만들었다. 그리곤 다시 이 소구궁진법 108개를 모아서 진법의 본진을 구축하는 데 성공했다.

이탄의 버전은 기본적으로 묵휘향의 구궁진법과 다를 바가 없었다.

다만 묵휘향은 진법을 구현하기 위해서 11,664명의 수도자들을 동원한 반면, 이탄은 11,664개의 분신을 만들어 혼자서 구궁진법을 완성했다는 차이만 있을 따름이었다.

[말도 안 돼. 이놈. 네놈이 또다시 우리의 지식을 훔쳐갔구나. 네놈이 또 도적질을 한 게야.]

콘이 분노했다.

콘이 언급한 '우리'란, 오래 전 함께 상차원 이동을 한 3명, 즉 본인과 알리어스, 퀸을 의미했다.

Chapter 9

콘의 내로남불식 분노에 오히려 이탄이 더 크게 성을 내었다.

[뭔 개소리냐? 너희 연놈들이야말로 자꾸 나를 도적으로 모는데, 오늘 아주 그 못된 버릇을 고쳐주마.]

이탄은 상대의 뇌에 똑똑히 들리도록 뇌파로 욕을 퍼부었다. 이탄의 분신들은 미친 듯이 깃발을 휘둘렀다.

우우우우웅.

구궁진법이 본격적으로 위력을 발휘하면서 주변을 온통 희뿌옇게 장악해갔다.

그에 맞서서 콘도 전력을 다해 구궁진법을 전개했다.

구궁진법 .VS. 구궁진법

서로 다른 버전의 두 구궁진법이 우주 한복판에서 정면으로 충돌했다.

쿠쿵!

둔탁한 굉음이 온 우주로 퍼져나갔다.

[이이익.]

콘이 신음을 토했다.

1차 충돌에서는 이탄의 구궁진법이 우세를 보였다. 콘의 버전보다 이탄의 버전이 더 뛰어나다는 뜻이었다.

하지만 콘은 혼자가 아니었다.

[뭣들 하는 거요? 내가 버티는 동안 어서 저자를 공격하지 않고.]

콘의 외침에 다른 신들이 퍼뜩 정신을 차렸다.

[알.겠.소.]

여섯 눈의 존재는 거대 붉은 뱀과 회색 태양의 공격을 받
느라 혼이 쏙 빠진 와중에도 꾸역꾸역 암흑 손을 하나 더
만들어 이탄에게 쏘았다.

그나마 콘의 구궁진법 덕분에 여섯 눈의 존재도 반격할
짬을 낸 것이지, 콘의 도움이 없었더라면 그는 반격은커녕
이미 소멸했을 것이다.

여섯 눈의 존재에 비해서 탈룩이나 인과율의 여신은 상
대적으로 형편이 양호했다.

[이놈. 뒈져라.]

탈룩은 다시 한번 이탄의 뇌를 겨냥해서 피의 불꽃을 소
환했다.

[죽어버렷.]

인과율의 여신도 파동을 크게 증폭하여 이탄에게 직접적
인 공격을 퍼부었다.

"오냐. 다 덤벼라. 아예 끝장을 보자."

이탄이 이빨을 악물었다.

이탄은 분신들을 통해서 구궁진법을 유지하는 한편, 다
시 한번 '엑시큐션'의 언령을 사용했다.

더불어서 이탄은 신살의 병기 아가리도 한 번 더 동원했
다.

다만 이번에 이탄은 공격 대상을 바꿔서 적용했다.

우주의 이면에서 매복하고 있던 아가리가 갑자기 입을 쩍 벌리고 나타나 탈룩의 혈해를 통째로 집어삼켰다.

이건 마치 음흉한 악어가 수면 아래서 매복하고 있다가 가젤을 잡아채는 것과 비슷한 장면이었다.

[으힉?]

탈룩이 기겁했다.

피바다가 들끓어 오르면서 수십만 마리의 혈룡들이 하늘로 튀어 올랐다. 혈룡들은 아가리의 입 안으로 뛰어들어 스스로 희생양이 되었다.

탈룩을 보호하기 위해서였다.

혈해에서는 핏빛 쇠사슬도 마구 튀어나왔다. 이 쇠사슬이 거미줄처럼 서로 얽혀서 아가리를 방해했다.

아가리는 본래 신을 잡아먹기 위해서 창조된 존재다. 이 무시무시한 신살의 병기를 한낱 혈룡이나 쇠사슬 따위가 막을 수 있을 리 없었다. 당연히 아가리는 하찮은 저항 따위는 무시한 채 단숨에 탈룩을 집어삼켜야 정상이었다.

한데 아가리의 공격이 실패로 돌아갔다. 콘이 전개한 구궁진법이 아가리의 공격력을 대폭 삭감한 탓이었다.

사냥에 실패한 아가리는 다시 우주의 이면으로 잠수해버렸다.

[어휴우, 식겁했네.]

탈룩은 놀란 심정을 겨우 쓸어내렸다.

이와 비슷한 일이 인과율의 여신에게도 벌어졌다.

최상격 언령인 '엑시큐션'에 의해 만들어진 거대한 단두대의 칼날이 여신의 목덜미를 향해서 뚝 떨어졌다.

이 칼날은 필연의 법칙을 품고 있기에 인과율의 여신이 아무리 도망치려고 발악을 해도 도저히 피할 수가 없었다.

게다가 단두대의 칼날은 고체나 액체, 기체, 심지어 에너지나 파동마저 거침없이 잘라버릴 수 있는 절대병기였다.

한데 언령의 칼날이 막혔다. 인과율의 여신은 목이 잘릴 위기에서 가까스로 벗어났다. 구궁진법의 도움 덕분이었다.

"제기랄."

이탄이 발을 세게 굴렀다.

이탄이 분통을 터뜨린 사이, 그의 뇌 속에 피의 불꽃이 피어올랐다. 먼 우주에서 출발한 암흑 손도 어느새 이탄의 코앞에 나타나 이탄을 허물어버리려 들었다. 인과율의 여신이 퍼부은 공격도 이탄의 배후를 노리며 날아왔다.

하지만 적의 연합 공격은 이탄의 분신들이 만들어낸 구궁진법에 막혀서 힘이 크게 약화되었다. 피의 불꽃도, 여신의 공격도, 시커먼 암흑 손도 구궁진법의 영향력에서 완전히 자유롭지 못했다.

덕분에 이탄도 비교적 수월하게 위기를 벗어났다.

"이렇게 효과가 탁월할 줄 알았다면 진즉에 구궁진법을 쓸걸. 아까는 괜히 생고생을 했잖아."

이탄은 내심 진법의 위력에 감탄했다.

하지만 기쁜 마음은 잠깐에 불과했다.

"그나저나 구궁진법 속에 숨은 저 연놈들을 어떻게 해치우지?"

이탄이 적들을 노려보았다.

지금 4명의 신격 존재들은 콘의 구궁진법 속에 숨어서 이탄을 공격할 기회만 엿보는 중이었다.

이탄이 구궁진법이라는 놀라운 방어수법을 손에 넣은 것처럼, 적들도 유사한 방어수법을 가졌다.

그러니 이탄의 공격이 잘 먹히지 않을 수밖에.

이탄이 다시 한번 아가리를 부렸다. 우주의 이면으로 숨어들었던 아가리가 이번에는 먼 우주에서 불쑥 나타나 여섯 눈의 존재를 집어삼켰다. 동시에 단두대의 칼날도 여섯 눈의 존재의 목덜미에 떨어졌다.

크롸롸롸롹—.

거대 붉은 뱀은 기다렸다는 듯이 움츠렸던 몸을 펴서 여섯 눈의 존재를 외곽에서부터 휘감았다.

적양갑주보다 한발 앞서서 회색 태양들이 돌진할 기미를
보였다.

'모든 화력을 한 명에서 집중하여 한 번에 하나씩만 노
리자.'

오직 한 놈만 팬다는 것이 이탄의 의도였다.

제5화
신들의 전쟁 II

Chapter 1

[안. 돼. 도.와.줘.]

여섯 눈의 존재가 황급히 도움을 청했다.

그 순간 콘의 분신들이 꺼지듯이 자리에서 사라졌다가 여섯 눈의 존재 근처로 순간이동했다.

츳츳츳츳츳츳.

먼 우주에 안개가 쫙 퍼지면서 구궁진법이 발동했다. 이번 구궁진법은 여섯 눈의 존재만을 집중적으로 보호했다.

콘에 이어서 다른 신격 존재들도 서둘러 여섯 눈의 존재를 도왔다.

여섯 눈의 존재가 예뻐서 다들 손을 내민 게 아니었다.

여기서 여섯 눈의 존재가 당하고 나면 나머지 3명만으로는 이탄을 감당하기 힘들 것 같아서였다.

탈룩은 거대 붉은 뱀의 등 뒤로 혈해를 통째로 옮기더니, 혈해로부터 혈룡들을 대거 출격시켜서 거대 붉은 뱀을 방해했다.

그러면서 탈룩은 거대 붉은 뱀의 뇌에 피의 불꽃을 심으려고 시도했다.

한데 아무리 탐색을 해도 붉은 뱀에게는 뇌가 없었다. 뇌뿐만이 아니라 다른 장기도 전무했다.

이 괴상한 붉은 뱀은 온몸이 신비로운 금속으로만 꽉 채워져 있었다.

[뭐 저딴 게 다 있어?]

탈룩은 어이가 없었다.

한편 인과율의 여신은 '정화'의 언령을 전력으로 발휘하여 회색 태양, 즉 만자비문들을 방해했다.

'정화'의 언령은 유독 부정한 기운에 강했기에 이것도 꽤 효과를 발휘했다.

물론 귀찮게 방해하는 정도일 뿐 '정화'만으로 만자비문들을 물리치기란 불가능했다.

어쨌거나 3명의 신격 존재들이 나서자 여섯 눈의 존재도 겨우 한숨을 돌렸다.

신격 존재들은 오랜 세월 서로에게 악감정을 품고 으르 렁거렸으되, 이 순간만큼은 손발이 척척 맞았다.

과거에도 그러했다.

태초에 신들이 힘을 합쳐 외계에서 온 악신을 물리쳤을 때에도. 이어서 그들이 악신을 소멸시킨 뒤 태초의 마신 피사노의 뒤통수를 쳤을 때에도, 4명의 신격 존재들은 손발이 척척 맞았다.

한데 이탄은 신격 존재들의 머리 꼭대기에 앉아 있었다. 이탄은 영원에 가까운 세월을 살아온 신격 존재들보다도 오히려 더 전투 감각이 뛰어났다.

'흥. 내 이럴 줄 알았지.'

조금 전, 이탄이 전력을 다해 여섯 눈의 존재를 공격한 것은 일종의 함정이었다. 신격 존재들은 이탄이 판 함정에 빠졌다.

여섯 눈의 존재가 도와달라며 고래고래 뇌파를 내지른 순간, 세 신격 존재들은 앞뒤 가리지 않고 여섯 눈의 존재를 도왔다.

"이때다."

이탄은 그 즉시 치고 나가 인과율의 여신을 덮쳤다.

이 자리의 신들 가운데 최약체가 인과율의 여신이었다.

원래는 그렇지 않았다. 인과율의 여신은 다른 신격 존재들이 맞상대하기를 꺼릴 만큼 충분히 강했었다.

적에게 필멸의 죽음을 안겨주는 '엑시큐션'의 언령.

신조차 잡아먹는 신살의 병기 아가리.

언제든지 평행우주를 열어서 도망칠 수 있는 능력.

이상 세 가지 권능만 보더라도 인과율의 여신은 대적불가의 존재였다.

그러던 여신이 지금은 신격 존재들 중에 최약체로 전락했다. 이탄에게 '엑시큐션'의 언령과 신살의 병기 아가리를 빼앗긴 탓이었다.

'저곳이 구멍이구나.'

이탄은 본능적으로 누구를 먼저 공격해야 전투에서 유리할지 파악했다. 이건 그냥 본능 같은 감각이었다.

'하지만 내가 대놓고 인과율의 여신을 노리면 다른 세 신이 약점을 보완하겠지?'

그래서 이탄은 일부러 여섯 눈의 존재를 먼저 노리는 척했다.

이 자리의 신들 가운데 여섯 눈의 존재가 가장 맷집이 좋았다. 그런 면에서 이탄이 여섯 눈의 존재를 먼저 노린 것은 실수처럼 보였다.

'후후후. 역시 애송이로구나.'

'한 놈만 먼저 물고 늘어지자는 작전은 좋았는데, 상대

를 잘못 택했네.'

'오래 전에 피사노도 똑같은 실수를 저질렀었지. 육눈이 녀석은 피사노의 파상공세 속에서도 꽤 오래 버텨주었다고.'

신격 존재들이 이탄의 판단을 비웃었다.

신격 존재들은 이탄이 아직 미숙하다고 여겼다.

그 순간, 이탄이 방향을 바꿔서 인과율의 여신 앞에 불쑥 나타났다. 이탄의 분신들은 인과율의 여신 주변을 빙 둘러에워쌌다.

이탄의 구궁진법이 인과율의 여신을 꽁꽁 가뒀다.

조금 전까지만 하더라도 콘은 구궁진법을 넓게 퍼뜨려서 동료 신들을 보호해주었다.

그러다 이탄이 여섯 눈의 존재에게 집중공격을 퍼붓자 콘은 여섯 눈의 존재에게 구궁진법의 방어를 몰아주었다.

덕분에 인과율의 여신은 구궁진법이라는 안전한 우산에서 잠시 벗어났다.

이탄은 그 틈을 놓치지 않았다.

[아악! 안 돼.]

인과율의 여신이 비명을 질렀다.

콘의 안색이 돌변했다.

[이런 제기랄. 저 여우 놈에게 속았구나.]

콘은 서둘러 분신들을 전개해 구궁진법으로 맞섰다.

하지만 이미 이탄의 구궁진법 안에 갇힌 인과율의 여신을 콘이 구해줄 방법이 없었다. 이탄은 콘이 손을 쓸 틈을 주지 않았다.

스르륵.

어느새 신살의 병기 아가리가 우주의 이면에서 불쑥 튀어나와 탈룩을 집어삼켰다.

탈룩은 혈해를 통째로 멀리 옮겨 아가리의 공격을 피해야 했다. 그러느라 탈룩은 인과율의 여신을 돕지 못했다.

여섯 눈의 존재도 어쩔 도리가 없었다. 거대 붉은 뱀이 또다시 그를 칭칭 휘감아 조이고 있어서였다.

Chapter 2

지금 이 순간에도 회색 태양이 펑펑 폭발하면서 암흑물질을 흩어놓았다.

암흑물질은 여섯 눈의 존재의 근간을 이루는 핵이었다. 이게 흩어지면 여섯 눈의 존재도 소멸할 수밖에 없었다.

[끄.응. 이.런. 괴.물. 같.은. 놈. 어.느. 틈.에. 피.사.노.의. 유.산.을. 온.전.히. 제. 것.으.로.

만.들.었.단. 말.인.가?]

여섯 눈의 존재가 두려움이 섞인 한탄을 내뱉었다.

솔직히 여섯 눈의 존재는 거대 붉은 뱀과 만자비문을 상대하는 것만으로도 벅찬 판이라 인과율의 여신을 도울 엄두도 내지 못했다.

콘도 손을 쓰지 못하기는 마찬가지였다. 우주 한복판에선 콘의 구궁진법과 이탄의 구궁진법이 무섭게 충돌하는 중이었다.

구구구궁.

서로 다른 버전의 두 진법이 톱니처럼 상대를 긁고 지나갈 때마다 주변의 행성들은 무른 진흙처럼 갈려 나갔다.

[으윽.]

콘이 신음을 내뱉었다.

조금 전처럼 인과율의 여신이 콘의 구궁진법 안에서 보호를 받고 있다면 모를까, 지금 이 상황에서 콘이 적진에 갇힌 여신을 구해줄 방도는 없었다.

이탄은 교묘하게 다른 신들의 발목을 잡아놓은 뒤, 구궁진법 안에 갇혀 있는 인과율의 여신을 향해서 달려들었다.

인과율의 여신이 기겁했다.

[흐윽. 안 돼. 이러다 내가 소멸하겠어.]

인과율의 여신은 결국 '회귀'의 언령을 꺼내들었다. 언령으로 평행 우주를 열어서 도망치지 않으면 당장에라도 소멸할 거라는 게 여신의 판단이었다. 그만큼 이탄의 공격은 위협적이었다.

대신 인과율의 여신이 도망치고 나면 남은 세 신격 존재들이 위험에 처할 수밖에 없었다. 그러니까 인과율의 여신은 저 혼자 살겠다고 동지들을 배신하는 셈이었다.

여신의 손끝에서 새로운 우주가 열릴 기미를 보였다.

[이런 비겁한 년.]

탈룩이 인과율의 여신을 욕했다.

[망.할. 년.]

여섯 눈의 존재도 배신자를 향해서 악을 썼다.

[크윽.]

콘은 직접 욕을 뱉지는 않았으나, 그의 얼굴에 절망이 내려앉는 것은 피하지 못했다.

그때 이미 인과율의 여신은 평행 우주를 완전히 열어서 그곳으로 한 발을 내디뎠다. 이탄은 마음이 급해졌다.

"도망치지 못한다."

이탄은 이대로 상대를 곱게 보내줄 마음이 눈곱만큼도 없었다. 구궁진법 안으로 벼락처럼 뛰어든 이탄이 어느새 인과율의 여신을 따라잡았다.

백팔수라(百八修羅) 제2식 수라군림(修羅君臨) 작렬!

그렇지 않아도 수라군림으로 질주하는 속도는 타의 추종을 불허했다. 거기에 더해서 진법의 힘이 더해지자 이탄의 속도는 그야말로 가공할 정도였다.

"이리 와."

길게 쭉 뻗은 이탄의 손이 여신의 구불구불한 머리카락을 잡아챘다.

인과율의 여신이 괴성을 질렀다.

[꺄악! 이것 놔.]

인과율의 여신은 이제 이탄이라면 진저리가 쳐졌다. 저 괴물 같은 놈과 단 1초도 마주 하고 싶지 않은 것이 솔직한 여신의 심정이었다.

만약에 인과율의 여신이 과거로 돌아간다면 그녀는 결코 이탄을 해코지하는 모략에 동참하지 않을 것이다.

'주력 무기를 2개나 빼앗긴 내가 신격 존재 4명의 협공을 거뜬히 감당해내는 저 괴물과 어찌 싸운단 말인가.'

최소한 지금의 여신은 이탄에 대한 공포가 뇌리에 단단히 박혀 있어서 이탄을 적대할 엄두도 내지 못했다.

"이리 오라니까."

이탄이 강하게 손을 잡아당겼다.

몸이 파동으로 이루어진 인과율의 여신이 이탄에게 붙잡

혀 그대로 딸려왔다.

[안 돼. 으으윽, 안 돼.]

인과율의 여신은 끔찍한 미래를 예견이라도 한 듯 자지러졌다.

그 순간, 여신이 개방한 평행 우주로부터 여덟 빛깔의 빛이 날아들었다.

바웅!

강렬하게 날아온 빛은 풍압, 아니 광압을 형성했다. 그 광압에 밀려서 이탄과 인과율의 여신이 뒤로 쭉 밀렸다.

"이건 또 뭐야?"

이탄은 한 손으로 여신의 머리채를 붙잡고는 다른 손으로 눈가를 가렸다.

평행 우주로부터 쏟아진 팔색 광휘는 이탄의 눈을 따갑게 만들 만큼 강렬했다. 이탄은 손가락 사이로 팔색 빛이 쏟아지는 근원을 무섭게 노려보았다.

강렬한 광원에 자리 잡은 것은 팔색 광휘로 이루어진 둥그런 고리였다. 이탄은 예전에 흑과 백의 대전쟁에서 이런 고리를 본 적이 있었다.

"설마 어스?"

이탄이 흠칫했다.

시시퍼 마탑의 탑주인 어스가 왜 여기서 등장한단 말인

가?

이건 인과율의 여신과 같은 신격 존재들이 시간을 멈춰 놓은 상태에서 우주 공간으로 이동하여 싸우는 신들의 전쟁이었다. 제아무리 어스가 시시퍼 마탑의 탑주라고 하나, 감히 신격 존재들과 어깨를 나란히 할 수는 없었다.

'필멸자인 어스가 불멸의 신들이 벌이는 전투에 끼어든다는 것은 불가능할 텐데?'

이탄이 의문을 품은 가운데 팔색 고리가 홍홍홍홍 회전했다. 그러면서 팔색 고리로부터 뿜어지는 광휘가 점점 더 강렬해졌다.

아니, 이건 단지 강렬해지는 정도를 넘어섰다. 고리로부터 뿜어지는 여덟 가지 광휘는 각기 다른 원소의 기운을 물씬 풍겼다.

뜨거운 열기를 품은 붉은색 광휘.

수분을 잔뜩 품은 푸른색의 광휘.

뇌전의 기운을 내포한 노란 광휘.

극빙의 얼음을 연상시키는 하얀 광휘.

흙의 기운을 가진 황토색 광휘.

난폭한 광풍을 의미하는 투명한 광휘.

이상 모든 색깔을 다 섞은 듯한 빛의 광휘.

이와 정반대되는 어둠의 광휘.

각각 불, 물, 번개, 얼음, 흙, 바람, 빛, 어둠의 원소들이
팔색 고리를 통해서 본연의 기운을 물씬 풍겼다.

Chapter 3

흥흥흥흥흥—.

이상 여덟 가지 원소들이 하나로 어우러지면서 팔색 고
리가 하나의 온전한 세계를 구축했다.

이것은 이탄이 조금 전 광목 시리즈 음악으로 세계를 만
들어 방어용으로 사용한 것과 비슷했다.

다만 이탄은 다섯 원소(불, 물, 나무, 금속, 흙)로 세계를
만들었던 것에 비해서, 지금 팔색 고리는 8개의 원소를 사
용한다는 차이만 있을 뿐이었다.

"8개의 원소가 합쳐져서 하나의 세계를 만든다고? 이건
간용음의 열하고성일지에 언급된 8원소 가설이잖아?"

간용음이 정리한 8원소란 불, 물, 번개, 얼음, 흙, 바람,
빛, 그리고 어둠을 의미했다. 그리고 이 8원소는 세계의 파
편, 즉 8종의 수호룡들과 관련이 깊었다.

"열하고성일지에 등장하는 알리어스라는 고대 신이 8원
소를 창조했다지? 그리고 수호룡들의 이름도 알리어스야.

그렇다면 혹시?"

이탄이 눈을 부릅떴다.

열하고성일지에 등장하는 고대 신 알리어스.

시시퍼 마탑의 탑주 어스.

이 둘의 이름이 묘하게 겹치는 것이 과연 우연일까?

이탄이 의문을 품은 가운데, 평행 우주에서 튀어나온 팔색 고리는 여덟 색깔로 이루어진 광선을 폭발적으로 분출하여 이탄의 가슴팍을 후려쳤다.

푸화확!

이탄의 가슴에서 팔색 불꽃이 터졌다.

"크흡."

이탄은 주춤거리며 후퇴했다.

팔색 광선의 위력은 상상을 초월했다. 각 광선 하나하나마다 원소의 힘을 잔뜩 머금고 있는 데다가, 8개의 원소들이 조화를 이루면서 세계의 힘까지 발휘하였기 때문이다.

그나마 이곳이 구궁진법 내부라 이탄이 받은 타격이 크지 않았다. 만약 진법 밖에서 이런 위력의 기습 공격을 당했다면 이탄의 가슴에 구멍이 뚫릴 뻔했다.

팔색 고리의 등장에 콘이 크게 기뻐했다.

[알리어스. 합류가 늦었군.]

[미안하오, 콘. 저쪽 차원에 남겨두고 온 파편들을 다시 추스르느라 늦었소.]

팔색 고리가 콘의 뇌파에 대꾸했다.

이탄이 두 신의 대화를 엿들었다.

'역시 저 팔색 고리가 바로 그 신화 속의 알리어스였구나. 그런데 뭐라고? 파편을 추슬렀다고? 설마 그게 세계의 파편을 의미하는 것은 아니겠지?'

이탄의 추측대로였다. 평행 우주 속에서 갑자기 튀어나와 이탄에게 기습 공격을 날린 팔색 고리는 고대의 신 알리어스였다. 알리어스는 까마득한 옛날 간씨 세가의 세상에 8종의 원소를 전한 신이기도 했다.

알리어스가 인간들에게 8원소에 대한 지식을 알려줄 무렵, 또 다른 신인 콘은 인간들에 영혼과 에너지에 대한 지식을 전수했다.

8원소 + 영혼 + 에너지.

이상 두 신과 관련된 열 가지 속성에, 어디서 전해졌는지 모를 나무의 속성이 더해져서 간씨 세가의 세상이 완성되었다.

그 후 이 11개의 속성은 뿔뿔이 흩어져 파편화되었다.

이게 바로 이탄이 수집한 세계의 파편들이었다.

간씨 세가 세상에 안정적인 문명이 자리 잡은 이후, 콘은 동차원으로 넘어와 동차원의 주신이자 모든 술법사들의 시조가 되었다.

그보다 약간 더 시간이 흐른 뒤, 알리어스도 서차원, 즉 언노운 월드로 넘어와 그곳의 인간족에게 원소마법을 전수했다.

그가 바로 시시퍼 마탑의 시조인 어스였다.

탑주의 비밀을 알고 있는 사람은 전무하지만, 사실 시시퍼 마탑의 탑주는 까마득한 옛날부터 지금까지 계속 어스였다.

전대 탑주도 어스.

전전대 탑주도 어스.

그 전의 탑주도 어스.

그렇게 어스는 여러 시대를 이어가면서 시시퍼 마탑을 지켰다.

단, 콘이 동차원의 주신이 된 것과 달리 어스는 언노운 월드에서 신으로 군림하지 못했다. 어스가 가지고 있던 8원소의 힘이 뿔뿔이 흩어져 간씨 세가 세상에 남아 있는 탓이었다. 8원소의 힘을 잃은 어스는 신이 아니라 그저 뛰어난 마법사 수준에 불과했다.

이런 이유로 인하여 알리어스는 자신의 이름에서 '알리'라는 접두어를 떼어냈다.

상차원 이동을 하기 전, 알리어스의 고향에서 '알리'는 근원을 의미하는 단어고, '어스'는 땅, 혹은 그릇을 의미했다.

그러니까 알리어스라는 이름을 풀이하면, 근원(원소)들이 알알이 담겨 있는 그릇이라는 의미였다.

마치 8개의 달걀이 담겨 있는 바구니를 상상하면 적당한 비유일 터였다.

한데 알리어스는 8개 원소를 간씨 세가 세상에 남겨둔 채 빈 그릇만 언노운 월드로 넘어왔으니 '알리'라는 접두어를 이름에서 뗄 수밖에.

시시퍼 마탑의 탑주 어스는 그렇게 신격 존재가 아닌 평범한(?) 삶을 살아왔다.

그러다 최근, 콘이 어스를 찾아와 긴밀한 부탁을 남겼다.

[이탄이라는 파멸적 이레귤러(Irregular)를 제거하기 위해서 여러 신들이 다시 힘을 합치기로 했네. 부디 자네도 힘을 보태주게.]

이게 콘의 설득이었다.

어스는 콘의 뜻에 동참하기로 했다. 어스가 강한 위기감을 느낄 만큼 이탄의 무력은 위협적이었다.

신들의 전쟁이 벌어지기 전, 어스는 언노운 월드를 떠나서 간씨 세가 세상에 다시 발을 디뎠다.

마침 그곳에서는 세계의 파편들이 모두 부화하여 활동 중이었다.

놀랍게도 간씨 세가 세상에서는 어스(알리어스)가 남긴 8개의 원소뿐 아니라 콘이 전수한 2개의 파편, 그리고 어디서 섞였는지 모를 수목의 파편까지 총 11개의 파편들이 모두 한자리에 모여 있었다.

어스는 이 가운데 불, 물, 번개, 얼음, 흙, 바람, 빛, 어둠의 힘을 강제로 끌어당겨서 자신의 그릇(어스)에 다시 담았다.

수호룡들이 반항했으나, 신의 힘을 이길 수는 없었다.

단숨에 신격을 되찾은 어스는 다시 그 옛날의 고대 신 알리어스가 되었다. 알리어스는 그 즉시 간씨 세가의 세상을 떠나서 언노운 월드로 되돌아왔다.

Chapter 4

차원과 차원을 관통하며 복귀하던 도중 알리어스는 막 열린 평행 우주를 발견했다. 인과율의 여신이 개방한 평행 우주였다.

사실 여러 신격 존재들 중에 문지기들의 시조인 퀸을 제외하면 알리어스가 가장 차원이동에 능했다.

이 뛰어난 능력 덕분에 알리어스는 평행 우주가 목적지에 바로 연결된 지름길임을 알아보았다.

[옳거니. 저기를 통과하면 빠르겠구나.]

알리어스는 쾌재를 부른 다음, 망설이지 않고 평행 우주로 뛰어들어 단숨에 이탄의 코앞까지 도착했다.

마침 이탄은 인과율의 여신의 머리끄덩이를 붙잡고 무섭게 몰아붙이던 중이었다. 알리어스가 그 장면을 목격했다.

[이노옴.]

알리어스는 곧장 이탄의 정체를 알아보고는 공격을 펼쳤다.

그것도 그냥 공격이 아니라 세상을 구성하는 8개 원소의 힘을 극한까지 끌어올려서 이탄의 가슴팍에 때려 박았다.

바웅—.

여덟 줄기 광선이 한 다발로 합쳐져 발사되었다.

알리어스는 이번 일격으로 이탄에게 파멸적 타격을 줄 것이라고 확신했다. 왜냐하면 8원소의 힘이 하나로 합쳐지면 세계를 하나 창조할 만큼의 에너지가 발생하기 때문이었다.

본래 세계를 하나 만들어낼 만큼의 창조에너지는 그 세계를 파괴시키기에 충분한 파괴에너지와 같게 마련이었다.

그러니 8원소 광선에 정통으로 얻어맞으면 신조차 소멸할 터.

이게 알리어스가 가진 자신감의 근원이었다.

알리어스가 자부심을 느낄 만도 하였다. 솔직히 알리어스의 8원소 공격에 얻어맞으면 그의 친우인 콘도 무사하지 못했다.

그 옛날 알리어스와 싸웠던 외계의 악신, 혹은 태초의 마신 피사노도 8원소 광선 때문에 팔다리가 끊기는 곤욕을 치러야 했다.

알리어스는 당연히 이번에도 그 공격이 먹힐 것이라 확신했다.

한데 아니었다.

그 무시무시한 8원소 광선이 이탄에게는 통하지 않았다. 이탄은 무방비 상태에서 알리어스의 일격을 허용하고도 무사했다.

[말도 안 돼. 어떻게 저럴 수가 있지?]

알리어스가 불신에 차서 중얼거렸다.

사실 이탄이 멀쩡한 이유는 구궁진법 덕분이었다. 구궁진법이 알리어스의 공격력 태반을 삭감해준 덕분에 이탄은 가슴에 8원소 광선을 얻어맞고도 별 탈이 없었다.

오히려 이탄의 가슴을 때리고 튕겨난 8원소 광선의 잔여 에너지가 여신의 평행 우주를 망가뜨렸다.

평행 우주는 8개 원소가 조합된 파멸적인 에너지를 감당하지 못하고 신기루처럼 사라져버렸다.

[안 되애—.]

인과율의 여신이 물거품처럼 꺼지는 평행 우주를 향해서 손을 길게 뻗었다.

저 평행 우주야말로 여신이 지푸라기처럼 붙잡고 있던 탈출구였다. 이탄이라는 무지막지한 괴물로부터 벗어날 유일한 탈출구.

한데 알리어스 때문에 그 희망이 사라졌다.

[안 돼. 안 된다고. 이 빌어먹을 자식아.]

인과율의 여신은 원망의 눈으로 알리어스를 노려보았다.

한편 알리어스도 잔뜩 당황했다.

우선 알리어스는 자신이 전력을 다해 퍼부은 8원소 공격이 상대에게 통하지 않는다는 점 때문에 깜짝 놀랐다.

하지만 그것보다 더 곤혹스러운 바는, 알리어스의 몸뚱어리(팔색 고리)를 꽈악 우그러뜨리는 가공할 압력이었다. 이 압력은 알리어스가 평행 우주를 벗어나자마자 사방에서 그를 짓누르기 시작했다.

알리어스는 곧바로 이 무시무시한 압력의 정체를 알아차렸다.

[크윽. 이건 쿤룬의 진법이잖아? 어떻게 이걸 네놈이 사용하지?]

알리어스는 무의식 중에 쿤룬이라는 단어를 흘렸다.

[뭐? 쿤룬이라고?]

이탄이 눈을 크게 떴다.

조금 전 콘이 이탄에게 다그치기를 [네놈이 어떻게 퀸의 구궁진법을 훔쳐 배웠느냐?]라고 하였다.

이탄이 알아낸 바에 따르면, 퀸은 문지기들의 단체인 쿤룬의 창시자다.

한데 이제는 알리어스마저 구궁진법을 쿤룬의 것이라고 말하였다. 거듭된 적들의 발언에 이탄은 곰곰이 생각에 잠겼다.

'사실 훔쳐 배웠다는 말에는 일리가 있어. 나는 천목종의 묵휘형 종주로부터 구궁진법의 묘리를 훔쳐 배운 셈이거든.'

이탄이 둘째 사형 막사광으로부터 전해들은 바에 따르면, 묵휘형은 고대 유적에서 이 구궁진법을 얻었다고 했다.

'한데 이게 열쇠공, 아니 문지기들의 조직인 쿤룬의 진법이라고? 그렇다면 혹시 묵휘형 종주님도 문지기였단 말인가?'

이탄은 이런 추론에 도달했다.

묵휘형이 문지기라고?

이건 참으로 놀라운 사태였다.

하지만 이탄이 곰곰이 따져본 결과 전혀 불가능한 일 같지도 않았다.

'신비조직 쿤룬의 문지기들은 다양한 차원에 흩어져서 자신들의 사명을 수행하지 않던가. 나는 이미 그릇된 차원과 북명, 그리고 간씨 세가 세상에서 그들과 부딪쳤지. 그 가운데 몇 명은 포로로 잡기도 하였고.'

그러니 남명의 수도자들 중에도 문지기가 섞여 있지 말라는 법은 없었다. 비록 그 대상이 천목종의 종주인 묵휘형일 줄은 몰랐지만 말이다.

'흐으음. 묵휘형 종주에 대해서 자세히 조사를 해봐야겠구나.'

이탄은 맹수처럼 번뜩이는 눈빛을 속으로 갈무리했다.

어쨌거나 묵휘형의 정체를 캐는 것은 나중의 일이었다. 당장 이탄에게는 다섯 신들과의 전투가 당면 문제였다.

이탄이 갑자기 등장한 알리어스를 상대하는 동안, 콘은 숨을 크게 들이쉬었다. 그런 다음 콘은 분신들을 일제히 이탄의 구궁진법 안으로 들여보냈다.

콘이 자해를 하려고 이런 짓을 저지른 게 아니었다. 콘의 분신들은 대형 깃발을 힘차게 휘두르면서 이탄의 구궁진법 안으로 전개해 들어왔다. 당연히 그들은 자신들의 구궁진법을 굳세게 유지했다.

이탄의 분신들도 더욱 빠르게 깃발을 휘둘러 진법의 밀도를 끌어올렸다.

Chapter 5

2개의 구궁진법이 겹쳐지면서 간섭 현상이 일어났다.

파츠츠, 파츠츠츠츳—.

두 진법의 경계면 사이에서 시퍼렇게 불똥이 튀었다.

[가자. 서둘러 들어가자.]

그 와중에도 콘은 끊임없이 분신들을 독려하여 이탄의 구궁진법 내부로 완전히 파고들었다.

이내 2개의 구궁진법이 하나로 겹쳐졌다. 이탄의 분신과 콘의 분신들이 복잡하게 뒤섞여 깃발을 휘둘렀다.

그러면서 예상 밖의 현상들이 발생했다.

구궁진법의 특징이 무엇이던가.

진 밖에서 안으로 퍼붓는 아군의 공격은 강력히 증폭시키고, 진 안에서 밖으로 내쏘는 적의 저항은 대폭 삭감하는 것이 바로 이 진법의 무서운 점이었다.

이와 더불어서 진법에 가둔 적을 강한 압력으로 짓눌러 터뜨리는 것 또한 구궁진법의 특징이었다.

그런데 2개의 구궁진법이 한 덩어리로 겹쳐버리자 생각 지도 못했던 묘한 효과가 발휘되었다.

우선 구궁진법의 공격력 증폭 효과가 사라졌다. 이는 2개의 진이 겹쳐지면서 진법의 안과 밖의 구별이 사라진 탓이었다.

구궁진법이 증폭시키는 것은 어디까지나 진법 밖에서 안으로 향하는 공격뿐.

그런데 이탄과 콘, 둘 다 구궁진법 안에 들어와 있으니 공격력 증폭 효과를 얻지 못하는 것은 당연했다.

대신 2개의 진법이 중첩되면서 그 내부에 발생한 압력은 말도 못 하게 뻥튀기 되었다.

쿠쿵!

무지막지한 압력이 이탄, 콘, 인과율의 여신, 알리어스 등을 짓눌렀다.

그렇지 않아도 구궁진법의 압력은 성마급 악마종들도 몸이 짓눌려서 터져나갈 만큼 강력했다.

한데 그 가공할 압력이 훨씬 더 늘어나다 보니 이제는 이탄이나 콘과 같은 신격 존재들에게도 부담이 될 정도였다.

"윽."

척추를 짓누르는 가공할 압력에 이탄이 짧은 신음을 토했다.

몸뚱어리가 단단하기 이를 데 없는 이탄도 견디기 힘들만큼 중첩된 구궁진법이 주는 압력은 엄청났다. 솔직히 말해서 콘의 블랙홀에 빨려들어 간다 한들 이보다 더할 것 같지는 않았다.

순간적으로 이탄의 시야가 크게 일그러졌다. 현기증이 났다.

다행히 이탄만 고통을 받은 건 아니었다. 콘, 인과율의 여신, 알리어스도 정신을 못 차리고 휘청거렸다. 신들은 온 힘을 다해 압력에 저항해야만 했다.

다들 압력에 저항하는 사이, 블랙홀 현상이 발생했다. 중첩된 2개의 구궁진법으로부터 발생한 가공할 압력은 이내 무지막지한 중력으로 변하여 온 우주를 잡아당겼다.

쭈와아아악.

[으.허.헉? 안. 돼.애..]

먼 우주에 머물던 여섯 눈의 존재가 허우적거리다가 구궁진법 안으로 끌려 들어왔다.

탈룩도 피해가지 못했다.

[아아앗?]

탈룩은 황급히 혈해로 자신의 주변을 둘러싸 진법의 압

력을 피해 보려 하였으나, 그 전에 혈해 전체가 구궁진법 안으로 끌려왔다.

이제 이탄과 다섯 신들이 모두 중첩된 진법 안에 갇혔다.

일단 구궁진법에 붙잡힌 자들은 공격력이 평소의 수천분의 1로 줄어들게 마련. 이 현상은 이탄에게도, 콘에게도, 그리고 다른 신들에게도 동일하게 적용되었다.

'확실히 파워가 줄었구나.'

현재 상태를 가장 먼저 깨달은 이는 이탄이었다.

'한데 나만 힘이 줄은 게 아니야. 조건은 모두에게 똑같아.'

그렇다면 이탄이 굳이 더 불리할 것도 없었다.

"어차피 이렇게 된 거, 오히려 잘되었다."

이번에도 먼저 이빨을 드러낸 이는 이탄이었다.

"이 육눈이 녀석아, 뒈져라."

이탄은 여섯 눈의 존재에게 먼저 달려들면서 1,296개의 주먹을 연달아 휘둘렀다. 동시에 이탄은 1,296개의 눈으로부터 노란 광선을 마구 발사했다.

이탄이 백팔수라의 마지막 수법인 수라천세(修羅千歲)와 나라카의 눈을 한꺼번에 펼쳐낸 것이다.

여섯 눈의 존재는 치를 떨었다.

[이.런. 지.독.한. 놈. 다.른. 자.들.도. 많.은.데. 왜. 꼭.

나.만. 붙.잡.고. 이. 지.랄.이.냣?]

여섯 눈의 존재는 황급히 2개의 암흑 손을 생성하여 이탄의 공격을 받아 쳤다.

한데 암흑 손의 위력이 눈에 띄게 약해졌다.

비록 암흑 손 안에는 여전히 시간, 공간, 필연의 법칙이 골고루 탑재되어 있다고 하나, 위력이 약하면 아무런 소용이 없는 법 아닌가.

이탄은 이 점을 예상이라도 했다는 듯이 일체의 방어를 포기했다.

'구궁진법 때문에 수천 분의 1로 약화된 암흑 손이라면 내 몸뚱어리를 믿고 그냥 맞아줘도 괜찮을 거야.'

이게 이탄의 판단이었다.

머리가 648개.

팔다리는 각각 1,296개.

어느새 괴물수라로 변신한 이탄은 1,000개가 넘는 주먹을 포탄처럼 휘두르며 여섯 눈의 존재를 후려쳤다.

한데 이탄의 주먹질 한 방 한 방마다 붉은 노을과도 같은 광채가 서늘하게 번뜩였다.

이는 거대 붉은 뱀으로 변했던 적양갑주가 어느새 이탄의 몸 속으로 되돌아왔다는 방증이었다.

또한 이탄이 주먹을 휘두를 때마다 그 주변에서는 꽈배

기 모양의 회색의 문자들이 아련하게 어른거렸다.

그러니까 지금 이탄은 수라천세에 나라카의 눈, 그리고 적양갑주와 부정 차원의 인과율까지 몽땅 동원하여 여섯 눈의 존재를 두드려 패는 셈이었다.

퍼퍼퍼퍼펑!

이탄의 주먹이 꽂힐 때마다 여섯 눈의 존재를 구성하고 있는 암흑물질이 크게 흔들렸다.

[크.욱. 크.우.욱.]

여섯 눈의 존재가 고통스레 몸을 웅크렸다.

비록 구궁진법 때문에 이탄의 공격력이 크게 약화되었다고는 하나, 이렇게 근거리에서 직접 얻어맞다 보니 타격이 제법 컸다.

게다가 진법으로 인한 압력 때문에 여섯 눈의 존재를 구성하는 암흑물질이 가루처럼 푸스스 흩어지는 것도 큰 문제였다.

Chapter 6

정신없이 얻어터지는 여섯 눈의 존재에 비해서 이탄은 한결 편안했다.

조금 전 여섯 눈의 존재가 발사한 암흑 손은 손뼉을 치듯이 이탄을 납작하게 짓눌러 죽이려고 들었다.

한데 이탄의 몸에서 붉은 노을이 고색창연하게 일어난 순간, 2개의 암흑 손이 오히려 허물어졌다.

[끄.윽. 이.럴. 수.가.]

여섯 눈의 존재가 당황했다.

뒤에서 알리어스가 끼어들었다.

[이노옴, 떨어지지 못할까.]

알리어스는 다시 한번 8원소의 힘을 충전한 다음, 그것을 이탄을 향해서 쏘았다.

바우웅―.

무섭게 날아온 한 다발의 광선이 괴물수라의 등판을 강타했다.

콰앙!

이번에도 이탄은 적양갑주의 방어력만 믿고서 8원소 광선에 대항했다. 이탄의 등에서 튕겨난 8원소의 힘이 알리어스 옆의 콘에게 날아갔다.

[이크.]

콘은 황급히 옆으로 피했다.

그러느라 콘이 준비했던 블랙홀 공격은 타이밍을 빼앗겼다.

만약에 콘이 8원소 광선을 그냥 몸으로 맞으면서 이탄에게 블랙홀을 뒤집어씌웠다면 상황이 달라졌을지도 모른다. 지금 알리어스의 8원소 광선은 평소보다 수천 분의 1로 위력이 줄었기에 콘이 그냥 맞아주어도 될 만했다.

한데 콘은 배짱을 부리지 못했다. 여덟 색깔의 광선이 벼락처럼 날아오자 자신도 모르게 본능적으로 피하고 본 것이다.

사실 이게 당연한 반응이었다. 우주를 무너뜨릴 듯한 암흑 손이 양 앞에서 날아들고, 8원소 광선이 등짝을 때리는데도 이를 무시한 이탄이 이상한 거다.

그러자 이번에는 탈룩이 기합과 함께 전투에 끼어들었다.

[하압!]

탈룩은 피의 사슬 수천 가닥을 응결하여 이탄의 팔다리를 칭칭 옭아매려 들었다. 동시에 그는 이탄의 뇌에 피의 불꽃도 지폈다.

"크흥."

이탄은 탈룩의 공격도 그냥 무시했다.

괴물수라의 팔을 휘감은 핏빛 사슬들은 위력이 많이 약해진 탓에 팔뚝 안으로 파고들지 못했다.

오히려 괴물수라가 힘을 꽉 주자 사슬이 우두둑 끊겼다.

이탄의 뇌에 붙은 불꽃도 평소보다 위력이 수천 분의 1로 삭감된 터라 그냥저냥 견딜 만했다.

"우아아아악, 죽어랏."

이탄은 쏟아지는 적들의 공격을 무시한 채 전력을 다해 여섯 눈의 존재부터 두들겨 팼다.

연거푸 쏟아진 괴물수라의 포탄 같은 주먹질에 마침내 여섯 눈의 존재가 허물어질 기미를 보였다. 암흑물질에 구멍이 뚫리기 시작한 것이다.

한번 흩어지기 시작한 암흑물질 사이로 회색 문자들이 파고들어서 통렬한 폭발을 일으켰다.

그러자 구멍의 크기가 기하급수적으로 커졌다.

[크.흑. 그.만. 해. 씨.발. 그.만. 하.라.고.]

여섯 눈의 존재는 겁이 덜컥 났다.

'이. 상.태.가. 조.금. 더. 지.속.되.면. 나.는. 소.멸.할. 게.야.'

이런 우려가 여섯 눈의 존재의 뇌리를 잠식했다. 여섯 눈의 존재가 느끼는 이탄에 대한 두려움은 이내 동료(?)에 대한 분노로 변질되었다.

[다.들. 뭐.하.는. 게.야? 엉? 내.가. 이. 미.친. 괴.물.의. 손.에. 쳐.맞.아. 뒈.질. 때.까.지. 그.냥. 손. 놓.고. 보.고. 있.을. 셈.이.냐?]

여섯 눈의 존재의 질타에 여러 신들이 당황했다.

[미안.]

[우리가 도울게.]

탈룩, 콘, 알리어스, 인과율의 여신은 아예 한꺼번에 달려들어 이탄의 등을 후려쳤다.

이탄은 꿈쩍도 안 했다. 무려 4명의 신격 존재들이 인정사정 보지 않고 맹공을 퍼붓건만, 괴물 같은 이탄은 뒤도 한 번 돌아보지 않았다.

솔직히 진법 밖이었으면 이탄도 이렇게 무식한 방법을 선택하지는 못했을 것이다.

적들의 공격은 일체 무시. 방어는 단단한 몸뚱어리와 적양갑주에게만 맡겨놓고, 이탄은 오직 단 한 놈만 팬다.

이탄의 이 무식한 전략은 신격 존재와 같은 가공할 공격력을 갖춘 적들에게는 전혀 통하지 않을 방법이었다.

한데 구궁진법이 이를 가능케 만들었다. 구궁진법 안에서 신격 존재들의 공격력이 대폭 삭감된 탓이었다.

'이 절호의 찬스를 놓치면 안 돼.'

이탄은 본능적으로 기회를 잡았고, 그 기회를 절대 놓치지 않았다. 이탄은 먹이를 문 맹견처럼 집요하게 여섯 눈의 존재를 물고 늘어졌다.

"뒈져라. 뒈져. 뒈져버리라고."

퍼퍼퍼퍼펑!

이탄이 이를 악물고 주먹을 내지를 때마다 암흑물질이 사방으로 흩어졌다. 그 틈새로 회색 비문들이 파고들어 내부에서 펑펑 폭발했다. 이탄의 눈에서 쏘아진 노란 광선도 암흑물질의 회복을 방해했다.

[끄.어.억. 꺽.]

마침내 여섯 눈의 존재가 한계에 다다랐다. 그가 가진 6개의 눈 가운데 5개가 빛을 잃고 감겼다.

여섯 눈의 존재는 시간을 되감아 과거로 도망치려 들었다.

"또 도망치려고? 어림도 없다."

이탄은 '무한시'의 언령과 만자비문을 동시에 발휘하여 시간의 흐름을 엉망으로 뒤틀어놓았다.

그 탓에 여섯 눈의 존재의 퇴로가 막혀버렸다.

[크.와.악.]

궁지에 몰린 여섯 눈의 존재는 자신의 신체가 붕괴하는 것을 감수하고서라도 암흑 손을 6개나 만들어내었다.

이건 여섯 눈의 존재가 할 수 있는 최대치였다.

공격에 모든 것을 퍼부은 탓에 여섯 눈의 존재는 등 뒤부터 소멸의 과정에 접어들었다. 실제로 여섯 눈의 존재의 등쪽에서는 부스러기가 떨어지듯이 암흑물질들이 와해되기 시작했다.

여섯 눈의 존재가 이 치명적인 부상을 다시 회복하려면 얼마나 오랜 세월이 걸릴지 모른다. 그럼에도 그는 손해를 감수하기로 마음먹었다.

'여.기.서. 더. 머.뭇.거.리.다.가.는. 진.짜.로. 큰.일.이. 나.겠.어.'

이렇게 판단한 여섯 눈의 존재는 일단 최선을 다한 공격으로 이탄을 물러나게 만든 뒤, 다시 한번 탈출해볼 요량이었다.

한데 이탄은 뒤로 물러나지 않았다. 공격의 고삐도 전혀 늦추지 않았다. 이탄이 일체의 방어를 포기하자 6개의 암흑 손은 그대로 이탄의 몸뚱어리를 강타했다.

Chapter 7

비록 위력이 많이 줄어들었다고 해도 암흑 손은 암흑 손이었다.

퍼퍼펑!

"쿨럭, 쿨럭, 쿨럭."

이탄은 여섯 번이나 연달아 선혈을 토했다. 이탄의 입에서 흐른 피와 뒤섞여서 내장 부스러기도 함께 쏟아졌다.

이탄은 그 와중에도 주먹질을 멈추지 않았다.

'겨우 붙잡은 기회를 놓칠 수는 없지. 여기서 육눈이 녀석을 처단하지 못하면 나도 끝장이다. 죽기 살기로 해보자.'

이탄은 독하게 마음을 다잡았다.

[끄.어.억. 이.런. 지.독.한. 놈. 끄.어.어.억.]

이탄의 집요한 공격에 여섯 눈의 존재는 머리가 아득해졌다. 단 한 호흡의 여유만 있어도 어떻게든 탈출할 방도를 찾을 텐데, 저 이탄이라는 괴물은 찰거머리처럼 독하게 달라붙어서 공격하고 또 공격했다.

이제 여섯 눈의 존재를 구성하고 있는 암흑물질은 끊임없이 흩어지다 못해 스스로 붕괴할 조짐까지 보였다.

그와 비례하여 여섯 눈의 존재가 살아날 가능성도 점점 줄어들었다. 궁지에 몰린 여섯 눈의 존재는 드디어 생존을 포기했다.

[크.허.엉. 이. 개.자.식.아. 차.라.리. 같.이. 죽.자.]

여섯 눈의 존재는 스스로의 몸을 터뜨려서 이탄과 함께 자폭하기로 마음먹었다.

순간, 암흑물질이 풍선처럼 크게 부풀었다.

"헉?"

이탄이 화들짝 놀랐을 때는 이미 늦었다.

뻐어엉!

신의 자폭공격에 구궁진법 전체가 허물어질 듯이 뒤흔들렸다.

뒤이어 여섯 눈의 존재를 구성하던 암흑물질이 쓰나미처럼 밀려와 단숨에 이탄의 괴물수라를 덮쳤다.

온 우주가 폭발하는 듯한 엄청난 광경에 이탄조차 가슴이 떨렸다.

그래도 이탄은 정신줄을 놓지 않았다.

"제기랄."

양손으로 스스로의 뺨을 후려친 뒤, 이탄은 폭발적으로 터져나오는 암흑물질을 노려보았다.

후오옹!

이탄의 등에만 집중되었던 붉은 노을은 어느새 이탄의 전신을 감쌌다. 이탄은 적양갑을 온몸에 두른 채 상대의 자폭공격을 맞이했다.

쿠콰콰콰콰콰콰—.

해일처럼 덮친 암흑물질에 의해 이탄의 몸뚱어리가 가랑잎처럼 뒤로 떠밀렸다.

"으으윽."

이탄은 혼이 쏙 빠진 와중에도 최대한 몸을 작게 웅크렸다.

다행히 괴물수라를 감싼 붉은 노을은 엄청난 폭발 속에서도 건재했다. 이탄은 적양갑주의 권능에 기대어 버티고 또 버텼다.

빅뱅처럼 폭발한 암흑물질은 이탄뿐 아니라 다른 신격 존재들도 함께 휩쓸었다.

[끄으윽. 이게 뭔 일이야?]

교활한 탈룩이 가장 먼저 몸을 뺐다.

이어서 인과율의 여신이 황급히 도망쳤다.

콘과 알리어스는 뒤늦게 후퇴하려다가 그대로 암흑물질의 폭발에 휘말렸다.

[안 돼.]

콘이 블랙홀을 마구 소환하여 밀려드는 암흑물질을 빨아들였다. 알리어스도 8원소의 힘이 응집된 광선을 난사하여 암흑물질을 뚫고 퇴로를 뚫었다.

그나마 탈룩과 인과율의 여신, 콘, 알리어스가 비교적 큰 피해 없이 암흑물질의 폭발을 버텨낸 데는 두 가지 이유가 있었다.

첫째, 이곳은 구궁진법 내부였다. 그 때문에 여섯 눈의 존재가 감행한 자폭공격의 위력이 많이 삭감되었다.

둘째, 그 자폭공격의 위력 대부분을 이탄이 먼저 떠안아 주었다. 덕분에 다른 신격 존재들은 상대적으로 유리한 상황이었다.

무수히 긴 세월 동안 살아온 신격 존재들이 이 사실을 모를 리 없었다. 상상을 초월하는 폭발의 기세가 약간 수그러든 찰나, 여러 신격 존재들은 미리 약속이라도 한 듯이 손발을 맞췄다.

'이건 기회다. 이 타이밍에 저놈을 잡아야 해.'

인과율의 여신이 눈을 번뜩였다. 인과율의 여신은 두 손으로 파동을 크게 일으켜서 이탄을 후려쳤다.

'지금이 적기로다. 육눈이 녀석의 희생으로 잡은 이 기회를 놓치면 안 돼.'

탈룩도 혈해 전체를 순간이동 시켜서 이탄을 덮쳤다.

'이때다.'

알리어스는 팔색 고리에 덕지덕지 박힌 암흑물질을 털어낸 다음, 황급히 이탄을 향해서 8원소 광선을 날렸다.

콘은 이탄이 피할 만한 방위에 미리 블랙홀을 열어놓았다.

전 방위에서 이탄을 향한 파상공세가 쏟아졌다.

이탄은 그때까지도 정신 못 차리고 암흑물질에 밀려서 멀리 떠내려가던 중이었다.

그 와중에 8원소 광선이 이탄의 적양갑을 뚫고 피부를 벌겋게 지졌다. 뒤이어 덮친 혈룡과 핏빛 사슬들이 이탄을 칭칭 휘감았다. 이탄의 신체 내부에는 음습한 파동 공격이 파고들었다.

"으으으윽."

이탄이 이빨을 악물었다.

강렬한 파동에 의해 이탄의 체내 수분이 공진 현상을 일으켰다. 특히 뇌가 정신없이 흔들려 이탄은 연거푸 헛구역질을 해야만 했다.

그 와중에 수천 마리의 혈룡들이 달려들어 이탄을 마구 물어뜯었다.

핏빛 사슬들은 이탄을 휘감아 피바다 속으로 끌고 가려고 들었다.

이탄의 뇌에는 또다시 지독한 불꽃이 일어났다.

이탄도 곧장 반격했다.

이탄은 '엑시큐션'의 언령으로 거대한 단두대를 만들어 탈룩을 공격했다. 동시에 이탄은 만자비문의 권능을 한꺼번에 끌어올려 탈룩의 혈해를 흩어놓았다. 거기에 더해서 이탄 스스로도 탈룩을 향해 육탄돌격했다.

Chapter 8

백팔수라 제2식 수라군림으로 돌진한 이탄은 어느새 탈

룩의 피바다에 스스로 뛰어들어 붉은 눈동자를 덮쳐갔다.

'얼마든지 나를 때려라. 나는 오직 한 놈만 두드려 팰 테다.'

이번에도 이탄의 죽기 살기 작전이 통했다.

[아우 쌍! 왜 하필 나야?]

겁 많은 탈룩이 이탄에 대한 공격을 포기한 채 순간이동으로 도망쳤다.

그러자 이탄을 물어뜯던 혈룡들도, 이탄을 휘감은 핏빛 쇠사슬도, 이탄의 뇌 속에 붙은 불꽃도 모두 사라졌다.

바로 그 순간, 콘이 손을 썼다.

[건곤대나이!]

우렁찬 뇌파와 함께 하늘과 땅이 자리를 바꿨다.

구궁진법의 안과 밖이 위치를 치환했다.

콘은 이탄을 포함하여 이 자리의 모든 신격 존재들을 구궁진법 밖으로 빼냈다.

'구궁진법 안에서 싸우면 우리가 불리해. 진법 때문에 우리는 공격력이 줄어든 반면, 저 괴상한 도적놈은 말도 안 되는 방어력을 가지고 있거든.'

콘은 이탄의 방어력이 적양갑주의 권능이라는 사실을 알아보았다.

또한 콘은 구궁진법에 의해서 대폭 삭감된 공격력으로는

도저히 적양갑을 깨뜨릴 수 없다는 점도 간파했다.

[그렇다면 구궁진법 밖에서 싸울 수밖에.]

콘은 판단을 내린 즉시 건곤대나이의 술법을 펼쳤다.

세상이 뒤바뀌었다.

[헉?]

[어어억.]

다른 신격 존재들이 모두 당황했다. 갑자기 진법 밖으로 위치가 바뀐 탓이었다.

오직 이탄만이 기민하게 사태를 파악했다. 이탄은 건곤대나이를 사용할 줄 알기에 빠르게 상황에 적응했다.

물론 속으로는 이탄도 펄쩍 뛸 만큼 놀랐다.

"아니, 이건 건곤대나이잖아? 저 희끄무레한 신이 어떻게 이 술법을 알지?"

이탄이 자신도 모르게 중얼거렸다.

그 독백이 콘의 화를 돋웠다.

[야 이 도적놈아, 내가 왜 이 술법을 모르겠느냐? 이건 내 사제의 술법이거늘, 네놈이 그것을 훔쳐간 것 아니더냐?]

그렇다. 건곤대나이는 오래 전 콘의 사제가 사용하던 술법이었다.

콘이 상차원 이동을 통해 신격 존재가 되기 전, 그러니까 콘이 남해제라 불리던 시절, 그는 사제와 함께 드넓은 바다와 섬들을 다스렸더랬다.

바로 그 사제의 별호가 북해제였다.

사실 동차원 최강의 술법이라 불리는 양극합벽은 원래 북해제의 것이었다. 이탄이 그릇된 차원에서 피우림 대선인과 물물교환을 통해 얻은 건곤대나이도 북해제의 것, 그리고 이탄이 금강 종주에게 받은 최상급 법보 귀장갑도 본래 소유주는 북해제였다.

다만 남해제인 콘—상차원 이동 전의 본래 이름은 콘이아니라 곤이지만—도 양극합벽이나 건곤대나이를 충분히 숙지하고 있었으며, 능숙한 사용도 가능했다.

술법에 대한 지식이 세상에 존재하지 않던 까마득한 과거, 인간족에게 양극합벽을 전수해준 장본인이 바로 콘이었다.

다만 콘은 인간들에게 양극합벽을 비롯한 다양한 술법을 알려주었으되 건곤대나이와 귀장갑을 내려준 적은 없었다.

콘은 귀장갑을 가지고 있지도 않았다.

'나는 이곳 차원의 그 누구에게도 건곤대나이를 알려준 적이 없다. 그런데 어떻게 저놈이 건곤대나이를 알까? 북해제 그 친구는 이미 오래 전에 죽었는데, 어떻게 망자의 지식이 전혀 다른 차원에서 재현될 수 있냐고?'

콘은 수수께끼가 풀리지 않아 미칠 것만 같았다.

'설마……? 설마……! 그건 아니겠지. 아니야. 절대로 그런 일은 있을 수가 없어.'

말도 안 되는 불길한 생각이 콘의 가슴을 옥죄었다.

콘이 불가능한 상상에 젖어 벌벌 떠는 사이, 건곤대나이에 적응을 마친 이탄이 선공을 퍼부었다.

이탄은 탈룩을 최우선 타겟으로 삼았다.

'나를 괴롭히는 신격 존재들 가운데 가장 교활한 자도 탈룩. 가장 상대하기 까다로운 자도 탈룩이지.'

적들 가운데 탱커이자 주공격수 역할을 하는 여섯 눈의 존재가 사라진 지금, 이탄의 최우선 목표는 탈룩이 될 수밖에 없었다.

왜냐? 미래를 예견하고, 적의 뇌 속에 불을 붙이는 탈룩이 가장 위협적인 적이기 때문이었다.

설령 그렇다고 하더라도 이탄이 탈룩부터 공격하기란 쉽지 않았다.

'진짜로 탈룩을 잡으려면 오히려 놈에게 관심이 없는 척해야 해.'

이탄은 본능적으로 이 사실을 깨닫고는 다짜고짜 인과율의 여신부터 덮쳤다.

이탄이 손짓을 하자 신살의 병기 아가리가 스르륵 나타

나 여신의 주변을 덥석 베어 물었다. 그와 동시에 여신의 목덜미를 향해서 거대한 단두대 칼날이 뚝 떨어졌다.

이탄이 '구현'의 언령과 '엑시큐션'의 언령을 섞어서 사용한 것이다.

이상 두 가지 언령은 이탄이 인과율의 여신으로부터 빼앗았다. 한때 여신의 소유였던 권능들이 오히려 여신을 위협하는 무기가 된 셈.

이 사실이 인과율의 여신을 반쯤 미치게 만들었다.

[캬악. 요런 더러운 놈. 쳐 죽일 놈. 지 어미의 내장을 발라먹을 놈.]

인과율의 여신은 이탄에게 온갖 입에 담지 못할 욕을 퍼부었다. 그러면서 그녀는 어떻게든 평행 우주를 열어서 도망치려고 발버둥 쳤다.

인과율의 여신은 이미 이탄에게 주요 권능들을 빼앗긴 터라 이탄과 단독으로 맞싸울 능력이 없었다.

그러니 무조건 도망칠 수밖에.

인과율의 여신이 수평으로 손을 뻗자마자 곧바로 '회귀'의 언령이 발휘되었다. 여신의 코앞에 다시 한번 평행 우주가 열렸다.

인과율의 여신은 서둘러 평행 우주 속으로 한 발을 내디뎠다.

그 순간, 여신을 잡아먹으려던 신살의 병기 아가리가 갑자기 방향을 틀어서 이탄을 덥석 집어삼키는 것 아닌가.

[엉?]

의외의 사태에 알리어스가 의문을 품었다. 알리어스는 인과율의 여신을 도우러 황급히 손을 쓰려다 말고 갑자기 행동을 멈추었다.

탈룩은 쾌재를 불렀다.

[옳거니. 인과율의 여신이 저 못된 놈으로부터 아가리의 통제권을 되찾았나 보구나. 그게 아니라면 신살의 병기 아가리가 갑자기 저놈을 집어삼킬 리는 없지 않은가.]

이게 탈룩의 판단이었다.

인과율의 여신도 도망치다 말고 한 가닥의 기대를 품었다.

Chapter 9

'설마 내 권능이 돌아왔나? 그래서 신살의 병기가 내 뜻을 따르는 것인가?'

인과율의 여신은 평행 우주에 몸을 반쯤 들이밀다 말고 뒤를 돌아보았다.

이 자리의 모든 신들이 기대를 품고 지켜보는 가운데 이
탄은 허무하게도 아가리의 뱃속으로 처박혔다.

그 순간이었다.

딱!

이탄이 별안간 손가락을 튕겼다.

그 즉시 인과율의 여신과 이탄이 갑자기 자리를 바꿨다.
이탄의 몸이 인과율의 여신으로 변했다.

인과율의 여신은 이탄이 되었다.

영악하게도 이탄은 아가리에게 자신을 집어삼키게끔 명
을 내리고는, 건곤대나이로 적과 자신을 바꿔버린 것이다.

이 절묘한 수법에 인과율의 여신이 당했다.

[꺄아아악, 아압. 읍. 으읍.]

인과율의 여신이 아가리의 컴컴한 뱃속에서 발버둥쳤다.

하지만 여신이 아무리 애를 써도 한번 콱 닫힌 아가리의
입은 다시 벌어질 줄 몰랐다. 아가리의 뱃속에서 빠르게 흘
러나온 소화액은 인과율의 여신은 순식간에 녹이기 시작했
다.

신조차도 한번 아가리에게 잡아먹히면 끝장이다. 이게
바로 아가리가 신살의 병기라 불리는 이유다.

그 옛날 여러 신들을 깜짝 놀라게 만들었던 외계의 악신
도, 부정 차원 전체를 쥐고 흔들던 태초의 마신 피사노도,

신살의 병기 아가리 때문에 얼마나 큰 곤욕을 치렀던가.

하물며 이탄에게 주요 권능을 빼앗긴 인과율의 여신이 아가리의 뱃속에서 무사히 탈출할 수 있을 리 없었다.

아가리의 뱃속에서는 '회귀'의 언령이 작동하지 않았다. 당연히 여신의 탈출 수단인 평행 우주도 소용이 없었다.

[끄아아악.]

소멸을 맞게 된 인과율의 여신은 여름날 길바닥에 떨어진 아이스크림처럼 스르륵 녹았다. 파동으로 이루어진 여신의 머리카락도 물에 풀어진 녹말처럼 흩어졌다. 그러면서 인과율의 여신이 소유한 여러 언령들이 주인을 잃고 툭툭 풀려났다.

예를 들어서 '회귀'의 언령.

인과율의 여신은 바로 이 언령 덕분에 언제든지 평행 우주를 이용할 수 있었다.

여신은 '인지'도 가지고 있었다. 그녀는 이 언령 덕분에 정상 세계에서 벌어지는 모든 일들을 한눈에 파악해낼 수 있었으며, 그 결과 '아는 자'라 불렸다. 물론 이탄만큼은 '인지'에 의해서도 파악되지 않는 예외였지만 말이다.

'정화'의 언령도 여신의 것이었다. 인과율의 여신은 이 언령을 무기로 삼아 모든 부정한 것들의 상극으로 추앙받았다.

이상 세 가지 언령 외에도 인과율의 여신이 장악하고 있던 수많은 언령들이 주인을 잃고 빈 허공에서 방황했다.

이탄의 눈에는 그렇게 허공에 흩뿌려진 언령들이 보였다.

"오올. 이게 웬 떡이냐."

이탄이 크게 기뻐했다.

불행히도 콘이나 알리어스는 언령에 대한 이해도가 높지 않았다. 그들은 지금 무슨 일이 벌어지고 있는지 알지 못했다.

탈룩도 마찬가지. 그는 부정 차원에 속한 마신인지라 정상세계의 언령과는 인연을 맺을 수가 없었다.

그러니 지금 이 자리에서 주인을 잃은 여러 언령들을 독차지할 수 있는 행운아는 오직 이탄뿐이리라.

"후으읍—."

이탄이 숨을 깊게 들이마셨다.

이 한 방의 들숨으로 인해 '회귀'의 언령이 이탄에게 빨려들어 와 오롯한 이탄의 것이 되었다. 이탄은 아주 손쉽게 최상격 언령을 건졌다.

또 다른 최상격 언령인 '인지'도 이탄을 새 주인으로 섬겼다.

상격 언령인 '정화'도 덤으로 딸려왔다.

이 밖에도 무수히 많은 언령들이 이탄에게로 흘러들어와 오롯이 이탄의 소유물이 되었다. 예전에 이탄이 언령의 벽을 통해서 힘겹게 한 개 두 개 언령을 깨우쳤던 과정을 낚시라고 표현한다면, 지금 이탄은 마치 그물로 물고기를 잡는 것처럼 한꺼번에 수많은 언령들을 포획했다.

그 언령들이 이탄의 몸속으로 속속 파고들었다.

아아아, 깨달음의 환희여!

퍼펑! 펑! 펑! 펑! 펑!

이탄의 머릿속에서는 수만 개의 별들이 한꺼번에 폭발했다.

"아아아아아."

이탄은 이곳이 치열한 전쟁터 한복판임을 잊고서는, 눈을 반쯤 감았다. 그리곤 가늘고 긴 신음을 토했다.

[저놈이 미쳤나? 갑자기 왜 저래?]

알리어스가 의문을 품었다.

[인과율의 여신은 어디로 갔지? 설마?]

콘은 한 가닥의 불안감을 느꼈다.

하지만 그 누구보다 가장 크게 동요한 신은 탈룩이었다.

[아니야. 이건 뭔가 잘못되었어.]

강한 위기감을 느낀 탈룩이 혈해를 통째로 들고 멀리 도망치려 들었다.

그 순간 이탄이 번쩍 눈을 떴다.

이탄이 마음을 일으킨 순간, 거대한 단두대의 칼날이 탈룩에게 떨어졌다. 필연적으로 상대의 목을 치고야 마는 '엑시큐션'의 언령이 발동했다.

한데 이것은 지금까지의 '엑시큐션'과는 형태가 조금 달랐다. 단두대의 칼날 부위에 상서로운 광휘가 형형하게 맺혀 있다는 점이 바로 차이였다.

이 광휘는 모든 부정한 힘의 상극인 '정화'로부터 비롯된 것이었다.

비록 '정화'는 최상격의 언령은 아니지만, 부정한 존재들에게는 최상격 이상의 위력을 발휘하곤 했다.

효과는 곧바로 나타났다.

상서로운 빛에 노출되자마자 탈룩의 혈해가 얼음처럼 굳어버렸다. 탈룩도 순간적으로 멈칫했다.

물론 탈룩은 부정 차원을 다스리는 마격 존재답게 단숨에 '정화'의 힘에서 벗어났다. 그리곤 다시금 혈해를 움직였다.

하지만 그 잠깐의 멈칫거림이 사달을 만들었다. 어느새 단두대의 칼날이 혈해를 가르며 파고들어 탈룩에게 떨어진 것이다.

Chapter 10

이건 피한다고 해서 피해지는 것이 아니었다.

여섯 눈의 존재가 자랑하던 암흑 손이 필연의 법칙을 담고 있어 반드시 상대에게 명중하는 것처럼, '엑시큐션'의 언령으로 만들어낸 단두대의 칼날도 한번 공격에 나서면 반드시 목표물을 강타하게 마련이었다.

[안 돼. 으아악. 안 돼.]

탈룩은 필사적으로 발악했다. 그는 피바다로부터 핏빛 사슬 수천, 수만 가닥을 응결해서 단두대의 칼날을 지연시켰다.

동시에 탈룩은 부식의 힘을 가지고 있는 혈룡 수천 마리를 한꺼번에 소환하여 칼날을 녹슬게 만들려고 애썼다.

예전의 단두대 칼날이었다면 탈룩의 발악이 약간이나마 먹혔을지 모른다.

문제는 '정화'의 빛이었다. 단두대 칼날에 맺혀 있는 상서로운 광휘가 번쩍 빛을 토했다.

그 빛에 노출되자마자 핏빛 사슬들이 쩍쩍 갈라져 다시 혈해로 떨어졌다.

사납게 아가리를 벌리고 승천하던 혈룡들도 소금에 절인 지렁이처럼 온몸을 꼬면서 바다로 추락했다.

심지어 탈룩마저 상서로운 빛의 영향을 받아서 아주 잠깐 동안이지만 멈칫했다.

깜빡 정신을 잃었던 탈룩이 다시 제정신을 차렸을 때는 이미 늦었다. 거대한 단두대의 칼날은 탈룩의 외눈을 가르며 무섭게 파고들었다.

[꺅!]

쩌저저정!

탈룩이 둘로 쪼개지는 순간, 그의 외눈으로부터 핏빛 번개가 휘몰아쳤다.

혈해는 수만 미터 높이의 파도를 만들며 폭발적으로 출렁거렸다.

신의 몸—사실은 몸이 아니라 눈알뿐이지만— 쪼개지면서 터져 나온 에너지는 막대하기 이를 데 없었다.

쿠콰콰콰콰!

최상격의 언령으로 만들어진 단두대의 칼날이 물거품처럼 스러졌다. 모든 부정한 것들의 상극인 '정화'의 광휘도 폭발 에너지에 휘말려 산산이 부서졌다.

마신의 반열에 오른 존재답게 탈룩은 몸(눈알)이 반으로 쪼개지고도 당장 소멸하지는 않았다.

쩌저적! 빠카카카캉!

잘린 눈알의 단면으로부터 시뻘건 혈뇌가 미친 듯이 쏟

아져 온 우주를 강타했다. 혈뇌, 즉 핏빛 뇌전 한 방 한 방
이 상상을 초월하는 파괴력을 품고 있었다.

[이이익. 우아아아악.]

탈룩이 최후의 힘을 쥐어짜서 괴성을 질렀다. 반으로 쪼
개진 그의 눈알은 원독에 가득 차서 이탄을 노려보았다.

당연히 탈룩이 원한을 품은 대상은 이탄이었다.

번쩍!

순간적으로 혈해가 사라졌다. 시뻘건 파도도, 출렁거리
는 핏빛 사슬들도, 역겨운 혈룡들도 모두 자취를 감추었다.

감쪽같이 사라졌던 혈해가 다시 등장한 곳은 이탄의 코
앞이었다. 좀 더 정확히 말하자면 시뻘건 피로 이루어진 망
망대해가 이탄을 둘러싸 버렸다. 이탄의 전후좌우에서 시
뻘건 핏물이 수십 킬로미터 높이로 일어났다.

[크캬캬캭. 함께 죽자.]

탈룩이 악랄하게 외쳤다.

탈룩은 이미 회생 불가였다. 반으로 쪼개진 탈룩의 눈알
로부터 엄청난 에너지가 유실되었다. 지금 이 순간에도 계
속해서 에너지는 새고 있었다.

그러니 탈룩이 억지로 눈알을 다시 붙여봤자 소멸을 피
할 길이 없었다.

'이제 내게 남은 선택지는 저 원수놈과 함께 소멸하는

것뿐.'

탈룩이 독한 마음을 품었다.

탈룩은 혈해와 핏빛 사슬, 혈룡, 핏빛 번개까지 한꺼번에 다 쏟아부어 이탄과 함께 소멸할 작정이었다.

실제로 핏빛 사슬 수만 가닥이 이탄을 향해서 일직선으로 날아들었다. 수만 마리의 혈룡들도 부식의 기운을 풀풀 풍기면서 이탄에게 돌진했다. 그보다 한발 앞서서 헤아릴 수 없이 많은 혈뇌가 이탄에게 내리꽂혔다. 가장 마지막에는 산더미 같은 해일이 피비린내를 풍기면서 이탄을 덮쳤다.

"흥. 뒈지려면 너 혼자 뒈져라."

이탄이 오른손을 앞으로 조용히 내밀었다.

후오옹!

붉은 노을 같은 기운이 나타나 이탄의 몸을 빙 둘러 보호했다.

이탄의 몸 곳곳에서는 꽈배기 모양의 회색 문자들도 툭툭 튀어나와 이글이글 타올랐다. 부정 차원의 인과율이 마구 요동쳤다.

이탄은 적양갑주와 만자비문의 힘으로 탈룩의 자폭공격을 방어하는 한편, '구현'의 언령으로 다시 한번 신살의 병기 아가리를 만들어내었다.

스르륵.

우주의 이면에서 아가리가 불쑥 나타나 크게 한 입을 베어 물었다.

이 한 방으로 혈해의 절반이 사라졌다. 수천 마리의 혈룡들이 아가리의 뱃속으로 빨려들어 가며 구슬프게 울었다. 단단하기 이를 데 없는 핏빛 사슬들도 아가리에게 걸려서 단숨에 바스러졌다.

아가리가 우물우물하더니 다시 입을 쩍 벌렸다. 이번에는 조금 전보다 입의 각도가 더 크게 벌어진 듯했다.

[우흐흑. 우흐흑. 크캬캬캬캬.]

반으로 쪼개진 탈룩이 미친 듯이 웃음을 터뜨렸다.

탈룩은 하나뿐인 눈으로 미래를 읽는 자였다. 당연히 탈룩의 눈에는 자신에게 닥친 미래의 모습이 얼비쳤다.

[흥. 컴컴한 뱃속으로 처박히는 미래 따위, 누가 믿을까 보냐?]

탈룩은 스스로의 미래를 애써 부정했다. 그리곤 뒤도 돌아보지 않은 채 전력을 다해 자신의 모든 에너지를 이탄에게 쏟아부었다.

사실 탈룩도 느꼈다. 바로 뒤에서 쩍 벌어지는 아가리의 기운을 모른 척하려고 해도 도저히 모를 수가 없는 것이다.

그렇기에 더더욱 탈룩은 절실했다.

'이놈, 함께 죽자.'

　마침내 탈룩이 최후의 한 방울까지 모든 에너지를 쥐어 짜서 터뜨렸다. 조금 전, 여섯 눈의 존재가 자폭공격을 했을 때와 거의 비등한 수준의 에너지가 터져 나왔다.

제6화

아조브가 하나가 되었을 때
벌어지는 일

Chapter 1

쿠웅!

마격 존재의 자폭에 온 우주가 다시 한번 괴멸할 것처럼 뒤흔들렸다.

이탄도 탈룩의 자폭공격을 가볍게 보지는 못했다. 이탄은 만자비문을 일제히 터뜨려 탈룩의 공격을 상쇄했다.

그것만으로 부족하여 이탄은 정상세계의 인과율, 즉 언령의 힘도 최대한도로 끌어올렸다.

이탄은 '무한시'로 시간을 뒤틀고, '무한공'으로 공간을 중첩하여 틀어막았다.

이탄은 '흡입'의 언령으로 탈룩의 자폭 에너지의 일부도

흡수했다.

또한 이탄은 '죽음'과 '삶'의 권능을 뫼비우스의 띠 모양으로 연결하여 무한히 전생하는 궤도를 만들었다. 생과 사의 궤도에 올라탄 덕분에 이탄은 외부 공격으로부터 보호를 받을 수 있었다.

마지막으로 이탄은 '극한'의 언령을 사용하여 이 모든 인과율의 힘을 극대화시켰다.

지금 이탄이 발휘한 모든 권능들은 최상격에 해당하는 신의 힘이었다.

탈룩의 자폭공격은 회색 태양에 의해서 대폭 삭감되었다. 남은 폭발 에너지도 이탄의 언령에 의해서 차츰차츰 깎여나가기 시작했다. 그러고도 남은 일부 에너지는 적양갑주의 벽을 넘지 못하고 스러졌다.

[아.]

탈룩은 한탄을 하듯이 외마디 뇌파를 뱉었다.

직후, 아가리가 탈룩을 덥석 집어삼켰다. 탈룩과 함께 그가 다스리던 혈해도 함께 아가리의 뱃속으로 처박혔다.

이미 힘을 소진한 탈룩이 신살의 병기 아가리의 뱃속에서 버틸 수 있을 리 없었다. 인과율의 여신이 그랬던 것처럼 탈룩도 아가리의 배에서 한 줌의 물로 녹아버렸다.

탈룩이 소화될 때 그의 혈해도 함께 소화되어 자취를 감추었다.

이로써 3명의 신격 존재들이 소멸했다.

여섯 눈의 존재가 이탄에게 두드려 맞다 못해 자폭했다. 인과율의 여신은 이탄의 건곤대나이에 속아서 아가리의 뱃속으로 들어가 버렸다. 끝내는 탈룩마저 이탄을 어쩌지 못하고 아가리에게 잡아먹혔다.

무려 5명의 신이 힘을 합쳤건만, 이 정도면 그 옛날 태초의 마신 피사노가 부활했다 하더라도 충분히 거꾸러뜨릴 만한 가공할 전력이건만, 결국 5신연합에게 돌아온 것은 처참한 패배였다.

[이럴 수가. 말도 안 돼.]

콘이 절망했다.

[이건 꿈이야. 지독한 악몽이라고.]

알리어스는 현실을 부정했다.

이탄이 두 신을 향해서 성큼 다가섰다. 이탄이 풍기는 압박감은 두 신을 움찔하게 만들 만큼 압도적이었다.

콘과 알리어스가 서로를 마주 보았다.

'우리 둘만으로는 저 괴물을 감당할 수 없소.'

'훗날을 위해서라도 일단은 이 자리를 벗어나야 하오.'

콘과 알리어스는 자유롭게 차원을 넘나들 수 있는 능력자였다.

하지만 저 이탄이라는 괴물도 언노운 월드와 동차원, 부정 차원 등을 자유롭게 오가는 것 같았다.

'바로 그 점이 문제인데……'

콘은 문득 간씨 세가의 세상을 떠올렸다.

'옳거니. 그곳이라면 저 괴물도 쫓아오지 못할 거요. 우리가 맨 처음에 정착했던 그 세계 말이오.'

'맞아. 거기라면 이곳과 차원 간 거리가 멀어서 안전할 테지.'

알리어스와 콘이 서로 시선을 맞췄다. 두 신은 마음의 결정을 내림과 동시에 이탄을 향해서 일제히 공세를 퍼부었다.

바웅―.

8원소의 힘을 품은 광선이 일직선으로 날아와 이탄의 가슴을 후려쳤다.

콰르르, 콰르르, 콰르르르.

이탄의 정면과 측면에는 품(品)자 모양으로 3개의 블랙홀이 형성되었다.

서로 합을 맞춰 이탄의 시선을 분산시킨 뒤, 콘과 알리어스는 재빨리 차원을 뛰어넘을 준비를 했다.

두 신은 이탄에게 공격을 퍼붓는 척하면서 은근슬쩍 다른 차원을 내빼려고 시도했다.

이탄이 콧방귀를 뀌었다.

"푸흥, 내 이럴 줄 알았지. 상황이 불리해지면 냅다 도망치는 것은 너희 신격 존재들의 주특기가 아니더냐."

이탄은 이미 이런 경우를 여러 차례 겪어보았다. 당연히 이탄은 콘과 알리어스의 다음 행동도 예상하고 있었다.

알리어스가 권능으로 차원의 벽을 허물었다.

콘은 알리어스의 뒤를 바짝 따라붙었다.

그 즉시 이탄이 벼락처럼 움직여 두 신을 추격했다.

[흡?]

깜짝 놀란 알리어스가 서둘러 차원의 벽을 다시 원상복구하려 했다.

그 전에 이미 이탄은 차원의 벽을 통과해버렸다.

[이런 젠장. 놈을 막아야 해.]

콘이 이탄의 전면에 블랙홀을 하나 더 소환했다. 잠시 시간을 벌기 위한 용도의 블랙홀이었다.

이탄은 눈앞에서 시커먼 홀이 열리는 광경을 보고도 돌진을 멈추지 않았다.

'여기서 머뭇거리면 놈들을 놓친다.'

이탄은 독하게 판단을 내리고는, 오히려 수라군림을 최고조로 끌어올려 블랙홀 속으로 뛰어들었다.

블랙홀이 만들어낸 가공할 중력은 적양갑주와 단단한 몸

뚱어리 덕분에 버틸 만했다.

문제는 출구였다.

원래 블랙홀에 뛰어드는 무모한 자는 다음과 같은 두 가지 경우 중 하나를 맞닥뜨릴 수밖에 없었다.

첫째, 블랙홀 내부의 막대한 중력을 견디지 못하고 그 안에서 하나의 점으로 압축되어 소멸하든가.

둘째, 끝끝내 중력을 이겨내고 출구인 화이트홀로 튀어나오든가.

이 가운데 이탄이라면 두 번째 경우에 해당될 가능성이 높았다. 콘도 이 사실을 잘 알았다. 그래서 콘은 이탄을 엉뚱한 장소로 유도하기 위하여 일부러 블랙홀의 출구인 화이트홀을 우주 저 먼 곳에 설정해 두었다.

이탄이 콘의 의도를 간파했다.

'흥. 나를 멀리 보내려고? 어림도 없다.'

이를 악문 이탄이 수라군림의 돌파력에 만자비문의 힘을 더했다.

부와악.

수백 개의 회색 태양을 위성처럼 거느린 괴물수라는 놀랍게도 블랙홀의 중간 부분을 그대로 찢어버렸다. 그리곤 콘 앞에 곧장 등장했다.

[으헉?]

콘이 자지러지게 놀랐다.

Chapter 2

콘은 오래 전 상차원 이동을 하다가 신격을 얻은 이후로
는 육체가 사라진 채 영혼의 상태로만 긴 세월을 존재해왔
다. 당연히 지금의 콘에게는 팔다리나 몸통은 물론이고 콩
팥, 간, 심장과 같은 장기도 없었다.

그런데 이탄이 블랙홀의 중간 부분을 부욱 찢고 나타난
순간, 콘은 어찌나 놀랐던지 존재하지도 않는 심장이 덜컥
내려앉은 기분이었다.

"이제 네가 당할 차례다."

이탄이 손을 뻗어 콘을 잡아챘다.

콘은 영체만 존재하므로 당연히 물리적인 포박이 불가능
했다. 이탄도 물리력만으로는 콘을 붙잡을 수 없었다.

대신 이탄에게는 귀장갑이 있었다. 이탄이 착용 중인 귀
장갑은 혼백이나 유령을 붙잡는 데 특화된 법보.

이 뛰어난 법보는 이탄이 괴물수라로 변신한 상태에서도
톡톡히 위력을 발휘했다.

후웅—.

콘이 이탄에게로 혹 딸려왔다.

[이게 무슨!]

깜짝 놀란 콘이 건곤대나이로 이탄의 손아귀에서 탈출했다. 그러면서 콘은 뭔가를 느낀 듯 뇌파를 더듬었다.

[서, 설마 귀장갑의 힘인가? 네놈이 끝내 그 법보까지 도둑질한 게야?]

이탄은 콘의 물음에 대답하지 않았다. 입을 굳게 다문 이탄이 단숨에 콘에게 들이닥쳐 다시 한번 상대를 잡아챘다.

그때 먼 우주에서 팔색의 광선이 날아왔다.

바웅.

벼락보다 더 빠르게 작렬한 팔색 광선은 괴물수라의 여러 머리 중 하나를 강타했다.

"컥."

순간적으로 괴물수라가 휘청거렸다. 이탄은 정신이 번쩍 들었다.

괴물수라의 몸 주변에 빠르게 퍼진 붉은 노을, 즉 적양 갑주의 도움이 없었더라면 괴물수라의 머리 가운데 하나는 그대로 날아갈 뻔했다.

이탄이 멈칫한 사이, 알리어스가 두 번째 광선을 쏘았다.

한데 희한하게도 광선이 노린 대상이 이탄이 아니라 콘이었다.

'응?'

이탄이 의문을 품기도 전, 콘은 여덟 색깔의 광선에 올라타 먼 우주로 도망쳤다.

그러니까 이번 알리어스의 광선은 공격용이 아니라 콘을 돕기 위한 수단이었다.

"허어. 저 팔색 광선을 운송수단으로 사용할 수도 있단 말인가?"

이탄은 기가 막혔다.

그 사이 알리어스와 콘은 팔색 광선을 타고 벼락보다 더 빠르게 사라졌다.

이탄이 '무한공'의 권능을 꺼내들었다. 이탄은 단 한 걸음을 내디뎌서 멀어진 적들을 단숨에 따라잡았다.

팔색 광선이 더욱 빠르게 우주를 가로질렀다.

이번에는 이탄이 '무한시'의 권능을 발휘했다. 시간을 멈춰놓은 뒤, 적들을 붙잡으려는 것이 이탄의 의도였다.

아쉽게도 이탄의 의도는 통하지 않았다. 콘과 알리어스도 시간을 컨트롤할 수 있는 까닭이었다.

두 신격 존재는 느려진 시간에 구애받지 않고 빠르게 도망쳤다.

"쳇. 이건 안 통하네."

이탄은 결국 공간의 권능을 다시 사용하여 적들에게 바

짝 따라붙었다.

그 순간 콘과 알리어스가 차원의 끝자락에 도착했다. 콘이 3개의 블랙홀로 시간을 벌었다. 그 사이 알리어스가 재빨리 차원의 벽을 허물었다.

예전에 이탄도 차원의 벽을 허물어본 경험이 있었다. 그릇된 차원에서 온갖 귀한 재료들을 모아서 그것으로 차원의 벽을 허무는 특별한 마법진을 설치한 것이다. 그때의 경험 덕분에 이탄은 차원을 넘나드는 것이 얼마나 어려운 일인지 잘 알았다.

"한데 그 난해한 작업을 뚝딱 해내는구나."

이탄은 알리어스의 독보적인 능력에 감탄했다.

알리어스의 방법은 분명히 쿤룬의 문지기들과는 달랐다. 문지기들은 차원의 벽에 문을 만든 뒤, 그 문을 열고 다른 차원으로 넘나들곤 했다.

알리어스는 문을 만들지는 못했다. 다만 그는 차원의 벽을 아주 쉽게 허물고 다른 차원으로 넘어갈 줄 알았다.

이탄이 다시금 공간을 단축했다.

알리어스는 아주 짧은 시간 안에 차원의 벽을 허물고 새로운 차원으로 도망친 다음, 최대한 서둘러서 벽을 다시 메꿨다.

빨리 벽을 다시 메꿔야 이탄의 추격을 차단할 수 있기 때문이었다.

한데 이탄의 반응이 그보다 한발 빨랐다. 이탄은 상대가 벽을 다시 메꾸기 전에 바짝 뒤쫓아 들어왔다.

[제기랄.]

결국 알리어스는 벽의 복원을 포기하고 다시 팔색 광선을 타고 도망칠 수밖에 없었다.

한동안 쫓고 쫓기는 일이 반복되었다.

콘과 알리어스는 꽁지가 빠지게 도망쳤다.

이탄은 그들의 뒤를 악착같이 뒤쫓았다.

[헉헉헉. 이런 지독한 놈. 허헉, 헉.]

[아주 지독한 놈이구려.]

결국 두 신이 지쳐서 기진맥진할 즈음, 목적지가 나타났다. 이제 알리어스가 차원의 벽을 단 한 번만 더 허물면 예전에 두 신격 존재들이 처음 정착했던 차원, 즉 간씨 세가의 세상에 도착할 터였다.

[이야아압.]

알리어스는 최후의 기력을 쥐어짜서 차원의 벽을 허물었다. 그런 다음 그는 팔색 광선을 타고 슬라이딩 하듯이 간씨 세가의 세상 안으로 미끄러져 들어갔다.

동시에 알리어스는 죽을힘을 다해서 차원의 벽을 다시 봉합했다.

'어떻게든 여기서 저 악마 같은 놈을 떨쳐내야 해.'

이게 알리어스의 바람이었다.

이번에도 콘이 시간을 벌기 위해 나섰다. 콘은 허물어진 차원의 벽 바로 앞쪽에 2개의 블랙홀을 중첩해서 소환했다.

"흥. 매번 똑같은 수법이냐?"

괴물수라로 변신한 이탄이 휘황찬란한 회색 태양들을 위성처럼 거느린 채 단숨에 블랙홀을 돌파했다.

츠츠츠츠츠.

괴물수라의 하반신에서는 끈적끈적한 안개가 구름처럼 퍼져나갔다.

블랙홀로 진입한 순간, 회색 태양들이 쾅쾅 폭발했다. 그 충격으로 인해 블랙홀이 찢겼다. 이번에도 이탄은 콘의 블랙홀을 우격다짐으로 돌파한 뒤, 차원의 벽 안쪽, 그러니까 간씨 세가의 세상으로 불쑥 들어와 버렸다.

Chapter 3

[아뿔싸.]

알리어스가 절망했다.

알리어스는 이제 더는 도망칠 기력이 없었다. 그렇다고 저 괴물과 맞서 싸울 힘도, 용기도 없기는 매한가지였다.

'아아아. 다섯 신이 힘을 합쳐도 꺾지 못한 괴물을 무슨 수로 상대한단 말인가. 이제 우리는 끝장이다.'

알리어스가 눈을 질끈 감았다.

그 순간, 콘이 알리어스를 붙잡았다. 콘은 영체로 이루어진 손을 뻗어 알리어스의 팔색 고리를 꽉 잡고는 그대로 건곤대나이를 펼쳤다.

콘과 알리어스는 분명히 차원의 벽을 넘어서 간씨 세가의 세상에 들어와 있었다.

한데 건곤대나이로 인해서 두 신의 위치가 차원의 벽을 넘기 전, 그러니까 이탄이 머물던 블랙홀 속으로 바뀌었다.

지금 이탄이 서 있는 곳은 간씨 세가의 차원이었다.

콘과 알리어스는 기적적으로 이탄의 손아귀에서 벗어나 이전 차원으로 돌아갔다.

스륵.

알리어스에 의해서 허물어졌던 차원의 벽이 다시 복원되었다.

"이런 썅."

이탄이 황급히 차원의 벽을 후려쳤다.

피조물들은 보거나 만질 수도 없는 것이 차원의 벽이지만, 이탄은 놀랍게도 그 차원의 벽을 정확히 주먹으로 강타했다.

쾅!

이탄의 주먹질 한 방에 차원이 붕괴할 듯이 흔들렸다. 차원의 벽에는 거미줄처럼 금이 쩍쩍 갔다.

이탄이 여기서 주먹질을 더하고, 회색 태양까지 폭발시킨다면?

아마도 차원의 벽은 버티지 못하고 허물어질 것이다. 이탄은 우격다짐으로 차원의 벽을 때려 부술 수 있는 무지막지한 신격 존재이니까.

하지만 이탄이 그렇게 난리법석을 떨 동안, 콘과 알리어스는 충분히 멀리 도망칠 수 있으리라.

이탄도 그 사실을 깨달았다.

"아우, 젠장. 또 이 지랄이네."

이탄은 다 잡은 물고기(?)를 놓친 어부의 심정이 되어서 스스로의 머리를 벅벅 긁었다.

이탄의 입장에서는 얍삽한 두 신을 놓친 것도 억울하지만, 그보다 더 갑갑한 사실은 여기가 어디인지 모른다는 점이었다.

다만 이탄은 기억력이 비상했다. 이탄은 알리어스가 도

망친 경로를 낱낱이 뇌에 담아두었다.

또한 이탄은 시간이 좀 걸리더라도 차원의 벽을 부술 능력도 가지고 있었다.

그러니 차분한 마음으로 차원의 벽을 한 9개쯤 허물고 나면, 이탄은 언노원 월드로 되돌아갈 수 있을 것이다.

"아오오오오. 그걸 언제 다 뚫느냐고. 벽 하나 뚫는 데도 오래 걸린단 말이다."

이탄은 와락 짜증을 내었다. 이건 단지 어부가 물고기를 놓친 정도를 넘어서 외딴 섬에 표류한 기분이었다.

잠시 후.

"흐으응. 룰루룰루~."

이탄이 콧노래를 불렀다.

잔뜩 저기압이던 이탄이 다시 기분이 좋아진 이유는 간단했다.

"이게 웬 떡이냐? 두 신놈들을 쫓아서 도착한 곳이 간씨 세가의 세상일 줄 누가 알았겠어? 우히히."

이탄은 손으로 자신의 입을 가리고 키득거렸다.

지금으로부터 몇십 분쯤 전, 이탄은 우격다짐으로 차원의 벽을 뚫으려다 말고 우주 저편으로 눈을 돌렸다.

"어라?"

저 멀리 보이는 불그스름한 성운의 형태가 어쩐지 이탄의 눈에 익숙했다. 붉은 성운 너머 띠처럼 길게 펼쳐진 별의 분포도 이탄의 눈에 무척 익었다.

"아무래도 저건 은하수 같은데? 설마 이곳은!"

이탄이 눈을 번쩍 떴다.

다음 순간, 이탄은 '무한공'의 권능으로 단숨에 성운과 은하를 뛰어넘었다. 눈꺼풀을 한 번 깜빡일 시간이 흐르고 나자, 이탄은 가스로 이루어진 행성을 지나서 작지만 영롱한 푸른 별 상공 수백 킬로미터 위치에 도착했다.

이탄이 우주에서 별을 내려다보았다.

이 별은 마치 대리석(마블)처럼 푸른색과 흰색이 뒤섞였다. 이탄이 내려다보고 있는 별은 다름 아닌 지구였다.

이탄이 대기권 위에 둥실 떠서 굽어보는 가운데, 에디아니 군벌의 문장이 새겨진 위성이 이탄의 곁을 무서운 속도로 스치고 지나갔다.

저 문장을 보자 더더욱 확신이 들었다.

"여기는 간씨 세가의 세상이 분명해. 내가 분혼이 아닌 진짜 내 몸으로 이 세계에 들어온 거야."

이탄은 기뻐서 펄쩍펄쩍 뛰었다.

'언젠가 반드시 간씨 세가의 세상을 방문할 테다. 분혼이 아니라 내 몸으로 그곳을 찾아가고야 말 거야.'

이건 이탄의 오랜 숙원이었다. 이 숙원을 이뤄야만 이탄은 비로소 여러 차원에 흩어진 아조브를 하나로 모을 수 있었다.

아조브를 왜 하나로 모아야 하느냐?

얼마 전 이탄은 천공안을 통해서 다섯 아조브가 하나로 합쳐지는 장면을 보았다.

또한 이탄은 피사노교에서 초마의식을 치른 뒤 부정의 요람이 들어갔다가 그곳에서 중요한 정보를 몇 가지 얻게 되었다.

정보는 다음과 같았다.

첫째, 신비로운 큐브 아조브는 여러 차원에 흩어져 있다.

둘째, 아조브를 만든 신은 소이렙, 혹은 뮤테롬이라 불린다.

셋째, 아조브를 모두 모으면 합칠 수 있다.

이상 세 가지가 이탄이 부정의 요람에서 도출한 결론이었다. 당시 이탄은 이 정보들을 그리 깊게 고민하지는 않았다.

하지만 시간이 갈수록 아조브, 소이렙, 뮤테롬이라는 명칭들이 이탄의 뇌리에 콱 박혀서 사라지지 않았다. 사라지기는커녕 이 세 단어는 시간이 갈수록 점점 더 또렷하게 이탄의 심상에 남았다.

그리고 이러한 기분은 이탄이 천공안을 얻은 이후로 더 심해졌다.

"분명히 뭔가 있어. 아조브와 뮤테롬, 소이렙, 그리고 나. 이 사이에 분명히 질긴 인연이 존재한다고."

이탄이 이 비밀을 풀려면 여러 차원에 흩어진 아조브를 한 자리에 모아야 했다. 그래야 비로소 다음 단계로 넘어갈 수 있다는 것이 이탄의 예감이었다.

"그러자면 내가 직접 간씨 세가의 세상으로 넘어가 그곳의 아조브를 가져와야지. 혹은 간철호가 아조브를 들고 내가 있는 곳으로 넘어오든가. 방법은 둘 중 하나야."

그날부터 간씨 세가 세상을 방문하는 일은 이탄의 숙원 중 하나가 되었다.

다만 이 숙원은 하루 이틀 사이에 이루어질 성질의 것은 아니었다. 이탄이 제아무리 오만 가지 인과율을 한 손에 쥐고 흔드는 능력자라지만, 망망대해보다 더 넓은 차원들을 헤치고 또 통과하여 간씨 세가의 세상을 발견하기란 보통 힘든 일이 아닐 듯했다.

'도대체 그걸 어떻게 해내지?'

상상만 해도 이탄은 눈앞이 막막했다. 이탄이 숙원을 이루기 위해서는 줄잡아 수천 년. 어쩌면 그보다 몇백 배의 시간이 걸릴지도 몰랐다.

이탄이 직접 간씨 세가의 세상을 방문한다는 목표는 그만큼 이루어지기 힘든 일이었다.

한데 전혀 의도하지도 않게 이탄의 목표가 달성되어 버렸다.

"우후훗. 이게 뭔 일이래? 일이 풀리려니까 이렇게도 풀리는구나. 후훗."

이탄은 이제 콘과 알리어스를 놓친 게 억울하지 않았다.

"두 신놈들은 언젠가 내 눈앞에 다시 나타나겠지. 녀석들은 잠시 잊고, 우선 아조브의 비밀부터 풀자."

활기찬 독백과 함께 이탄의 몸뚱어리는 빛의 입자가 되어 흩어졌다.

샤라랑~.

이탄이 다시 나타난 곳은 천산산맥 지하에 위치한 동굴이었다.

예전에 이탄은 이곳 지하에서 코로니 군벌의 약탈자들을 해치우고 세계의 파편을 손에 넣었다.

이탄이 지하 공동에 도착하는 것과 동시에, 간철호의 몸에 깃든 이탄의 분혼도 천산산맥 지하로 공간이동했다.

이탄과 이탄의 분혼이 드디어 만났다.

이건 참으로 역사적인 사건이었다.

그동안 이탄은 밍니야나 린과 자주 만났다. 두 사람 모두 피사노교의 사도들로, 그들의 뇌에는 이탄의 분혼이 심어져 있었다.

하지만 간철호에게 심은 분혼을 만나기는 이번이 처음이었다. 이탄은 감개무량한 표정으로 간철호를 살펴보았다.

간철호, 즉 이탄의 분혼은 묵묵히 아공간을 열어서 이탄에게 큐브를 내주었다. 이것은 이탄의 분혼이 간씨 세가의 비밀 장소인 순백의 공간에서 얻은 보물이었다.

"오!"

이탄은 자신도 모르게 탄성을 터뜨렸다.

한 변의 길이가 10 센티미터인 조그만 큐브는 한눈에 보기에도 신비로운 기운을 물씬 풍겼다.

이탄이 가만히 손을 뻗었다.

허공에 둥실 떠오른 정육면체의 큐브가 샤라락 소리를 내면서 이탄의 손바닥 위에서 빙글빙글 자전했다.

이번에는 이탄이 자신의 아공간을 열었다.

아공간 속에 잘 쟁여놓았던 4개의 아조브가 차례로 떠올랐다.

이중 첫 번째 아조브는 몇 년 전 이탄이 피사노 싸마니야의 명을 받아 아울 검탑에서 탈취한 것으로, 서차원(언노운 월드)에 속해 있던 기물이었다.

이어서 두 번째 아조브는 이탄이 남명 금강수라종의 보고에서 발견한 것으로, 동차원에 속해 있었다.

세 번째 아조브는 이탄이 그릇된 차원 셋뽀 일족의 극비 보물창고에서 얻었다. 당시 이탄은 셋뽀 일족의 주인인 에스더(삼목사 가면)를 도와준 대가로 보물창고에 들어갈 기회를 얻었으며, 그곳에서 그릇된 차원의 아조브를 발견했다.

마지막 네 번째 아조브는 가장 최근에 이탄이 얻은 것이었다. 이탄이 이 아조브를 발견한 장소는 모드레우스 행성을 관통한 신마목의 깊숙한 내부였다.

마침내 5개의 아조브가 한자리에 모두 모였다.

후웅! 후웅! 후웅! 후웅! 후웅!

5개의 정육면체 큐브는 서로 호응이라도 하듯이 강렬한 빛을 내뿜었다. 그리곤 5개의 큐브가 하나로 겹쳐지기 시작했다.

언노운 월드의 큐브 위에 동차원의 큐브가 겹치고, 다시 그 위에 부정 차원의 큐브와 그릇된 차원의 큐브가 중첩되었다.

마지막으로 간씨 세가에 전해져 내려오던 큐브가 가세했다.

5개의 큐브가 하나가 된 순간, 이탄의 귀에는 삐이꺽하고 아주 오래된 문이 열리는 소리가 들렸다.

이것은 태초 이래로 단 한 차례도 사용되지 않아서 잔뜩 녹이 슨 문이었다.

이것은 절대 열려서는 안 될 끔찍한 문이었다.

이 문은 청동으로 이루어진 듯하였고, 문의 표면에는 끔찍한 조각들이 가득했으되, 그 조각들은 마치 살아 있는 생명체처럼 꾸물꾸물 흘러내리고, 녹아서 서로 엉겨 붙고, 때로는 상대의 목을 자르고 물어뜯으며 싸워댔다.

이 괴이한 문은 현실 세계에 존재하지 않고 오직 이탄의 심상 안에서만 존재하되, 일단 문이 활짝 열리면 그 여파는 현실 세계에 미치게 될 것이었다.

이탄의 천공안에는 문의 안쪽에서 소용돌이치는 무서운 광경이 엿보였다. 살짝 열린 문틈으로 보이는 광경은 끔찍하기 이를 데 없었다.

"오오오."

이탄은 자신도 모르게 입술을 살짝 벌렸다.

Chapter 4

문 안쪽을 들여다보자 이탄의 머릿속에 새로운 기억들이 스며들었다.

이 기억의 조각들은 이탄의 것이 아니었다. 이탄이 태어나기도 전, 까마득한 고대부터 각인 되어 있던 빛바랜 기억의 조각들이 이탄의 의식의 바다 위로 조금씩 떠올랐다.

파편화된 조각들은 명확한 정보를 주지는 않았다.

하지만 이탄은 이 간질간질한 느낌을 깊게 파고들다 보면 아주 중요한 정보를 찾아낼 수 있을 것이라는 예감을 받았다.

실제로 시간이 조금 흐르자 무언가가 이탄의 감각에 잡히기 시작했다.

그때마다 이탄의 뇌 속 깊은 곳에서는 펑! 펑! 불꽃이 터졌다. 이탄은 아지랑이처럼 모호한 단서들을 모으고 또 모아 마침내 어떤 결론에 도달했다.

"아아아아아아."

이탄은 한 번 더 뜻 모를 탄성을 흘렸다.

바로 그때였다. 이탄의 아공간 속에서 금속으로 코팅된 용기가 툭 튀어나왔다. 금속용기 안쪽에서는 검푸른 액체가 거세게 출렁거렸다.

사실 이건 보통 액체가 아니었다.

예전에 이탄이 부정 차원의 디아볼 제국을 방문했을 때의 일이었다. 디아볼 제국의 수도엔 '악몽' 이라 불리는 기괴한 생명체가 나타나 주변의 악마종들을 닥치는 대로 찢어 삼키고 있었다.

그때 이탄이 도움의 손길을 내밀었다. 이탄은 광목수음으로 만들어낸 거대 물방울 속에 악몽을 녹인 뒤, 금속 용기에 가둬둔 것이다.

이탄의 도움 덕분에 디아볼 제국은 큰 위기에서 벗어났다.

그 후 이탄은 악몽이 용해된 검푸른 액체를 아공간 속에 보관하고 있었는데, 그게 지금 갑자기 튀어나왔다.

'마치 다섯 아조브에 호응이라도 하는 것 같잖아?'

쩡!

이탄이 지켜보는 가운데 금속 용기가 산산이 터졌다. 용기 속에 담긴 검푸른 액체는 허공으로 비산해 방울방울 흩어졌다.

한순간 액체 포말이 호르륵 증발했다.

"응?"

이탄이 고개를 홱 돌렸다. 이탄의 천공안에는 증발한 액체가 어디로 스며들었는지 똑똑히 보였다.

증발하여 기화된 검푸른 액체는 놀랍게도 이탄의 심상 속에 비친 문, 즉 다섯 아조브가 합쳐지면서 열린 바로 끔찍한 문 속으로 빨려들어 갔다.

이윽고 문 안쪽 세상이 변했다.

원래 문 안쪽에 도사리고 있는 것은 끔찍한 기운뿐이었다.

한데 소용돌이치던 기운이 검푸른 수증기와 결합하자 놀라운 일이 벌어졌다. 과거에 이탄이 녹여버린 악몽들이 문 안쪽에서 부활한 것이다.

아니, 이건 부활 정도가 아니었다. 새로 등장한 악몽들은 예전보다 훨씬 더 덩치가 커지고 강해졌다.

악몽들의 형태도 한층 흉측하게 변했다.

더욱 소름 끼치는 일은, 그 악몽들이 자발적으로 분열하여 개체수가 말도 못 하게 늘어났다는 점이었다.

두 마리가 네 마리가 되고, 네 마리가 여덟 마리가 되고, 여덟 마리는 다시 열여섯 마리가 되었다.

악몽들은 눈 깜짝할 사이에 개체수를 1,000배, 10,000배로 증가시키면서 문 안쪽 세상을 가득 채웠다.

거기에 더해서 두 번째 이변이 발생했다.

예전에 이탄은 부정 차원 디아볼 제국의 성마인 스악골 공작과 부딪친 적이 있었다. 그 스악골 공작으로부터 이탄이 빼앗았던 회적색의 단검이 이탄의 아공간 속에서 저절로 튀어나오더니 괴상한 문 속으로 빨려들어 갔다.

그 즉시 악몽들의 눈알이 불길한 회적색으로 바뀌었다.

악몽들의 기운이 한층 더 끔찍하게 돌변했다.

'만약 문이 개방되어 저 끔찍한 것들이 세상에 풀려난다면?'

이탄은 잠깐 이런 상상을 하고는 부르르 몸서리를 쳤다.

아조브와 회적색 단검의 기운을 품은 악몽이 세상에 풀려나는 순간, 이 세상은 그대로 끝이었다.

부정 차원 최강인 일곱 제국도, 그릇된 차원의 오대강족도 저들 앞에서는 버틸 수 없었다. 동차원의 수도자들이나 언노운 월드의 인간족은 더더욱 악몽의 상대가 되지 못했다.

설령 흑과 백 진영이 힘을 합친다 하더라도 악몽을 막기란 불가능.

무섭게 증식하는 악몽들이 세상으로 뛰쳐나온다면, 그 차원의 모든 생명체가 전멸하기까지는 그리 오랜 시간이 걸리지 않을 터였다.

'혹시 신격이나 마격 존재들이라면 저들을 상대할 수 있을까?'

이탄은 문득 여기에 생각이 미쳤다.

지금까지 이탄이 만나본 신은 무려 6명이나 되었다.

암흑 물질로 이루어진 여섯 눈의 존재.

최상격 언령을 휘두르던 인과율의 여신.

혈해의 주인 탈룩.

블랙홀을 자유롭게 소환하는 콘.

8원소 광선의 알리어스.

오직 검령의 형태로만 존재하는 검계(劍界)의 신 십제.

'그들이라면 악몽을 막을 수 있을지 모르지. 혼자서는 힘들겠지만, 여섯 신들이 힘을 합치면 어떻게든 막을 수 있을 거야.'

이탄은 이런 생각을 하다말고 흠칫 놀랐다.

'뭐야? 여러 신들이 힘을 합쳐야 겨우 막을 수 있다고? 악몽이 그렇게까지 강하다고? 그게 말이 되나?'

이탄은 고개를 한 번 갸웃한 다음, 다시금 눈을 들어 문 안쪽에서 아우성치는 악몽들을 찬찬히 뜯어보았다.

과거 디아볼 제국에서 이탄이 상대했던 악몽들은 지금 문 안쪽에 우글거리는 악몽에 비하면 어린아이나 다름없었다. 문 안쪽의 끔찍한 기운과 결합한 악몽들은 과거와는 비교도 되지 않을 만큼 막강해졌다.

게다가 저 악몽들은 개체수가 계속해서 불어나는 중이었다.

본디 악몽들은 두려움을 몰랐다.

악몽들은 적과 싸우다 전멸당하는 것도 기피하지 않았다.

일단 목표가 정해지면 무조건 달려들어 뜯어먹는 존재가
바로 저 악몽들이었다.

'저 정도 군단이라면 나도 쉽게 막기는 힘들겠는데? 확
실히 신격 존재 여러 명이 힘을 합치지 않고서는 악몽 군단
의 파상공세를 견디기 힘들 거야.'

이탄은 잠정적으로 이런 결론을 내렸다.

"어디 한번 테스트를 해볼까?"

이탄은 시험 삼아 악몽 한 마리를 잡아끌었다.

이탄이 의지를 일으키자 5개의 아조브가 결합하여 만들
어진 기괴한 문이 삐꺽 소리를 내면서 열렸다. 문틈이 살짝
벌어졌다.

캬아악—.

문 안의 악몽들은 악다구니를 쓰면서 열린 문틈으로 뛰
쳐나오려고 발악했다.

이탄은 가장 먼저 뛰쳐나온 악몽 한 마리만 낚아챈 다음,
문을 다시 닫았다.

캬악! 캬악! 캬아악!

문 안에 갇힌 악몽들이 목이 터져라 괴성을 질렀다.

한편 문 밖으로 빠져나온 악몽은 이탄의 의지에 의해 결
박당했다. 붉은 금속에 사로잡힌 악몽이 벗어나려고 발버
둥쳤다.

"거 참. 다시 봐도 적응이 되지 않네. 참 해괴한 생명체야."

이탄은 악몽의 기괴한 생김새를 잠시 감상하다가 '구현'의 언령으로 신살의 병기 아가리를 만들어내었다.

스르륵.

우주의 이면에 웅크리고 있던 아가리가 이탄을 향해서 입을 쩍 벌렸다.

"옛다."

이탄은 악몽을 아가리의 입 속으로 던져 넣었다.

아가리는 메기가 피라미를 삼키는 것처럼 악몽을 덥석 잡아먹었다.

놀랍게도 악몽은 신살의 병기의 입속으로 들어가는 데도 겁을 내지 않았다. 오히려 그는 아가리의 입천장에 달라붙어 상대를 마주 깨물었다.

분노한 아가리가 악몽을 단숨에 뱃속으로 처넣었다.

아가리의 소화액은 신격 존재조차 거침없이 녹여버린다. '구현'의 언령으로 처음 아가리를 만들었을 때부터 그렇게 만들어졌기 때문이다.

한데 악몽은 예외였다.

퉤!

아가리는 마치 못 먹을 것을 입에 넣었다는 듯이 악몽을 다시 뱉었다. 그리곤 이탄을 향해서 '어디서 이런 불량한 먹이를 주나?' 라는 듯이 불만 어린 괴성을 한 번 내지르고는 스르륵 사라졌다.

Chapter 5

소화액으로 범벅이 된 악몽이 꿈틀꿈틀 일어났다.

아가리에게 한 번 잡아먹혔다가 겨우 풀려난 악몽은 정신이 멍해 보였다. 신체 활동도 잠시 저하된 듯했다.

하지만 불과 몇 초가 지나자 악몽은 언제 그랬냐는 듯이 다시 생생하게 살아났다.

딱!

이탄이 손가락을 튕겼다.

이번에는 거대한 단두대의 칼날이 나타나 악몽의 목을 쳤다.

악몽은 찍 소리도 못 하고 목이 잘렸다.

그러나 얼마 후 악몽의 잘린 목이 다시 데굴데굴 굴러서 자신의 몸통에 달라붙었다. 다만 원래 머리가 있던 부위가 아니라 종아리 부위에 머리통이 붙은 게 문제였다.

악몽은 원래 생김새가 제멋대로였다. 그들은 손에 눈알

이 달리기도 하고, 등에 귀가, 다리에 코가 붙어 있기도 했다. 어떤 녀석은 꼬리가 여럿이고 뿔도 나 있었다.

그래서인지 종아리에 머리통이 달라붙어 있어도 그리 이상해 보이지 않았다.

캬악, 캬아악.

되살아난 악몽이 사납게 포효했다.

신기한 점 하나는, 일절 두려움을 모르고 신살의 병기에게도 악착같이 맞서 싸우는 악몽이건만 이탄을 향해서는 달려들지 않는다는 점이었다. 악몽은 사납게 괴성만 지를 뿐 이탄을 못 본 척했다.

"거 참."

이탄은 손가락으로 자신의 관자놀이를 긁적였다. 그런 다음 그는 악몽을 향해 손을 슬며시 내밀었다.

그러자 악몽이 반응을 보였다.

악몽은 자신보다 몇 배나 작은 이탄 앞으로 조심스레 다가오더니 이탄의 손바닥에 머리를 대고 부드럽게 문질렀다.

이탄이 입꼬리를 살짝 위로 올렸다.

"생김새는 흉측하지만, 하는 행동은 꼭 강아지 같구나."

헥헥헥헥.

이탄의 말이 떨어지기 무섭게 악몽이 강아지처럼 혀를 빼고 할딱이는 소리를 냈다. 악몽의 등 뒤에 더듬이처럼 돋은 기관이 강아지 꼬리처럼 좌우로 반복운동했다.

이탄이 다시 의지를 일으켰다.

이탄의 심상 속의 문이 살짝 열렸다. 문을 박박 긁던 나머지 악몽들이 한꺼번에 우르르 뛰쳐나오려 들었다.

"멈춰."

이탄이 상대를 향해 손바닥을 내밀었다. 그러자 흉포하기 그지없는 악몽들이 일제히 동작을 정지했다.

악몽들은 무질서하고 제멋대로이지만, 희한하게도 이탄의 명령이 떨어지자 잘 훈련된 군견처럼 말을 들었다.

"들어가."

이탄이 문 안쪽을 향해서 턱짓을 했다.

실험체로 끌려 나왔던 악몽이 동료들과 합류하기 싫은 듯 끙끙 소리를 냈다.

이탄은 엄한 표정으로 한 번 더 말했다.

"들어가."

끼이잉.

악몽은 세상 무너진 듯한 표정으로 어깨를 축 늘어뜨리고는 문 안으로 기어들어 갔다.

이탄은 그제야 빙그레 미소를 지었다.

쿵! 문이 닫혔다.

악몽들의 사나운 아우성이 더는 들리지 않았다. 이탄의 심상 속에 등장했던 기괴한 문이 오간 데 없이 자취를 감추었다.

대신 이탄의 손바닥 위 20센티미터 상공에서는 큐브가 빙글빙글 돌아갔다. 이 큐브는 5개의 아조브가 하나로 합쳐진 결과물이었다.

이탄이 지켜보는 가운데 큐브는 검으로 변했다가 다시 칼이 되었다. 큐브는 창도 되고 도끼도 되었다.

그러다 끝내 큐브가 선택한 모양은 커다란 낫이었다. 죽음의 신이 들고 다닐 법한 대낫 말이다.

이탄은 이번에 얻은 수확, 즉 기괴한 문이 만족스러웠다. 문 안에서 계속 증식 중인 악몽도 마음에 들었다.

"어우, 먼 길을 찾아온 보람이 있네."

이탄은 뿌듯하게 기지개를 켰다.

이탄이 여러 차원을 통과하여 이곳 간씨 세가의 세상엔 넘어온 것이 벌써 열흘 전 일이었다.

이탄은 인식하지 못했지만, 사실 5개의 아조브가 하나로 합쳐지고, 이탄의 심상 안에 기괴한 문이 등장하기까지 꽤 오랜 시간이 지났다.

"이제 서둘러 돌아가야겠네. 내가 떠나 있는 동안 언노운 월드에서는 시간이 얼마나 흘렀을까?"

이탄이 언노운 월드를 떠나기 전, 그는 한창 전투에 참전 중이었다. 남명 사대종파와 부정 차원 악마종들 사이에 벌어진 전투인데, 이탄은 둘째 사형과 함께 구궁진법에 참여하여 모드레우스 제국의 공격을 막아내고 있었다.

그때 갑자기 다섯 신이 나타나 이탄을 공격했다.

이건 신들의 실수였다. 비록 신들이 머릿수를 믿고 급습을 했다고는 하지만, 이탄에게는 통하지 않았다. 지난 며칠 동안 이탄은 만자비문의 뜻과 힘을 온전히 자신의 것으로 만들어 과거보다 훨씬 더 강해졌기 때문이다.

실제로 이탄은 입이 쩍 벌어지는 괴력을 발휘하여 다섯 신 가운데 무려 3명을 해치웠다.

당황한 콘과 알리어스가 차원의 벽을 뚫고 도망쳤다.

이탄은 두 신을 쫓다가 우연히 간씨 세가의 세상에 도착했고, 이곳에서 5개의 아조브를 하나로 합치는 기적을 이루었다.

그 결과 이탄이 손에 넣은 것은 괴상한 문과, 그 문 안에 득실거리는 악몽 군단이었다.

다른 한편으로 이탄은 간질간질한 기억의 조각도 손에 넣었다.

이 간질간질한 조각들은 이탄의 디엔에이(DNA) 속 가장 깊은 곳에 단단히 봉인되어 있던 정보였다.

한데 이탄의 심상 속에 문이 등장하면서 봉인이 살짝 풀렸다. 그 즉시 기억의 파편들도 이탄의 의식 속으로 부상해 올라왔다.

만약 이탄이 이 파편들을 잘 끌어모아 조합한다면 그는 아주 중대한 결론에 도달하게 될 것이다.

언노운 월드로 되돌아가기 전, 이탄은 간씨 세가의 세상을 한 번 더 눈에 담았다.

"바쁜 일들이 마무리되고 나면, 또 들러야겠구나."

그다지 좋은 기억은 없지만, 그래도 이 세상은 이탄에게 고향 같은 곳이었다.

물론 이탄은 간철호에게 깃든 분혼을 통해서 간씨 세가의 세상을 얼마든지 돌아볼 수 있었다. 이탄은 세상 꼭대기에 앉아서 만인을 다스리는 것도 가능했다.

하지만 본체로 직접 경험하는 것과 느낌이 같을 수는 없는 법. 이탄은 그리 멀지 않은 시간에 여기에 다시 오기로 마음먹었다.

"오는 길을 외워두었으니 언제든지 마음만 먹으면 올 수 있겠지."

이탄은 가볍게 중얼거린 뒤, 단숨에 차원의 벽을 허물었다.

이탄은 기억력이 비상한지라 한번 왔던 길을 거슬러 올라가는 것은 식은 죽 먹기였다.

제7화
세 부류의 어둠의 숭배자들

Chapter 1

이탄이 언노운 월드에 다시 도착했을 때, 남명 사대종파와 모드레우스 제국 악마종 사이에 발발한 전투는 이미 끝이 나 있었다.

다만 시간은 이탄의 생각보다 많이 흐르지 않았다.

이탄이 묵휘형의 지휘에 따라 구궁진법에 참여한 것이 5월 15일 오전 무렵이었다.

부정 차원에서는 피빗과 아네타 황녀가 다수의 악마종들을 이끌고 사대종파의 수도자들을 공격했더랬다.

처음에 압승을 자신했던 악마종들은 이내 상황의 심각성을 느꼈다. 구궁진법의 사기적인 위력 때문이었다.

결국 제국의 제1인자인 모드레우스가 직접 참전했다.

그러나 구궁진법은 모드레우스조차도 쉽게 상대할 수 없는 신의 술법진이었다. 악마종들이 당황한 가운데, 갑자기 시간이 정지했다. 공간도 왜곡되었다.

새롭게 열린 우주에서 이탄은 다섯 신들과 싸우게 되었고, 어찌어찌하다가 간씨 세가의 세상에도 다녀왔다.

고향을 떠난 이탄이 언노운 월드로 되돌아온 시각은 오후 3시 무렵.

그러니까 이탄이 다섯 신과 싸우고 간씨 세가의 세상에 다녀오는 동안 대여섯 시간이 흐른 것이다.

이탄은 태양과 별의 위치를 가늠하여 시간의 흐름을 헤아리고는 고개를 갸웃했다.

"이건 좀 어중간한데?"

그동안 이탄이 다른 차원을 방문하고 돌아오면, 언노운 월드에서 시간은 전혀 흐르지 않았다.

그동안 이탄이 분혼에 신경을 써서 간씨 세가 세상에 다녀오면, 시간은 딱 거기서 보낸 만큼 흘러 있었다.

한데 이번 경우는 그 중간이었다.

원래 이탄은, 시간이 전혀 흐르지 않았거나, 아니면 실제로 그가 간씨 세가 세상에서 머문 만큼, 그러니까 약 열흘 정도가 흘러 있을 거라고 예상하였다.

'그런데 대여섯 시간이라고? 이건 뭐지?'

이탄은 연신 고개를 갸웃거렸다.

사실 이런 현상이 발생한 이유는 세 신의 소멸 때문이었다.

정상 세계를 대표하는 인과율의 여신.

부정 차원의 지배자인 탈룩.

부정 차원의 또 다른 지배자인 여섯 눈의 존재.

이상 3명의 신격, 혹은 마격 존재들이 소멸하면서 정상 세계와 부정 차원 모두 심대한 타격을 받았다.

그러면서 두 차원 사이에 발생한 어프로칭(Approaching: 접근) 현상도 깨져버렸다. 언노운 월드의 하늘에는 더 이상 검보랏빛의 불길한 행성이 떠 있지 않았다. 모드레우스 행성은 다시 부정 차원으로 돌아가 버렸다.

좀 더 정확히 말하자면, 정상 세계와 부정 차원을 연결했던 끈이 차단되었다.

신들의 소멸은 두 차원에 그만큼 엄청난 여파를 만들었다.

또한 세 신이 소멸하면서 두 차원의 시간이 다시 분리되었다.

지금까지 정상 세계와 부정 차원은 단 한 번도 시간을 공유한 적이 없었다. 둘은 완벽히 분리된 서로 다른 차원이므로 당연히 시공간도 완전히 나뉘어 있었다.

그런데 와힛이 일으킨 어프로칭 현상 때문에 두 차원의 시간축이 강제로 끼워맞춤을 하게 되었다.

반대로 어프로칭 현상이 종료되면서 강제 끼워맞춤을 한 2개의 시간축은 다시 원래대로 분리되었다.

본래 억지로 맞췄던 2개의 축을 다시 떼어내면, 축이 살짝 어긋나는 게 당연한 이치였다.

정상 세계와 부정 차원의 시간 축도 어프로칭 현상의 종료와 함께 어긋남이 발생했는데, 그 크기가 딱 5시간 25분만큼이었다.

다시 말해서 지금 이탄이 겪은 시간의 괴리는 신들의 소멸 때문이라고 보면 정확했다.

또한 같은 논리로, 결국 이번 이변도 원인 제공자는 이탄 본인이었다. 비록 이탄은 뭐가 문제인지 끝끝내 알아내지 못했지만 말이다.

5시간이 조금 넘는 시간 동안, 언노운 월드에서는 참 많은 사건들이 벌어졌다.

구궁진법을 홀로 떠받치며 모드레우스의 무지막지한 공세를 막아내던 버팀목이 이탄이었다. 그 버팀목이 갑자기 사라지자 양측의 균형이 깨졌다.

노련한 모드레우스는 그 미세한 변화를 놓치지 않았다.

'뭐가 어찌 돌아가는 것인지는 모르겠다만, 인간족 놈들의 기세가 갑자기 약해졌다.'

모드레우스는 즉시 검은 구체를 하나 더 만들어서 날렸다.

쿠쿵!

하늘이 붕괴하는 듯한 굉음과 함께 남명 사대종파의 구궁진법이 부서졌다.

"크왁."

진법의 핵에서 진두지휘를 하던 묵휘형 종주가 갑자기 검붉은 선혈을 토하며 주저앉았다. 산발이 된 묵휘형의 눈과 코, 귀에서도 피가 줄줄 흘렀다.

묵휘형만 타격을 입은 것이 아니었다. 멸정 대선인을 비롯한 각 종파의 수뇌부들도 법력에 뒤틀렸다.

수뇌부들의 뒤를 이어서 수많은 수도자들이 고꾸라졌다. 수도자들이 열심히 휘두르던 깃발은 부러지거나 찢어져 바닥에 나뒹굴었다. 이탄의 사형인 막사광도 대량의 피를 뿜으며 무릎을 꿇었다.

여기서 모드레우스가 한 번만 더 공격을 날리면 남명 사대종파의 수도자들은 모두 명줄이 끊길 위기 상황.

한데 모드레우스는 마지막 일격을 가하지 못했다.

Chapter 2

사실 지금 모드레우스는 지금 당장 쓰러져도 이상하지 않을 만큼 기진맥진한 상태였다. 불과 몇 초 전까지만 하더라도 모드레우스는 구궁진법 안에 갇혀서 소멸을 각오해야 할 만큼 상황이 나빴다.

'갑자기 왜 전세가 역전되었는지 모르겠다만, 여기서 무리를 하다가 다시 인간족 놈들의 저 괴상한 진이 다시 발동하면 끝장이다.'

모드레우스가 입술을 꽉 깨물었다. 지금 모드레우스에게는 아주 미약한 한 줌의 기력만 남아 있을 뿐이었다.

남은 기력을 쥐어짜서 인간족 놈들을 전멸시키느냐?

아니면 이 기력으로 아군을 안전한 곳으로 옮기느냐?

선택의 순간, 모드레우스는 후자를 택했다.

모드레우스가 상공으로 손을 뻗었다.

보랏빛 하늘에서 검은 장막이 너울너울 내려왔다. 검은 장막은 이내 모든 악마종들을 덮어씌웠다. 모드레우스 본인은 물론이고, 군단장인 피빗과 아네타 황녀도 검은 장막 속에 파묻혔다.

파앗!

다음 순간, 모드레우스의 검은 장막은 거짓말처럼 사라

졌다. 우글거리던 악마종들도 감쪽같이 자취를 감추었다.

덕분에 남명의 수도자들도 목숨을 건졌다.

"헉헉, 허허헉."

일부 수도자들은 아울 산맥의 계곡에 미역줄기처럼 축 처져서 드러누운 채 거칠게 숨을 몰아쉬었다.

그나마 헉헉거리는 자들은 상태가 양호한 편이었다. 막사광을 포함하여 대부분의 수도자들은 대량의 피를 토한 뒤 그대로 정신을 잃었다.

문제는 그 후에 발생했다.

"전쟁이 끝났나?"

귀여운 목소리와 함께 요정처럼 아름다운 미소녀 한 명이 나타났다. 소녀는 피범벅이 된 계곡 안으로 깡충깡충 뛰어서 내려왔다.

여려 보이는 외모와 달리 소녀는 피를 흘리며 쓰러진 수많은 수도자들을 보고도 눈 하나 깜빡하지 않았다.

"호호호. 역시 그분의 예언이 맞았네. 딱 맞춰서 도착했어."

소녀는 풍성한 머리카락을 찰랑거리며 진법의 중심부로 진입하더니, 그곳에서 양팔을 활짝 펼쳤다.

소녀의 손끝에서 검은 덩어리가 수천, 수만 개나 나타났다.

퓨퓨퓨퓨퓻!

엄지손톱 크기의 덩어리들은 하늘로 솟구쳐 올라갔다가 포물선을 그리며 다시 떨어지더니 남명 수도자들의 머리에 퍽퍽 꽂혔다.

"끄윽."

"컥."

검은 덩어리가 두개골을 뚫고 파고들자 수도자들이 부르르 몸을 떨었다. 기절한 수도자들도 예외는 아니었다.

"호호호호. 귀염둥이들아, 잘 파고들어라."

소녀가 깔깔거리며 웃었다.

그녀가 퍼트린 검은 덩어리의 정체는 다크 웜(Dark Worm: 어둠의 벌레)이었다.

원래 다크 웜이라는 마법은 쥬신 대제국의 미치광이 황제 광황 이충이 세상 곳곳에 뿌려 놓은 다크 시드(Dark Seed: 어둠의 씨앗)와 뿌리를 같이하는 수법이었다.

일단 숙주의 대가리에 다크 웜이 꽂히면 끝.

어둠의 벌레, 혹은 암흑의 벌레라고 불리는 이 끔찍한 기생체는 숙주의 뇌 속으로 파고들어 자리를 잡은 뒤 숙주를 완전히 장악해버리는 특징을 지녔다. 따라서 다크 웜에 당한 상대는 무조건 시전자의 꼭두각시가 될 수밖에 없었다.

그래도 모든 수도자들이 한 방에 제압을 당하지는 않았다.

"끄으윽. 이게 대체 뭐냐? 끄으으윽."

극양노조가 고리 눈으로 소녀를 노려보았다.

"끄으응."

그 옆에선 현음노조가 책상다리를 하고 앉아 중얼중얼 주문을 외웠다. 현음노조는 어떻게든 뇌에 파고든 다크 웜을 몰아내려고 갖은 애를 다 썼다. 현음노조의 이마에선 땀이 비 오듯이 쏟아졌다.

두 노조뿐 아니라 금강 종주도 끈질기게 버텨내었다.

"크윽. 혹시 네년은 피사노교의 마녀냐?"

피투성이인 금강이 악귀처럼 일그러진 얼굴로 소녀의 정체를 물었다.

소녀는 귀엽게 손가락을 입에 물더니 도리질을 했다.

"아닌데? 난 피사노교와 관계가 없는데. 암흑사원이나 시시퍼 마탑이라면 또 모르겠지만. 호호호."

"크윽. 암흑사원? 시시퍼 마탑?"

금강은 가물거리는 의식을 애써 추스르며 되물었다.

그 순간 멸정이 펄쩍 뛰었다.

"헉! 암흑사원이라고?"

멸정은 암흑사원에 대해서 알고 있었다. 지금 이 자리에서 암흑사원에 대해서 들어본 인물은 아마도 멸정과 묵휘형이 유일할 것이다.

태초 이래 가장 은밀한 조직을 2개 꼽으라면, 그 첫 번째가 문지기들의 단체인 쿤룬이고, 두 번째가 혼돈의 신을 섬기는 어둠의 무리일 것이다.

어둠의 숭배자들은 태초에 사라진 혼돈의 신이 언젠가 세상에 다시 내려와 모든 차원을 무너뜨리고 새로운 신세계를 창조할 것이라 굳게 믿었다.

한데 신기하게도 어둠의 숭배자들은 핏줄로 후대가 이어지지 않았다. 스승과 제자 사이로 대를 이어가는 것도 아니었다.

어둠의 숭배자들은 돌연변이처럼 갑자기 발생했다. 어떤 숭배자는 인간족의 아이로 태어났다. 또 다른 숭배자들은 수인족이나 몬스터 중에서도 태어났다. 심지어 유령족 중에서도 어둠의 숭배자가 나타나곤 했다.

그들은 15세가 되면 스스로 어둠의 숭배자임을 각성했다. 각성의 증표로 숭배자들의 적혈구가 스파이럴 형태로 바뀌는 것이 특징이었다.

스파이럴 적혈구.

혼돈의 신.

이 두 가지 핵심 포인트를 제외하면 어둠의 숭배자들 사이에는 공통점이 거의 없었다. 어둠의 숭배자들이 탄생하는 지역이나 행성도 중구난방이었다. 심지어 이들은 여러 차원에 걸쳐서 자연적으로 발생했다.

상황이 이렇다 보니 어둠의 숭배자들끼리 완전 통합은 불가능했고, 몇 개의 분파로 나뉠 수밖에 없었다.

좀 더 정확히는 딱 3개의 분파였다.

솔직히 말해서 고작 3개의 분파로만 나뉘는 것도 진짜 대단한 일이다. 서로 다른 차원에 태어난 어둠의 숭배자들이 같은 믿음을 가지고 하나로 뭉친다는 것은 이해 불가한 영역이기 때문이다.

Chapter 3

혼돈의 신을 숭배하는 3개의 분파는 같은 뿌리를 두었으되 신에게 기대하는 바는 각자 달랐다.

먼저 피사노교.

이곳은 혼돈의 신이라는 명칭 대신 검은 드래곤, 혹은 0을 의미하는 '시프르'를 신의 이름으로 사용했다.

또한 피사노교의 교도들은 바이블 9장 9절에 적시된 문구를 철석같이 신봉했다. 바이블 9장 9절의 내용은 다음과 같았다.

어느 날인가 뿌리지도 않은 씨앗 하나가 스스로 싹을 틔워 대지를 뚫고 모습을 드러낼 것이니, 그가 곧 교의 마지막 기둥이며, 그가 곧 교의 마지막 희망이라. 스스로 발아한 열 번째 씨가 쿠미이니, 쿠미에 의하여 세상은 스스로 카오스(Chaos: 혼돈)으로 회귀하리라.

이와 같은 바이블의 예언이 실현되는 날이 도래하면, 혼돈으로 회귀한 세상 속에서 오직 피사노를 따르는 자들만이 영원한 축복을 누리게 된다는 것이 피사노 교도들의 굳센 믿음이었다.

한편 혈관 속에 스파이럴 적혈구를 가진 또 다른 숭배자들이 강력한 단체를 형성하였으니, 이 단체의 명칭이 바로 암흑사원이었다.

언노운 월드 남부에서 비앙카 공주를 납치하려 시도했던 코이오스 가문의 늑대족들이 바로 암흑사원에 속했다.

간씨 세가 세상에서 은밀하게 암약하는 수상한 흑마법사들 또한 암흑사원의 일원이었다. 그들은 특이하게도 하얀색과 노란색, 주홍색 로브 등으로 자신들의 신분을 구분 지었다.

그리고 지금 이 자리에 불쑥 등장한 수상한 미소녀 또한 암흑사원에 소속되었다.

'암흑사원이라니? 그들이 나타나다니.'

멸정 대선인은 부들부들 몸을 떨었다.

그 순간에도 정체불명의 소녀가 쏘아 보낸 다크 웜은 멸정의 뇌 속으로 꼼지락 꼼지락 파고드는 중이었다.

"크으으으윽. 안 된다."

멸정은 법력을 잔뜩 끌어올려서 다크 웜의 진격을 막아냈다. 그러면서 멸정은 속으로 고민했다.

'빌어먹을. 문을 열고 다른 차원으로 벗어나야 하나? 그런데 만에 하나 다크 웜이 차원을 넘어서까지 내 뇌 속에 남아 있으면 어떻게 하지? 내가 다크 웜에 당하는 순간, 우리 쿤룬의 중요한 비밀들이 암흑사원으로 넘어가게 될 게야. 그건 절대 안 돼. 차라리 여기서 자폭을 할까?'

멸정은 입술을 꽉 깨물었다.

그렇다.

멸정 대선인은 사실 쿤룬의 문지기 중 한 명이었다. 멸정이 묵휘형과 함께 구궁진법을 진두지휘할 수 있었던 것도 그가 문지기라서 가능했던 일이었다. 왜냐하면 구궁진법이야말로 쿤룬의 것이기 때문이다.

좀 더 정확히 말해서 구궁진법을 세상에 남긴 고대의 신이 바로 쿤룬의 창시자인 퀀이었다.

태초에 퀀은 투명마수라는 이계의 존재를 찾아서 먼 차원으로 떠났다. 길을 떠나기 전, 그는 쿤룬의 제자들에게 구궁진법을 알려주었다.

멸정이 떨리는 눈으로 묵휘형을 돌아보았다.

[이 일을 어쩌면 좋겠소? 우리가 강적과 싸우다 기력이 쇠했을 때 하필 암흑사원의 마녀를 맞닥뜨리게 되다니, 이 사태를 어찌 해결하면 좋겠느냔 말이오.]

멸정은 뇌파로 이렇게 물었다.

피투성이가 된 묵휘형도 때마침 멸정에게 시선을 던졌다. 일종의 이심전심인 셈이었다.

둘의 마음이 통한 이유는 단순했다. 사실 묵휘형도 멸정과 마찬가지로 쿤룬의 문지기였던 것이다.

묵휘형은 입 모양으로 한 단어를 내뱉었다.

'자결.'

'큭!'

묵휘형의 뜻을 확인한 순간, 멸정은 두 눈을 질끈 감았다.

묵휘형이 먼저 행동에 나섰다. 힘겹게 바위에 기대어 있던 묵휘형은 한순간 몸을 뽑아 올려서 미소녀를 덮쳤다.

"뭐야?"

소녀가 의문을 품었다.

"미친 거 아냐? 정상적인 상태라면 모를까, 지금 그 몸으로 내게 덤빈다고?"

소녀의 말마따나 지금 묵휘형은 선2급의 수도자도 이기기 힘든 최악의 상태였다. 소녀는 무식하게 돌진하는 묵휘형을 향해서 손을 뻗었다.

바로 그때 변고가 터졌다.

뻐엉!

끔찍한 폭음과 함께 묵휘형이 자폭해버렸다.

후두둑 날아온 피와 살점이 소녀를 휩쓸었다. 소녀가 재빨리 방어마법을 펼치지 않았더라면 큰코다칠 뻔했다.

"와아, 이게 미쳤나. 왜 갑자기 자폭을 하고 지랄이지?"

어이없어하는 소녀의 등 뒤에선 시뻘건 혀를 날름거리는 도마뱀 같은 것이 등장했다. 온몸이 화염으로 이루어진 불도마뱀은 소녀의 온몸을 칭칭 감고 있었다. 다만 도마뱀의 몸에서 솟구치는 화염은 뜨겁지 않았다.

조금 전 묵휘형의 자폭 공격으로부터 소녀를 보호한 방어마법의 정체가 바로 이 불도마뱀, 즉 샐러맨더였다.

소녀는 다크 웜과 함께 '샐러맨더의 혀'라 불리는 마법을 즐겨 사용하곤 했는데, 이것은 공격과 방어에 모두 효과가 뛰어난 다른 세계의 마법이었다.

"아니, 묵휘형 종주가 갑자기 왜?"

예기치 않은 묵휘형의 자폭에 놀랐으리라. 남명 사대종파의 수뇌부들은 모두 머리가 멍했다.

바로 그 타이밍에 두 번째 변고가 일어났다. 어느 틈에 땅속으로 파고들었던 멸정 대선인이 소녀의 등 뒤에서 불쑥 튀어나오며 자폭을 해버린 것이다.

뻐어엉!

멸정은 묵휘형보다 한 단계 더 강한 대선인이었다. 그런 만큼 멸정이 일으킨 폭발은 묵휘형의 그것보다 몇 배는 더 강했다.

멸정의 몸이 폭발하자 아울 산맥 전체가 무너질 듯 뒤흔들렸다.

"까악."

다크 웜을 사용했던 소녀도 멸정의 자폭 공격에는 타격을 받은 듯 크게 휘청거렸다.

다만 이번에도 시뻘건 샐러맨더가 폭발로부터 소녀를 보호해주었다. 덕분에 소녀는 내장이 뒤틀리고 피를 흘리는 정도에서 피해를 멈출 수 있었다.

대신 멸정의 자폭으로 인하여 남명의 수도자들이 떼죽음을 당했다.

수도자들에게는 차라리 다행한 일이었다. 다크 웜의 숙

주가 되어서 소녀의 꼭두각시가 되느니 차라리 지금 죽는 편이 나았다.

Chapter 4

"아아아, 안 돼."

소녀가 신경질적으로 발을 굴렀다.

발길질 한 방에 소녀의 발밑이 쩍쩍 갈라졌다. 소녀의 풍성한 머리카락은 하늘로 곤두서서 무섭게 일렁거렸다.

"이놈들이 왜 이러는 거야? 마치 다크 웜이 뭔지 아는 것처럼 자폭을 해버리다니. 설마? 설마! 자폭한 두 놈이 그분께서 말씀하신 문지기인가?"

소녀는 갑자기 낭패한 표정을 지었다.

소녀는 인간의 생명을 파리보다 더 하찮게 여기는 편이었다. 대신 그녀는 그분이 내린 명령만큼은 세상 그 무엇보다 소중히 생각했다.

한데 그 중요한 임무를 그르칠지도 모른다는 생각에 속이 팍 상했다.

"히잉. 내가 방심을 했나 봐. 이 바보. 바보."

소녀는 주먹으로 자신의 머리에 꿀밤을 때렸다.

소녀가 섬기는 그분은 소녀를 이 차원으로 파견하면서 세 가지 꼭 염두에 두어야 할 것들을 석판에 새겨서 남겨주었다.

　1. 붉은 뱀을 조심할 것.
　2. 만약 붉은 뱀을 발견하면 절대 가까이 접근하지 말고 즉각 연락을 보낼 것.
　3. 문지기를 조심할 것.

이상이 석판에 새겨진 내용이었다.

그런데 조금 전 소녀는 잠깐 방심했다가 그분의 계획에 차질을 빚었다.

"히잉. 지난 세기에는 시시퍼 마탑의 마법사 수백 명을 다크 웜의 숙주로 만드는 데는 성공했는데, 이번에는 남명의 수도자들 단체로 꼭두각시로 만들려고 하다가 그르쳤네. 히이잉. 이 일을 어쩐담?"

소녀가 울상을 지었다.

그나마 극양노조나 현음노조, 금강 종주, 화화 대선인과 같은 최상위권의 수도자들은 멸정의 자폭에도 숨이 완전히 끊어지지 않았다.

막사광이나 부공도 운 좋게 폭발로부터 멀리 떨어져 있

었기에 겨우 목숨을 건졌다.

단, 강력한 폭발 때문에 이들 모두 정신을 잃을 수밖에 없었다.

이게 불행이었다.

조금 전까지만 하더라도 대선인들은 온 정신을 가다듬어 다크 윌의 침투에 저항하던 중이었다.

그런데 그들이 갑자기 정신을 잃게 되자 다크 윌은 손쉽게 대선인들의 뇌 속으로 파고들게 되었다.

츠츠츠츠츠—.

잠시 후, 대선인들의 얼굴에 검은 선이 기괴하게 퍼져나 갔다. 마치 나무가 흙 속에 뿌리를 내리는 것처럼, 검은 선 은 대선인들의 눈과 코를 지나 목까지 징그럽게 뻗었다.

그 모습은 마치 간씨 세가 세상에서 안토니오가 다크 시 드에 오염되어 변질되는 모습과 비슷해 보이기도 하였다.

소녀는 그제야 놀란 가슴을 쓸어내렸다.

"와아아. 그래도 최소한 저것들은 죽지 않았구나. 조금 이라도 건져서 다행이야. 쩝."

소녀는 아쉬운 듯 입맛을 다시더니, 부드럽게 손을 앞으 로 내저었다.

[슈우어엉.]

소녀의 몸을 칭칭 감고 있던 샐러맨더가 수십 미터 크기로 몸뚱어리를 부풀렸다. 샐러맨더는 전면을 향해서 빠르게 기어가 다크 웜에 오염된 수도자들을 칭칭 휘감았다.

"이제 돌아가자."

소녀가 샐러맨더를 향해서 손가락을 까닥였다.

[슈어엉.]

샐러맨더는 남명의 대선인 여러 명을 몸으로 감고는 어슬렁어슬렁 소녀의 뒤를 따랐다.

이 깜찍한 미소녀의 이름은 샤늘루루.

지난 세기 중반, 시시퍼 마탑의 천재로 명성을 떨치다가 갑자기 큰 사고를 치고 수백 명 마법사들의 목숨을 잃게 만든 그 샤늘루루가 무려 100여 년 만에 나타나 남명의 대선인들을 싹 쓸어갔다.

여기서 한 가지.

지난 세기에 사고를 겪은 시시퍼 마탑의 마법사들은 죽지 않았다. 세상에는 그들이 사고로 몰살을 당한 것으로 알려져 있지만, 사실 그들은 사람들의 눈을 속이고 110년이 지난 지금까지도 생생하게 생존해 있었다.

다만 그들은 살아도 산 게 아니었다. 그들 모두 다크 웜에 감염되어 샤늘루루의 꼭두각시가 되었기 때문이다.

피사노교.

암흑사원.

여러 차원에 퍼져 있는 이들 두 세력에 이어서, 혼돈의 신을 섬기는 세 번째 부류가 존재했다.

이 세 번째 부류는 앞의 두 세력에 비해서 보잘것없었다. 이들은 통일된 집단을 갖추지도 못한 잔챙이들이었다.

다만 이 세 번째 부류 전체를 잔챙이라고 폄하하기는 힘들었다. 왜냐하면 세 번째 부류 중에는 진짜 뛰어난 독불장군들도 포함되어 있는 까닭이었다.

그러니까 세 번째 부류에는 두 가지 경우가 혼재하는 셈이었다.

첫째, 피사노교나 암흑사원이 관심을 두지 않을 만큼 힘이 미약한 잔챙이 부스러기들.

둘째, 기존의 두 세력에 기대지 않고서도 홀로 혼돈의 힘을 끌어다 쓸 수 있는 뛰어난 천재들.

이 둘을 합친 것이 바로 세 번째 부류였다.

이 가운데 천재에 속하는 대표적인 인물이 바로 광황 이충이었다.

이충은 고대의 향로를 통해서 혼돈의 신의 지식을 직접 얻었으며, 스스로 신이 되고자 시도했던 희대의 천재였다.

바로 그 이충에 의해서 다크 시드와 망령목이 세상에 등장했다. 어쩌면 이충은 혼돈의 신이 가졌던 권능에 가장 근

접한 인물일지도 몰랐다.

만약에 이충이 원했다면 그는 얼마든지 암흑사원과 접촉하여 사원의 최고위급으로 발돋움할 수도 있었을 것이다.

혹은 이충은 망령목의 망령들을 통해서 피사노교에 한 발 걸치는 것도 충분히 가능했다. 실제로 이충이 부리는 망령 가운데 몇 명은 피사노교에 침투해 있기도 하였다.

하지만 이충 본인은 절대 피사노교나 암흑사원에 가입하지 않았다. 그는 독불장군처럼 홀로 활동했다.

하늘을 찌르는 자존심 때문이었다.

어느 날인가 이충은 다음과 같은 독백을 내뱉었다.

"이 몸은 장차 신의 육체를 강탈할 분이시다. 그런 내가 신으로 추앙을 받는다면 모를까, 한낱 사제 따위가 될까 보냐."

이게 바로 이충의 자신감이었다.

한편 이충으로부터 망령목의 지식을 하사받은 간씨 세가의 역대 가주들도 어쨌거나 세 번째 부류에 속했다.

다만 이들은 어둠의 힘을 사용하는 어둠의 숭배자들이되, 스스로의 위치를 인식하지 못하는 잔챙이들에 불과했다. 역대 간씨 세가의 가주들은 강해지기 위해서 적극적으로 망령목을 사용하였으나, 이것이 혼돈의 신으로부터 비롯된 권능임을 알지 못하였으니까 말이다.

또한 안토니오도 간씨 세가의 역대 가주들과 마찬가지로 잔챙이의 수준을 벗어나지 못했다. 안토니오도 자신의 무력의 뿌리가 무엇인지 알지 못했다.

그렇게 치면 이탄도 세 번째 부류에 속했다. 이탄도 망령목을 사용한다. 더군다나 지금 이탄은 이층의 망령목까지 상속받았다.

하지만 이탄을 세 번째 부류라고 못 박는 것은 옳지 않았다.

이탄은 엄연히 피사노교 소속이었다.

그것도 일반 교도나 사도가 아니라 신인 중의 신인, 즉 바이블에 언급된 예언의 주인공이이 바로 이탄이었다.

피사노교의 바이블에 등장한 열 번째 신인 쿠미가 곧 이탄이 아니던가. 그러니까 따지고 보면 이탄은 첫 번째와 세 번째 부류에 동시에 소속된 셈이었다.

제8화
대전쟁의 마무리 I

Chapter 1

이탄이 언노운 월드에 복귀했을 때는 이미 남명 사대종
파와 모드레우스 제국 간의 전쟁이 끝난 뒤였다.

한바탕 전쟁으로 뒤집혀졌던 아울 산맥은 쥐 죽은 듯이
적막했다.

남명의 수도자들 가운데는 생존자가 보이지 않았다. 부
정 차원의 악마종들도 어디로 갔는지 종적을 찾을 길이 없
었다. 악마종들의 근거지인 모드레우스 행성은 어프로칭
현상의 종료와 함께 사라졌다.

"뭐야? 어프로칭 현상이 벌써 끝났다고?"

황당함을 담은 이탄의 독백이 피비린내 풍기는 바람을

타고 계곡 사이로 허무하게 흩어졌다.

"그럴 리가 없는데? 내 계산이 틀렸단 말인가?"

이탄은 청명한 하늘을 올려다보면서 곤혹스럽게 머리를 긁었다.

일전에 이탄은 와힛의 마법진을 분석한 적이 있었다. 와힛이 시시퍼 마탑의 인근에 설치한 고대 마법진을 이탄이 분석한 결과에 따르면, 진의 영향력은 최소 3개월 이상 지속될 수준이었다.

따라서 어프로칭 현상도 3개월 이상 유지되어야 정상이었다.

"이제 고작 2개월이 지났잖아? 그런데 벌써 부정 차원과의 연결이 종료되었다고? 이거 이상한데?"

이탄은 거듭 고개를 갸웃거렸다.

어쨌든 지금 그게 중요한 것이 아니었다. 일단 어프로칭 현상이 종료된 것은 엄연한 사실이었으며, 이탄은 이 사실에 근거하여 언노운 월드의 정세를 다시 분석해야만 했다.

"그 말인즉, 피사노교의 전력이 대폭 삭감되었다는 뜻이겠지. 모드레우스 제국 악마종들의 지원을 받지 못하는 이상 흑 진영이 불리해졌어."

물론 이것은 백 진영이 멀쩡할 때의 이야기였다.

만약 남명의 사대종파가 궤멸에 가까운 타격을 입었다면? 그럼 흑 진영과 백 진영은 다시 엇비슷하게 전력 수준이 맞춰질 터였다.

"한데 진짜로 사대종파가 궤멸을 당했다고?"

이탄은 어이없다는 듯이 머리를 가로저었다.

지금 이탄의 눈앞에 펼쳐진 광경은 참혹하기 이를 데 없었다. 수많은 시체들이 아울 산맥의 계곡을 가득 채우고 있었다.

이 시체들은 분명히 남명 수도자들의 것이었다. 그 옆 계곡에는 시시퍼 마탑 마법사들의 시체들도 한가득이었다.

"도대체 여기서 무슨 일이 벌어졌던 거지? 내가 다섯 신들의 협공을 받아 자리를 뜬 사이에 모드레우스의 악마 군단이 마법사와 선인들을 대량학살이라도 했나?"

이탄의 판단에 이건 불가능한 일이었다. 시시퍼 마탑이라면 모를까, 구궁진법을 가진 사대종파가 악마종들에게 그리 쉽게 밀릴 리 없었다. 일곱 뿔의 군주라 불리는 모드레우스가 직접 나서지 않는다면 말이다.

"하아아, 젠장. 진짜 모드레우스가 참전이라도 했나?"

이탄은 손바닥으로 자신의 얼굴을 쓸어내렸다.

남명은 이탄에게 제2의 고향과도 같은 곳이었다. 특히 이탄은 막사냥 사형이나 근강 종주 등을 각별히 여겼다. 어떠한 경우에도 그들을 절대 잃고 싶지 않은 것이 이탄의 솔직한 마음이었다.

"제기랄. 그 다섯 신놈들 때문에 이런 일이 발생한 거야."

처음에 이탄은 다섯 신격 존재들을 원망했다.

그러다 시간이 조금 지나자 이탄은 스스로를 자책했다.

"하아. 내가 좀 더 안전하게 사대종파를 돌봤어야 했어. 이건 일부분 내 잘못도 있다고."

쿵!

이탄은 신경질적으로 발을 굴렀다.

마침 이탄이 발을 구른 자리에는 거미줄처럼 크랙이 가 있었다. 몇 시간 전, 같은 자리에서 샤늘루루가 발을 구르면서 발생한 균열이었다. 그 균열 위에 이탄이 재차 충격을 가하자 계곡 바닥의 일부가 완전히 허물어졌다.

물론 바닥이 무너져도 이탄은 멀쩡했다. 이탄은 허공에 몸을 띄운 채로 천공안을 열어 미래를 엿보았다.

얼마 후, 이탄은 금강 종주와 막사광 사형이 무사하다는 사실을 알아내었다. 천공안으로 읽은 미래에는 이탄이 두 선인과 재회하는 장면이 맺혀 있었다. 비록 그들이 모진 고초를 겪어 몸이 망가지기는 하였으나, 목숨에는 지장이 없었다.

"휴우우, 그나마 다행이구나."

이탄은 살짝 안도의 한숨을 내쉬었다.

이들 두 선인뿐 아니라 극양노조와 현음노조도 결국엔 이탄과 다시 만나게 될 운명이었다. 천공안에는 두 노조의 모습도 보였다.

단, 멸정 스승님이나 묵휘형 종주의 모습은 어디에도 잡히지 않았다.

'스승님도 스승님이지만, 묵휘형 종주는 꼭 만나야 했는데. 그가 문지기가 아닌지 살펴봐야 했거늘. 쯧쯧쯧.'

이탄은 내심 묵휘형의 정체를 의심 중이었다. 그러다 이탄은 뒤늦게 멸정 대선인의 안위를 걱정했다.

'스승님은 또 어찌 되신 걸까? 으으음. 그분이야 뭐 알아서 잘 빠져나오셨겠지.'

멸정 스승과 돈독히 정을 쌓을 시간이 없었던 탓일까? 이탄은 멸정의 미래가 불투명해도 그다지 큰 걱정은 하지 않았다.

Chapter 2

잠시 생각을 정리한 뒤, 이탄이 양 손바닥을 뒤집었다.

쿠르릉, 쿠릉.

이탄의 손짓에 따라 양쪽 협곡이 허물어졌다. 이탄이 지휘를 하듯이 손을 휘젓자 무너진 흙더미가 이리저리 이동했다.

온 사방으로 뿌옇게 흙먼지가 휘날렸다.

신기하게도 흙먼지는 이탄의 근처 일정 범위 안으로는 밀려들지 않았다. 마치 투명한 벽이 먼지를 막아주고 있는 듯했다.

이탄은 계곡을 무너뜨려서 최대한 둥그렇게 구릉을 만들고는 무겁게 뇌까렸다.

"사대종파의 도우들을 이대로 방치하여 늑대밥이 되도록 할 수는 없지. 그건 망자에 대한 예의가 아니야."

규모가 커서 구릉처럼 보이는 것이지, 사실 이것은 구릉이 아니라 봉분이었다. 수많은 사망자들을 묻은 봉분.

이탄은 자신이 만든 무덤 앞에서 잠시 고개를 숙였다.

"도우들 한 분 한 분을 따로 모시지 못해 죄송하네요. 도우들의 시체가 워낙 훼손이 심하여 이렇게 단체로 모실 수밖에 없겠습니다."

이탄은 죽은 도우들에게 미안한 마음을 전했다.

언노운 월드에서 발발한 흑과 백의 대전쟁은 아직 끝나

지 않았다.

전쟁 초기, 대륙 남부에서 이그놀리 흑탑을 비롯한 흑 진영의 세력들이 백의 공세에 의해 무너져 내렸다.

그에 대한 복수라도 하듯이 피사노교의 신인들이 대대적 공세를 펼쳐서 아울 검탑의 총단을 허물었다.

이어서 와힛이 시시퍼 마탑을 공격하여 수많은 마법사들의 피로 제사를 지냈다. 그 결과 어프로칭 현상이 발생하여 부정 차원의 악마종들도 전쟁에 참여했다.

이후 흑과 백은 라임 협곡에서 강하게 충돌했다.

뒤이어 고요의 사원 공방전이 벌어졌다.

연이은 전쟁에 흑과 백의 전력은 크게 삭감되었다. 피사노교의 신인이나 백 진영 삼대 탑의 고위층들도 많은 피해를 보았다.

덕분에 대전쟁은 잠시 소강상태를 보이는 듯했다.

하지만 기다렸다는 듯이 동차원의 수도자들이 참전하였고, 대륙 남부의 흑 진영이 몰살을 당했다.

언노운 월드의 사람들은 새로 참전한 수도자들이 당연히 마르쿠제 술탑 소속일 것이라고 생각했다.

대다수 사람들은 동차원의 존재에 대해서 전혀 알지 못했다.

마르쿠제 술탑이면 어떻고, 다른 곳이면 또 어떻겠는가.

백 진영에 강력한 아군이 등장했다는 사실이 중요할 뿐이었다.

남명의 수도자들은 남부의 흑 진영을 소탕한 뒤, 기세 좋게 대륙 중부로 진격해 올라왔다.

이에 대응하여 피사노교에서는 모드레우스 제국에 도움을 청했다.

아울 산맥에서 벌어진 수도자와 악마종 사이의 혈투는 그렇게 시작되었다.

결과는?

동차원의 수도자들은 전멸에 가까운 타격을 받았다.

모드레우스 제국의 악마종들도 행성과 함께 자취를 감추었다.

그렇게 흑과 백은 두 번째 소강상태에 접어들었다.

하지만 소강상태가 그렇게 길게 이어질 리 없었다. 철철 흘러넘친 동료들의 피와 시체가 양측의 휴전을 허락하지 않았다. 쌓이고 쌓인 원한이 전쟁의 중단을 가로막았다.

"크아악. 백 진영 놈들에게 내 아들과 아우들이 죽었단 말이다. 저 간악한 원수놈들을 이대로 내버려둘 수는 없지."

야스퍼 전사탑의 탑주인 에레보스가 이빨을 갈았다.

"탑주님의 말씀이 맞습니다. 우리가 이대로 그냥 있을 순 없습니다."

옆에서 전사탑의 서열 2위인 게라스가 맞장구를 쳤다.

야스퍼 전사탑의 수뇌부들이 대거 사망한 지금, 게라스는 에레보스에 이어서 서열 2위로 올라섰다. 에레보스의 자식들도 모두 죽었으니 다음 탑주 자리는 자연스럽게 게라스의 차지였다.

만약에 게라스가 교활한 여우 스타일이라면 이대로 잠잠히 기다렸다가 최대한 안전하게 권력을 물려받았을 것이다.

하지만 게라스는 그런 타입이 아니었다. 게라스는 그 누구보다 동료들에 대한 복수심에 불타올랐다.

Chapter 3

야스퍼 전사탑은 시작에 불과했다. 고요의 사원 잔당들 사이에서도 이와 비슷한 일이 발생했다.

얼마 전 벌어진 고요의 사원 공방전에서 사원을 영도하던 슐라이어 원주가 장렬하게 전사해버렸다.

원주의 뒤를 이어야 할 2인자 아도르노도 전쟁이 한창이

던 와중에 이탄에게 포로로 붙잡혀 툼 군단의 노예로 끌려
갔다.

사실 아도르노도 인간족이 아니라 몬스터였다. 그릇된
차원 오대강족 가운데 문어 일족, 즉 뻘브의 왕이 바로 아
도르노인 것이다.

서열 1위와 2위가 사라지자 3위인 히데거가 나설 수밖에
없었다.

히데거는 고요의 사원 수도승들 가운데 생존자들을 이끌
고 피사노교에 투항하기로 마음먹었다.

"나는 우리의 정체성을 포기하고자 한다. 형제들이여,
우리 다 같이 피사노교에 가입하자. 피사노교가 백 진영을
공격할 때 조금이라도 힘을 보태야지. 그래야 죽은 형제들
이 덜 억울할 것 아닌가."

히데거가 비통하게 주장했다.

"따르겠습니다."

"저희는 무조건 히데거 님의 뜻을 따르렵니다."

사원의 수도승들은 울먹거리는 목소리로 히데거의 뜻에
응했다.

그 무렵 대륙 최악의 네크로맨서라 불리는 베이루트도
피사노교의 총단을 찾아왔다.

얼마 전 남명 사대종파의 공격을 받아 네크로맨서들의

집단인 시돈이 무너질 때 대부분의 네크로맨서들이 다 죽었다.

뼈와 관련된 흑마법을 주력으로 사용하는 사하르도, 시체 폭발의 대가인 라힐도, 모두 남명 수도자들의 손에 목이 잘렸다.

오직 네크로맨서의 우두머리인 베이루트만이 홀로 탈출하여 대륙을 종단했다.

그 베이루트가 마침내 피사노교의 정문에 도착했다.

쾅쾅쾅.

"문을 열어주시오. 시돈의 베이루트가 피사노교에 합류하러 왔소이다."

베이루트가 배에 힘을 딱 주고 우렁차게 외쳤다. 고된 여정을 거쳐서 피사노교의 문을 두드리는 베이루트의 두 눈은 복수의 일념으로 강하게 불타올랐다. 그는 복수만 할 수 있다면 목숨도 아깝지 않았다.

한편 이그놀리 흑탑에서는 소소리 대장로가 복수의 깃발을 들었다.

이그놀리 흑탑의 주요 인사들은 전쟁 통에 모두 죽었다.

실질적으로 흑탑을 이끌던 라쿱과 제롬은 이탄에게 포로로 잡혀서 툼 군단에 강제로 가입했다.

사실 라쿱도 인간족이 아니라 몬스터였다. 그것도 그냥 몬스터가 아니라 그릇된 차원 오대강족 가운데 한 곳인 리노 일족의 왕이었다. 이 사실을 알게 된 이탄이 냉큼 라쿱을 노예로 삼은 것이다.

이탄은 덤으로 제롬도 챙겼다.

덕분에 이그놀리 흑탑은 세상에서 완전히 사라졌다.

흑탑의 패잔병들을 추스른 사람은 대장로인 소소리였다. 오랫동안 세상과 소통을 끊고 지내던 소소리가 흑탑이 무너졌다는 비보를 듣고는 다시 등장하여 이그놀리 흑탑의 잔당들을 다독였다.

소소리는 패잔병들을 이끌고는 대륙 북부의 피사노교를 찾아갔다. 피사노교에 합류하여 복수를 하겠다는 것이 소소리의 뜻이었다.

마침 소소리는 피사노교의 네 번째 신인인 아르비아와 누님, 동생 하는 사이였다.

아르비아의 도움 덕분에 이그놀리 흑탑의 패잔병들은 무사히 피사노교의 총단에 편입되었다.

그곳에서 소소리는 열심히 아르비아를 설득했다. 하루빨리 백 진영에 복수를 해야 한다는 것이 소소리의 주장이었다.

당연히 아르비아도 전쟁을 이대로 끝낼 마음이 없었다.

아르비아가 제9신인 티스아와 함께 이쓰낸을 찾아갔다.

이쓰낸은 이탄에 대한 재판 이후로 풀이 죽어 지내던 참이었다. 모드레우스 행성이 사라져버린 이후로 이쓰낸은 더더욱 의욕을 잃었다.

"아, 귀찮게 좀 하지 마."

마녀 모자를 삐딱하게 쓴 이쓰낸이 귀찮다는 듯이 손을 내저었다.

"아아악, 이쓰낸 님."

"으아아악."

가벼운 손짓 한 방에 아르비아와 티스아가 무려 수십 미터 밖으로 나뒹굴었다. 이윽고 신전의 문이 굳게 닫혔다.

아르비아는 망연자실하여 문 앞에 무릎을 꿇었다.

"으흐흑. 이쓰낸 님이시여."

아르비아는 눈앞이 캄캄했다.

와힛이나 쌀라싸와 같은 신인들이 대거 실종된 지금, 피사노교를 좌우할 수 있는 사람은 오직 이쓰낸뿐이었다.

그런데 그 이쓰낸이 의욕 상실이라니!

아르비아는 도망치듯 신전에서 물러나온 다음, 티스아의 손을 꼭 잡았다.

"어떻게든 막내를 찾아라. 오직 막내만이 이쓰낸 님을 설득할 수 있을 게다."

"맞습니다. 지금 저희에게는 막내가 필요합니다."

티스아도 아르비아의 의견에 동의했다. 작금의 피사노교를 구원할 수 있는 존재는 오직 이탄밖에 없었다.

〈다음 권에 계속〉